中国现代新诗与民间文化

郑娟 著

东南大学出版社
·南京·

图书在版编目(CIP)数据

中国现代新诗与民间文化/郑娟著.—南京：东南大学出版社，2020.9

ISBN 978-7-5641-9098-9

Ⅰ.①中… Ⅱ.①郑… Ⅲ.①新诗-关系-俗文化-研究-中国 Ⅳ.①I207.25②G122

中国版本图书馆CIP数据核字（2020）第158434号

◎ 此专著出版受到"文化创意协同创新中心建设经费"以及"南京艺术学院学术著作出版基金"资助

中国现代新诗与民间文化
Zhongguo Xiandai Xinshi Yu Minjian Wenhua

著　　者：郑　娟
出版发行：东南大学出版社
地　　址：南京市四牌楼2号　邮编：210096
出 版 人：江建中
网　　址：http://www.seupress.com
经　　销：全国各地新华书店
印　　刷：兴化印刷有限责任公司
开　　本：700 mm×1000 mm　1/16
印　　张：12
字　　数：230千字
版　　次：2020年9月第1版
印　　次：2020年9月第1次印刷
书　　号：ISBN 978-7-5641-9098-9
定　　价：48.00元

本社图书若有印装质量问题，请直接与营销部联系。电话：025-83791830

目 录

序 言 ·· 1

绪 论 ·· 5

 第一节 选题理由与研究价值 ······································ 6
  一、选题理由与研究现状 ··· 6
  二、研究预期与研究价值 ··· 10
 第二节 "民间文化"的界定及相关概念阐释 ··············· 12
  一、"民间文化"的概念 ··· 12
  二、与现代新诗密切相关的"民间文化"内涵 ············· 15
  三、"民间性"和"现代性" ··································· 17

第一章 现代新诗民间化的渊源与背景 ···························· 20

 第一节 现代新诗民间化的历史渊源 ···························· 20
  一、诗体变迁与民间文学 ··· 20
  二、诗人的民间情怀 ··· 24
  三、古诗词里的民间世界 ··· 27

 第二节 现代新诗民间化的发生背景 ···························· 29
  一、国内外社会思潮的影响 ······································ 29
  二、国内外民间文化研究热潮的影响 ························ 32
  三、西方文学的间接影响 ··· 35

第二章　现代诗人的民间理念 ……………………………… 38

第一节　从新诗建设到文化启蒙 ……………………………… 39
一、对民间语言的发现 …………………………………… 40
二、对民间文学的青睐 …………………………………… 42
三、民间精神资源与文化启蒙 …………………………… 45

第二节　在革命感召下走向"民间" …………………………… 48
一、从革命理想到早期无产阶级诗歌 …………………… 48
二、不断深入的"革命"民间理念 ……………………… 51
三、割不断的"民间"血脉 ……………………………… 53

第三节　"救亡旗帜"下的民间汇合 ………………………… 56
一、诗人向"民间"的转变 ……………………………… 57
二、对民间资源的积极关注 ……………………………… 60
三、创作上的民间借鉴 …………………………………… 62

第四节　从艺术出发的民间选择 ……………………………… 63
一、民间场域中的现代诗人 ……………………………… 64
二、自觉与不自觉的民间选择 …………………………… 65

第三章　民间文化影响下的新诗主题与审美形态 ………… 69

第一节　民间情怀与民间书写 ………………………………… 69
一、苦难与坚韧的书写 …………………………………… 70
二、苦难中的抗争 ………………………………………… 73
三、民间的赞歌 …………………………………………… 77

第二节　民间理想与艺术呈现 ………………………………… 81
一、田园牧歌里的向往 …………………………………… 81
二、民间恋歌里的寻梦 …………………………………… 84
三、品之不尽的民间韵味 ………………………………… 88

第三节　现代新诗对民间神话与传说的利用 ………………… 89
一、诗歌与民间神话传说的历史渊源 …………………… 90

二、新诗中的神话与传说……………………………………… 92
　　三、现代阐释与文化意义……………………………………… 96

第四章　民间文化影响下的新诗形式…………………………… 99

第一节　从民间语言到诗歌语言……………………………… 99
　　一、晚清以来对民间语言的认识……………………………… 100
　　二、民间语言在新诗中的运用………………………………… 104
　　三、使用民间语言的意义……………………………………… 110

第二节　诗体建设与民间文化………………………………… 114
　　一、新诗诗体建设中的民间资源……………………………… 114
　　二、仿民歌体新诗的出现与繁荣……………………………… 117
　　三、注重宣传效果的民间诗体………………………………… 125
　　四、民间资源对诗体建设的意义……………………………… 130

第三节　艺术表现手法与民间文化…………………………… 132
　　一、从关注语言到关注诗歌表现手法………………………… 132
　　二、民间表现手法的传承……………………………………… 134
　　三、常见民间修辞的运用……………………………………… 137

第四节　现代叙事诗的民间形态……………………………… 140
　　一、一脉相承的民间传统……………………………………… 140
　　二、民间传奇与民间写实……………………………………… 142
　　三、民间形式与民间韵味……………………………………… 147

第五章　现代新诗与民间文化之关系的反思和影响…………… 152

第一节　深刻的历史反思与启示……………………………… 152
　　一、"非诗化"现象的反思…………………………………… 153
　　二、现代诗人的自我迷失……………………………………… 156
　　三、深刻的启示………………………………………………… 159

第二节　对当代新诗的影响…………………………………… 161
　　一、新诗民间化在当代的延续………………………………… 161

二、新诗民间化在当代的消极影响 …………………………… 164
　　三、弊端分析及新诗道路探索 ……………………………… 167

结　语 ……………………………………………………… **170**

参考文献 …………………………………………………… **174**

后　记 ……………………………………………………… **182**

序 言

中国诗歌经历了两千多年的持续发展,终于在"五四"时期迎来了现代转型。从古典诗歌到现代诗歌的变化,是一种脱离"母体"的新生,自然也会有阵痛和成长的代价。中国现代新诗诞生于一个开放的环境中,其在发展的过程中,受到了多种文化因素的影响,既有来自中国古代的、西方的文化资源的影响,也有来自本土的民间文化资源的影响。其中来自本土的民间文化形态在这一进程中始终相伴相生、时隐时现,发挥了重要作用。从宏观上来看,现代知识分子对民间意义的发现,对民间文学的重视和借鉴,直接加速了新诗的现代化进程,从而改变了中国诗歌的功能与形态。具体来说,新诗与民间文化形态错综复杂的关系,影响了诗人的主体性追求以及与此相适应的审美观念的变化,由此也带来了诗歌题材内容、主题精神、文体形式以及表达方式等方面的变化。本书就是从这些要素出发,从民间文化的角度进入新诗本体研究,详尽分析民间文化在参与现代新诗建构中的作用和重要文学史意义。

需要指出的是,本书所关注的民间文化是与现代新诗密切相关的部分,而并非民间文化的全部。在谈及民间文化时,也总是把它放到与新诗的密切关系中进行探讨,而不是孤立地去研究它,也就是说,只有与现代新诗的发展有直接或间接关系的民间文化因素才会进入本书的研究视野。具体来说,与现代新诗密切相关的民间文化因素包含民间语言、民间文学、民间艺术、民间风俗和仪式、民间的生存状态以及民间文化精神等。本书所要关注的核心问题就是,这些民间文化因素究竟以何种方式,在多大程度上影响了新诗建设的哪些方面。而且,本书在研究现代新诗与民间文化的关系时,并不是把"民间"作为评价新诗的一个标准,片面地认为具有民间特性的就是好诗,反之则是不好的诗。我们只是把民间文化作为研究现代新诗的一个角度,期待这个角度能发现一些从其他角度不易发现的东西。此外,研究现代新诗与民间文化的关系,最终还是要从现代新诗的历史语境和诗歌文本出发。因此,在具体研究过程中,还是要回到历史中去还原当时的语境,要回到诗歌文本中去寻找民间文化的痕迹。

在绪论中,本书首先对论题的研究现状和研究价值进行概括。从整体上来看,目前学术界还是较为缺乏对"新诗与民间"这一话题进行充分研究的专著,本书也力图在这一方面做一些补遗工作。然后,就是对本书涉及的相关概念进行界定。在本书的正文部分,笔者拟从现代新诗民间化的发生背景和历史渊源上入手,然后深入诗歌的诸要素进行分析,如现代诗人的民间理念、诗歌的主题和形式等。在逐个分析这些要素受到民间文化影响所产生变化的同时,深入地挖掘两者之间的关系,从而能梳理出一条受民间文化影响的新诗发展线索。具体来说,本书的研究内容主要有如下几方面:

第一,我们试图揭示现代新诗民间化的历史渊源和发生背景。现代新诗与民间文化的密切关系不是偶然和孤立产生的,而是有着深刻的历史渊源和广泛的发生背景。我国古代诗歌就与民间文化有着较为密切的关系,无论从诗体的变迁,还是诗人对民间文学的青睐等方面,都能鲜明地折射出这一特点。此外,近代以来,西方文艺思潮和民俗学研究成果的输入,促进了国内学者对民间文化的重视,带动了国内民间文艺学科的建立,客观上构成了新诗民间化潮流的背景。我们之所以要探究这种渊源和背景,其目的是想为研究新诗与民间文化之关系提供一个更加开阔的视野。

第二,在进入新诗本体研究的时候,本书首先选择研究现代诗人的民间理念。诗人是诗歌创作的主体,诗人以何种民间理念进入创作,影响了诗歌的创作目的,也直接决定了诗歌的民间化特点。通过研究分析并借鉴以往学者观点,笔者认为现代诗人的民间理念大致可分为这样几类:一种是文化的、启蒙的民间理念。这部分诗人主要集中在"五四"以后的二十世纪二十年代,如胡适、周作人、刘半农等人,他们注重汲取民间文化蕴含的丰富的审美资源及精神资源,并将其纳入新文学的建设过程中,从而成为文化启蒙运动的重要阵地。一种是倾向于革命的民间理念,这一类诗人关注"民间"的目的是为了革命的宣传,为了唤醒民间沉睡的力量。他们以"五四"时期的李大钊、邓中夏等人为先导,到二十年代中后期的早期无产阶级诗人,尤其是三十年代的"左联"诗人。他们倡导诗歌的"大众化",目的就是服务于革命。还有一种就是抗战以后的民间理念。在抗日救亡的大背景下,民间文化形态成为当时文学创作的主导性价值趋向,广大诗人走向民间是为了唤醒全体国民的民族救亡意识,共同参与到抗战中去,直至取得最后的胜利。当然,还有部分现代诗人的民间理念并不能简单地归入上述几类。这部分诗人不自觉地在使用着民间资源,以不同方式与民间文化发生着各种各样的关系。他们虽然没有像上述诗人那样有明确的民间理念,但却在诗歌创作中自觉地利用民间资源,这也更加说明了民间文化资源的深入影响。

第三,本书还将深入探讨在民间文化影响下现代新诗的主题和审美形态。在主题方面,具有民间倾向的新诗在主题和内容的选择上,有着明显的民间印记,如通过对民间苦难的书写来表达诗人对底层民众的同情,通过对民间反抗的书写来预示民间蕴藏的巨大能量,而这些诗歌创作又无不渗透着诗人的民间情怀。在民间精神对诗歌创作的影响方面,本书将着重研究民间自由自在的精神对新诗创作的影响。本书还将专门针对新诗中的民间神话与传说进行深入探讨,分析神话与传说在新诗中的传承和变异以及它们所具有的时代意义,这也更进一步印证了民间文化形态对新诗创作的广泛影响。

第四,本书还将深入探讨现代新诗在形式方面所受的民间影响。首先是从新诗对民间语言的利用方面,中国新诗的现代性标志就是民间白话、民间口语的使用。其次是探讨民间文艺形式对现代诗体建设的影响。现代新诗受到民间文化的影响,出现了一些与民间形式关系密切的现代诗体,如民歌体、叙事体、朗诵诗、街头诗等。此外,本书还将分析新诗的艺术表现手法与民间文化之间的关系。最后,还将专门就受民间文化影响最大的叙事诗体进行专节探讨。现代叙事诗继承了古代叙事诗的特点,无论在诗歌题材,还是在诗歌表现形式上,都呈现出鲜明的民间形态。

第五,本书还将在最后探讨民间文化形态对新诗创作的深远影响和启示。不可否认,民间文化对现代新诗的建设发挥了一定的积极作用,但同时也不应忽视由此带来的弊端。新中国成立以后,当代诗歌仍然与民间文化有密切的关系,甚至一度达到登峰造极的程度,新诗民间化以后的弊病也暴露无遗,由此也引发了新诗道路的大讨论。二十世纪九十年代以后的新诗逐渐淡出普通人的视野,"新诗的出路"又成为屡屡被提及的话题。回到"民间"是否会成为新诗复兴的一条出路,新诗的未来会向何处发展,这些都是值得深入探讨的问题。

至此,笔者在序言中交代了本书的主要内容和主要观点。这个序言有点类似"论文"中的"摘要",希望读者能根据这一"摘要"对书的内容先作简单了解。本书试图勾画出现代新诗受到民间文化影响的全貌,但由于笔者的能力和精力有限,内容中可能存在诸多疏漏和不当之处,客观上也未能达到预期效果。在此,恳请各方批评指正。

绪 论

中国现代新诗自诞生之日起就一直命运多舛，所取得的成就似乎一向不为许多人看重。在唐诗宋词的辉煌成就下，现代新诗始终处于十分尴尬的境地，就是与其他的文体相比较，也有一些相形见绌。因此，对于新诗的研究就成了一项很艰难的工作。对于这样一种在艰难中摸索前进、尚未成熟的文体进行评论，评论者时常会陷入重重困惑之中。自新时期特别是二十世纪九十年代以来，对于新诗的研究一直处于一种不断发展、进步和创新的态势之中，而且这些有益的探索曾经给新诗的研究带来诸多的机遇。但无论从新诗这一概念，还是从自身的历史独特性出发，我们还是期待能从一个更合适、更独特的角度来阐释它。中国现代新诗本身的复杂性、不定型性，让我们从单一的角度进行观察更加困难，而从多个侧面进行观察应该是接近真实的最好策略。

现代新诗诞生于中西文化激烈碰撞的时期，它以抛弃古典诗歌传统为起点，在吸取多方精华的基础上艰难行进，去开始总体上走向"现代化"的进程。在这个进程中，多元复杂的环境使得新诗不可避免地受到多种文化因素的影响，传统的、现代的、外来的、本土的各种文化资源无不制约着新诗的行进轨迹，因此，这也就形成了现代新诗"立体化"的特征。曾有不少论者从不同角度来研究现代新诗，给人以耳目一新的感觉，也让我们看到了从其他角度不易发现的有价值的东西。如有论者选择从新诗与古典诗歌传统的关联上研究新诗的继承和发展，尤其关注新诗如何在断裂中去实现继承。还有论者关注新诗创作从西方文化以及西方诗歌中借鉴资源，探索新诗在外来资源影响下创作方法的变化。本书试图从"民间文化"的角度进入现代新诗的研究，去揭示民间形态的文化究竟在多大程度与何种意义上参与了中国现代诗歌的建构，这也将是本书关注的核心问题。关注新诗与民间文化形态的关系，为现代诗歌研究多元化格局的建立提供了可能，也给诗歌的研究和批评提供了不断丰富和发展的可能。

第一节　选题理由与研究价值

古今中外的文学发展史告诉我们，几乎所有的作家文学都起源于民间，而且在文学品格发生裂变，文学格局发生转折时，民间文化常常是文学自新自救的灵药。在对中国现代新诗历史的整体发展脉络进行梳理和分析的过程中，同样无法避开"新诗与民间"这样一个客观存在的话题。中国现代诗歌的诞生、发展与我国古典诗歌以及西方诗歌有着深刻的联系，同样它与本土的民间诗歌以及民间文化之间也有着密切的关系。在新诗的发展进程中，民间形态的文化对现代新诗的影响始终若隐若现，相伴相生，贯穿始终。选择从"民间文化"的角度进入现代新诗本体研究，就是从真实的历史出发，从现代新诗的固有特性出发，以期待有一些新的发现。本书拟针对现代新诗中的民间现象，尤其是民间文化影响下诗人的民间理念以及诗歌从内容到形式的变化进行深入研究，同时希望在以往研究成果的基础上，发现民间文化影响下的新诗发展线索和存在样态。

一、选题理由与研究现状

回顾整个现代新诗的发展史，新诗与"民间文化"的关系应该是一个不可回避的话题。表面上轰轰烈烈的新诗"现代化"进程并非一段坦途，其内在的发展路径复杂而曲折，多种文化因素的影响彼此交错、此消彼长，既有强势的西方文化的影响，也有割不断的传统血脉的渗透，而民间文化却始终如一道绵延不断的潜流在默默地影响着新诗的发展与走向。民间文化是民族文化中的底层文化，在"五四"以后"启蒙"与"革命"的大环境下受到了格外青睐，以至影响到文学的发展进程。

首先，中国现代诗歌在转型过程中，曾出现几次较大规模的"民间化"潮流。现代新诗史上的第一次"民间化"潮流始于1918年"歌谣征集运动"。

1918年2月,在北京大学刘半农、沈尹默、周作人等人的倡导下,开始了声势浩大的"歌谣征集活动"。歌谣征集活动一开始就跟新诗密切相关,因为它的倡导者大多都是早期新诗的创作者。他们征集歌谣的目的,就包括借歌谣形式为新诗发展服务。这场运动伴随着新诗发展的最初20年,为草创时期的新诗以及发展中的新诗提供了有益的资源借鉴,也推动了现代新诗的民间化进程。现代新诗史上的第二次民间化潮流出现在三十年代前期,以"中国诗歌会"诸诗人的左翼诗歌为代表。他们倡导"大众歌调",提出"歌谣化"的主张,还专门出版"歌谣专号""创作专号",希望诗歌能像民谣一样普及到普通大众中去。他们努力吸收民间歌谣的资源,不仅是歌谣体的形式,还包括关注现实与民间疾苦,以及朴素刚健的民间诗风传统。第三次"民间化"潮流则出现在三十年代后期到四十年代抗战胜利前后。全民性的救亡图存运动需要"文章下乡""文章入伍",需要以通俗的文学形式来宣传抗战。客观的形势缩小了诗人与普通民众的距离,知识分子自觉地站到了民间的立场上。各种山歌、小调、鼓词等民间形式成了最方便也最有影响力的抗战工具。诗人们热心地到民间去采风,以至出现了更大规模的民歌搜集活动。诗人们在学习民间歌谣的基础上创作民歌体新诗,这在当时已蔚然成风。尤其是1942年以后,毛泽东的《在延安文艺座谈会上的讲话》发表以后,向民歌学习几乎成为诗坛的普遍风尚,从而形成了四十年代声势浩大的民间化诗潮。

其次,除了上述几次较大的民歌潮流以外,民间文化的影响也几乎贯穿整个现代新诗的发展史。现代诗人除了由于"启蒙""革命""救亡"等目的走向民间之外,他们还普遍生活在具有浓厚民间文化氛围的环境中,自觉与不自觉地都会受到其影响。部分诗人表现出对民间文化的浓厚兴趣,他们的诗歌有着鲜明的受到民歌影响的痕迹,如刘半农、刘大白、朱湘、蒲风、田间、李季、马凡陀等诗人。另一部分诗人可能并没有明确表示要取法民间歌谣,甚至是受西方诗歌影响较大的诗人,如郭沫若、徐志摩、戴望舒、冯至、闻一多等诗人,也都曾创作过一定数量的具有民间韵味的作品。还有如臧克家、艾青、田间等诗人,由于他们个人的成长经历与农村社会有较多联系,所以能够自觉为底层民众歌唱。可以说,现代新诗所具有的民间化特征是一个普遍且非常值得重视的文学现象。

最后,现代新诗受到民间文化的影响,不仅表现在现代诗人对民间文化具有不同的价值取向,还表现在诗歌文本从内容到形式的变化。许多新诗在主题和精神特征上表现出明显的民间性质。在诗歌的主题上,诗人从关心底层百姓的生活与命运出发去创作诗歌,反映他们的疾苦和抗争,反映他们的愿望和追求;在精神特征上,他们的诗歌则具有自由自在、朴素、率真的审美风格。此外,物态层面上民间习俗和仪式以及精神层面上长期积淀的种种民间意识和心理也会在新诗创作上有所反映。在艺术形式上,这部分诗歌一方面表现在语言的口语化、通俗化甚至是方言化上,另一方面则是诗体和表现手法的民间化。

现代新诗与民间文化之间所具有的密切关联是一个不争的历史事实,所以,我们理应对这一现象给予更多关注。一方面希望从民间文化的角度进入新诗研究能够获得一些新的启示,另一方面也期待对现代新诗整体的批评和研究工作带来更多的推进作用。然而,近些年来虽有不少学者从民间的角度去研究现当代文学,但大部分是阶段性研究,或者是针对所有文体的宏观研究,鲜有从单一文体角度作纵深的史的探索。目前,也许笔者的阅读范围有限,尚未见到研究新诗这一文体与民间文化关系的专著。但近年来,越来越多的硕士生和博士生将研究方向瞄准这一领域。

就宏观研究而言,首先应提到美国的洪长泰的专著《到民间去:1918～1937年的中国知识分子与民间文学运动》(上海文艺出版社,1993年),其中梳理了"五四"时期中国知识分子对民间文学的挖掘、讨论和推广。该书视野开阔,对本书有重要参考价值,其中所出示的注释译文和书目摘要,也为本书提供了重要理论来源。

新时期以来,较早涉及现当代文学与民间关系研究的是复旦大学的陈思和教授,他在二十世纪九十年代发表了两篇论文《民间的浮沉:从抗战到"文革",文学史的一个解释》和《民间的还原——"文革"后文学史某种走向的解释》。在论文中,他明确了民间的概念,从文学史的角度分析了民间文化形态的地位和作用。随后有不少论者从不同角度论述民间文化形态与现当代文学的关系。在专著方面,王光东等著的《20世纪中国文学与民间文化》一书,梳理了二十世纪文学与民间文化的关系。该书框架明晰,在各个时段中,先宏观再微观,选取有代表性的作家作品进行个案研究。在论文方面,王光东、杨位俭的《民间审美的多样化表达——二十世纪中国作家与民间文化关系的一种思考》,高有鹏的《论二十世纪中国文学发展中的民间文化思潮》,孟繁华的《民间传统与中国的现代性》,高旭东的《走向民间:二十世纪中国文学启蒙精神的流变》也都是从整体、宏观上的论述,均对本书有重要启示。

此外,还有一些研究现当代文学中某一时段与民间文化关系的论文,但缺乏有分量的专著。除陈思和的两篇代表性论文以外,还有万国庆的《论20世纪40年代中国文学的民间化创作趋向》,张新颖的《民间的天地与文学的流变——谈对抗战到九十年代文学的一种新解释》,还有从某一位作家或某一部作品出发,探讨其与民间关系的论文,不再赘述。

从单一文体角度进行研究的论文也有不少,但目前也缺乏有分量的专著。仅从诗歌角度,如较早的龙泉明的《论中国现代新诗的民间化运动》,李怡的《论中国现代新诗的歌谣化运动——兼说〈国风〉〈乐府〉的现代意义》(《西南师范大学学报(哲学社会科学版)》,1994年第3期),燕世超的《辉煌历史中的深长喟叹——论解放区民歌体诗歌的生成与缺憾》(《贵州社会科学》,2005年第3期),还有近年来的刘继林的《民间歌谣与五四新诗的现代性建构》(《厦门大学学报(哲学社会科学版)》,2017年第5期)以及《百年新诗的民间话语研究视角》(《北方论丛》,2018年第2期)等论文从不同角度论述新诗与民间文化的关系,也对本书的写作有一定参考作用。

近年来还出现了一批研究现代民间文学及其理论的专著和论文,如刘锡诚的《二十世纪中国民间文学学术史》(河南大学出版社,2006年)。本书资料翔实,内容丰富,涉及面广,详尽梳理了二十世纪民间文学理论和研究的历史。陈泳超的《中国民间文学研究的现代轨辙》(北京大学出版社,2005年),以现代民间学术史上重要的人物,如刘半农、胡适、周作人、顾颉刚、郑振铎、闻一多等人为中心,研究民间文学理论在现代阶段的发展状况。还有高有鹏的《中国现代民间文学史论》,户晓辉的《现代性与民间文学》等。这些专著虽然少有专门从新诗与民间的关系进行研究,但对笔者的思路开阔很有帮助。

综观学术界对现当代文学与民间文化关系的研究状况,宏观上的研究虽取得一定的成果,但也还有一定研究空间。尤其缺乏从单一文体角度进行研究且较有分量的专著,不仅是新诗方面,在小说、散文等领域也同样缺乏。因此,本书拟从新诗这一文体出发去研究新诗与民间文化的关系,期待能为这一领域的研究作出一点有价值的贡献。

二、研究预期与研究价值

从"民间文化"的角度去研究新诗,也经历了一番从关注较少到成为研究热点的变化。自二十世纪九十年代以后,新诗研究逐渐回归"本体",研究者们首先关注的是受西方文化影响较大的现代主义诗歌,而相对忽视一些具有民间特征的现实主义诗歌。他们认为知识分子不该放弃自己的独立人格,屈就于陈旧、落后、浅薄的工农大众的意识与审美习惯,他们从根本上就是"歧视"这样一种并不"高雅"的诗歌。不仅如此,对于刚刚摆脱意识形态笼罩的政治美学观念的评论者们来说,三四十年代的具有民间特性的诗歌又大多和政治纠缠不清,他们自然会把眼光"放"出去。随着诗歌研究的深入,多角度的关照和立体化的审视成了全面研究诗歌的一种有效策略。从西方文学、古典诗歌、政治文化等角度切入诗歌研究就是其中的研究成果。也有不少论者曾论及新诗与"大众化"、与"民间"的关系,但总体上不够深入。近年来,随着民族传统文化研究的升温,作为传统文化中的下层民间文化也日益得到重视。关注民间的各种物质的和非物质的文化遗产,已成了当前文化研究领域的热点。本书从"民间文化"的角度去观照新诗,也算是对这一热潮的附和。概括起来,本课题的研究预期和价值有如下几方面:

首先,本书将在既有研究成果的基础上深入探讨现代新诗与"民间"之间的关系,并将"民间"上升到民间文化的高度,期待能从一个更高的层面上去关注这两者之间的关系。从现代新诗与民间文化关系的角度来梳理和分析新诗的发展史,可以对现代新诗的发展有个更加全面的认识。新诗在百年发展中,处在一个多维的文化语境中,受到多种因素的影响,包括古典的与现代的,东方的与西方的,官方的与民间的等各种因素。新诗在曲折中成长、发展,取得过辉煌,也有着深刻的教训。深入挖掘新诗与民间文化形态之间的关系,对新诗研究多元化的建立有着重要的意义,也给新诗的研究和批评提供了不断丰富和发展的可能,还为新诗的研究开辟了更为广阔的空间。

其次,深入研究新诗与民间文化之间的关系,可以对新诗的诞生和发展有一些更为本质的探索,可以把新诗的作品研究引向深入。或许我们从这样一个角度出发,可以发现一些从其他角度难以发现的问题,得出一些从其他角度难以得出的结论。例如:民间文化的丰富内涵究竟以何种方式,在多大程度上影响了新诗的哪些方面？它又是如何影响了新诗的发展路径？不可否认，现代新诗的主题表达、语言形式和诗歌体式之所以呈现出这样的形态，民间文化的影响功不可没，而这些形态仅从西方文化或古典诗歌传统中难以获得合理的解释。由此，我们希望通过这样的探索，可以在一个更为宽广的背景下对新诗的某些特征作出最为合理的评价。

再次，从民间文化的角度介入现代新诗研究，可以深入探索现代知识分子在"民族想象"中建构新诗的曲折、复杂的心路历程。"五四"时期，现代知识分子以启蒙为目的，发现了民间文化的意义，汲取了民间歌谣中的营养作为建设新诗的资源。三十年代，知识分子为了革命的宣传，让诗歌"大众化"，从而走向民间。如果说，抗战以前的知识分子走向民间还是主动选择的话，那么，抗战以后的知识分子的民间化则多少有些是被动的，是在时代的驱使下不得已的选择。尤其是在抗战时期的解放区和新中国成立后的时期，强大的政治话语下，知识界走向民间几乎是唯一的选择。探讨知识分子在这一过程中，即从"启蒙"到"被启蒙"中的心理变化，无疑也有着重要的意义。

还有，本书将对现代新诗中的部分作品从民间文化角度进行重新评价。现代新诗中的许多作品都不同程度地受到过民间文化形态的影响。论及受民间文化影响的现代文学，学术界长期关注的重心在一些解放区文学上，而忽视了其他流派的一些诗人和作品。本书将从民间文化角度对新诗史进行重新梳理，尤其是对于一些作品，可从民间文化传统的角度进行重新评价。本书不仅注意到了通常意义上受到民间文化影响的作品，还特别挖掘了一些以往少有从民间角度进行评价的作家和作品，如湖畔诗社的民间风，叙事诗中的民间情结，"七月诗派"的土地情结等。本书将从文本实际出发，深入分析民间因素对现代新诗的影响。

最后，回顾现代新诗与民间文化传统之间复杂而不平凡的交错经历与密切关系，总结它在发展过程中的历史经验和教训，不但有益于新诗的发展，而且有益于整个民族文化的发展。文化语境全球化的今天，如何保护本民族的文化传统，如何合理运用本民族的文化传统，将是一个意义重大而深远的课题。

第二节 "民间文化"的界定及相关概念阐释

在进入具体研究之前,本书还需对相关概念做进一步界定,这也是全文开始的基础。这种界定主要是明确与本书密切相关的"民间文化"概念,分析其与其他相似概念的区别与联系,分析其内涵和外延所包含的内容。具体到与新诗的关系,"民间文化"的内涵还需进一步限定。民间文化视域下的新诗无疑具有民间性,那么它与现代阶段的核心概念"现代性"又有怎样的关系?对这两者关系的分析,将关系到本书的研究价值。

一、"民间文化"的概念

选择从民间文化的角度进入新诗的研究,就必须首先对民间文化的内涵进行界定,否则,这种研究必将陷入空泛和模糊。民间文化的内涵和外延都极为复杂,似乎不是三言两语就能解释清楚的概念。在当下文坛的创作和评论中,民间似乎成了一个可以随意拿来贴标签的概念。凡是与老百姓沾边的都是民间的,凡是远离权力意识形态的都是民间的,这显然太模糊和宽泛了点,缺乏对这一概念进行知识和学理上的分析。那么,究竟什么是民间?什么是民间文化?民间文化形态包含哪些内容?能够进入本论题研究视野,且与现代新诗建设有关的民间文化形态又有哪些?这些都是本书要面临和解决的问题。

首先,分析一下"民间"一词的概念及其演变。

"民"在古代泛指被统治的庶人,在《书·五子之歌》中有"民为邦本",在《孟子·尽心下》中有"民为贵,社稷次之,君为轻"的解释。"民间"一词,早在先秦、秦汉时期的典籍《孟子》《韩非子》《汉书》《史记》中就已出现,朦胧地具有与官方相对的意义。现代的《辞海》对"民间"一词有这样的解释:一是指生活于底层社会空间的"民众",是与官方相对的概念;二是指"民众"的生活领域和精神世界。尽管"民间"一词出现较早,有这样那样的意义,但它真正被广泛地应用于社会文化领域,还是在"五四"以后。

"五四"时期,从西方的社会文化领域传入了"Folklore"这个概念,"Folklore"的原文是"民众的智慧、民众的知识"。而这个词最早是由英国考古学家汤姆斯（W. J. Thomas）首次提出的。在此之前，民俗学在德国被称为Volkskunde（人民学），在英国及欧洲其他国家被称为Popular Antiquities（大众古俗）或Popular Literature（大众文学）。1846年，在写给《雅典娜神庙》杂志的信中，汤姆斯提出用"Folklore"一词来概括这一新兴的学科。从此，这一学科风靡欧洲，学者们纷纷把目光聚焦于民间的领域并确定这门学问为"民俗学"，即关于民众智慧的科学。

虽然，不管是国内还是国外，都出现了"民间"或"Folk-lore"的概念，但它的具体所指和范围历来众说纷纭，至今也没有定论。正如许多学者所言，这是一个意义模糊的概念。回顾西方民俗学的发展，"Folk-lore"的研究范围也经历了从"野蛮人"到"农民"的变化。苏格兰的安德鲁·兰（Andrew Lang）认为"Folk"是现代的野蛮人[1]。另一位人类学派的学者阿尔弗雷德·纳特（Alfred Nutt）认为"Folk"是没有学问的落后人群，在欧洲社会就是农民[2]，这是首次提出"Folk"属于农民的看法。后来，随着农业社会的工业化、城市化，以农民为主体的社会结构发生了变化，民俗学家不得不把研究范围再次扩大。尤其是到了二十世纪的中后期，如著名的民俗学家阿兰·邓迪斯就认为把"Folk"限定在乡民或落后人群的观念是不对的，而是扩大了它的范围，这主要是现代工业社会带来的社会群体变化导致的。但总的来说，"民间"是一个眼光向下和向后的概念，尤其是在本书所研究的对象所处的时段。"民间"还是一个相对保守的概念，在时间上，注重民族的历史文化传统，铸造民族精神；在空间上，则是关注处于社会底层的"民众"所创造的民间文化。

民间是这样一个广大的空间，民间通过民间文化与文学乃至诗歌发生联系。那么民间文化又是什么？当然是民众所创造的文化。从广义上说，文化是人类作用于自然界和社会的所有成就的总和。而狭义的文化则专指精神创

---

[1] 万建中.民间文学引论.北京：北京大学出版社，2006：30.安德鲁·兰在1884年出版了《风俗与神话》一书，认为"Folk"是那些极少受到教育改造、极少取得文明进步的人群，他们是进化途中的落伍者，即现代的野蛮人。

[2] 万建中.民间文学引论.北京：北京大学出版社，2006：30.阿尔弗雷德·纳特信奉"遗留物"的学说，于1899年出版了《田野与民俗》一书，指出"Folk"是没有学问的落后人群，在欧洲社会就是农民。

造活动及其结果。英国文化学家泰勒在《原始文化》一书中提出,文化是"一个复杂的整体,它包括知识、信仰、艺术、道德、法律、习俗以及作为社会成员的人所具有的其他一切能力和习惯"[①]。我们在文学范围内使用民间文化这一概念,主要是指狭义的民间文化。那么,民间文化则是民族文化中的下层文化,正如民俗学家钟敬文这样解释下层文化:"所谓'下层文化',是指在文化比较发展的国家或民族的文化领域里,那种跟一般处于高位的上层文化相对立的处于下位的文化。"[②]它"广泛地存在于一个国家或民族的人民生活中,是民族文化的基础部分"[③]。这和西方人类学家对文化的划分是一致的。美国的人类学家罗伯特·雷德菲尔德,提出了著名的"大传统"(great tradition)和"小传统"(little tradition)的理论模式:所谓"大传统"的文化,指的是一般所说的占统治地位的文化,即精英文化或高层文化;"小传统"的文化主要指民间或基层文化,是底层民众所代表的文化。

那么,民间文化与我们经常提到的"民俗文化""大众文化""通俗文化"等概念又有怎样的区别和联系呢?这些概念均有相对于官方或上层文化之涵义,具有民间性、通俗性等特点。这几种概念有一定的相似性,所以时常被混淆。虽然它们彼此有一定共性,但又有一定的区别,区别就在于它们各自的侧重点不同。"民俗文化"是依附于人们的生活、习俗、情感和信仰而产生的文化,它侧重于民间的风俗习惯、制度礼仪等方面。民间文化的概念要比民俗文化的内容要丰富、宽泛,应该说民间文化包含民俗文化。"通俗文化"主要指明白易懂,适合于一般人水平需要的,且流行于大众间的文化,如通俗文学、通俗歌曲等。民间文化也很通俗,但大多是民间自发产生,也不一定很流行。大众文化是在现代工业社会产生,与市场经济相适应的一种市民文化,它更多地适用于现代社会。大众文化一方面与官方主流文化、精英文化相对应,另一方面也与传统自然农村经济社会里的民间文化、通俗文化有一定区别。具体到现代文学阶段,这种大众文化显然还没有成熟。所以,通过比较分析,民间文化(folk culture)指的是由社会底层的劳动人民创造的,古往今来就存在于民

---

① 泰勒.原始文化.蔡江浓,编译.杭州:浙江人民出版社,1988:1.
② 钟敬文.话说民间文化.北京:人民日报出版社,1990:1.
③ 钟敬文.话说民间文化.北京:人民日报出版社,1990:10.

间传统中的自发的民众通俗文化。从社会分层上看,民间文化是一种来自社会内部底层的,由平民自发产生的文化。民间文化还是一种具有农业社会生活的背景,保留了较多传统色彩的文化。

二、与现代新诗密切相关的"民间文化"内涵

上述对"民间"和"民间文化"的解释,是不同阶段不同的研究者从自己的角度作出的界定。具体到二十世纪的中国,情形可能更为复杂。翻开二十世纪的文化历史,我们可能会发现这样一个事实:在各种话语纷纷登场的热闹里,"民间"似乎是一个屡屡出现而又最面目不清的东西。在各个时段,知识分子的民间理念并不完全相同,他们关注民间的目的和态度并不一致,如"五四"时期的"民间"概念与"农民""平民""民众"等概念基本相同,所指的是作为社会底层的、普通老百姓所生存的空间。三十年代"大众化"讨论的民间主要指民众、大众社会。抗战以后,毛泽东的《在延安文艺座谈会上的讲话》中的"民间"指涉的对象是"工农兵"。所以,现代阶段的民间文化极其复杂,不仅内容复杂,而且具有阶段性特征,其中还不排除精华与糟粕共存。正如陈思和先生所说:"民主性的精华与封建性的糟粕交杂在一起"[①]。但是,本书所关注的是与中国现代新诗密切相关的那一部分,而并非民间文化的全部。文化和文学之间的联系,主要通过心态文化层发生作用,而这一层次主要是由社会实践和意识活动长期积淀而成的价值标准、审美观念、思维方式等构成。文化与诗歌的关系,除了直接受到一些民间艺术形式的影响,主要的影响来自民间的观念、意识、心理、感情、审美等因素,当然这些艺术形式本身也是民众心态的理性思考和艺术加工的结果,如民间歌谣、民间说唱等。

本书所讨论的民间文化,主要是指在现代文学史范围内,已经出现并且就其本身的方式得以生存、发展,并形成了某种文学史背景的现实性文化空间。尽管现代文学各个时段的民间概念并不完全相同,但我们还是试图寻找一个宽泛的民间文化的概念,试图能够涵盖现代阶段的民间概念。本书的"民间

---

① 陈思和.民间的浮沉:从抗战到"文革",文学史的一个解释//陈思和.中国新文学整体观.上海:上海文艺出版社,2001:123.

文化"概念还是最为接近陈思和教授的民间概念[①],由此,本书认为与现代新诗创作密切相关的民间文化形态包括这样几个层面:

首先是指直接进入文学作品的民间语言、民间生存状态等显性因素。对于新诗创作来说,主要是指现代诗人对民间语言的利用,而且特指民间的白话,甚至是口语。在现代新诗史上,曾多次出现过倡导利用民间语言创作的潮流。此外,利用民间语言创作还包括一些诗人使用民间方言创作,如刘半农用江阴方言写作新诗,蒲风用客家方言创作新诗等。此外,在现代新诗中,民间社会的生存状态进入诗歌内容,也是一个普遍的现象。在新诗中,诗人书写民间的苦难、民间的抗争以及民间的憧憬,这也应该是民间文化在诗歌创作上的反映。

其次是指民间文学、民风民俗、仪式制度等可观可感的文化形态。民间文学是民间文化形态中的重要组成部分,是下层民众在生产、生活和劳动中创作出来的文学作品,它以各种各样的方式影响着作家文学的创作。现代新诗吸收民间歌谣的体式以及表现方法以丰富自己的创作。现代诗人为了让诗歌走向民间而创作仿民歌体新诗。此外,民间风俗作为地域文化中重要的内容也会给文学作品增添许多民间文化色彩。

还有则是指民间社会在长期的历史进程中形成的深层次的、无形的心理、意识、审美等精神内容。民间文化的精神对新诗创作的影响是深层次的,其中自由自在的精神特征是其核心。由此,这种自由自在的精神特征还带来了民间文化精神的其他相关特征,如反抗精神、生存欲望等等。这种精神特征给新诗带来了审美形态上的变化,那是一种充满生命活力的对自由生命无限向往的审美形态,更为重要的是,它还常常是文学艺术产生的源泉。

本书在探讨现代新诗与民间文化的关系时也主要包含在上述范围内,这样就避免了运用概念的过于宽泛和空疏。此外,书中还出现了一系列与民间

---

① 陈思和.民间的浮沉:从抗战到"文革",文学史的一个解释//陈思和.中国新文学整体观.上海:上海文艺出版社,2001:122-123.陈思和先生从描述文学史的角度出发,认为民间概念包括以下层面:一、它是在国家权力控制相对薄弱的领域产生的,保持了相对自由活泼的形式,能够真实地表述出民间社会生活的面貌和下层人民的情绪世界;二、自由自在是它最基本的审美风格,在一个生命力普遍受到压抑的文明社会里,(自由自在)这种境界的最高表现只能是审美的,所以,它往往是文学艺术产生的源泉。

相关的概念,也须进行界定。需要强调的是,作为民间文化的主体,在本书中可能会出现一系列不同的名称,如"民众""平民""大众""下层百姓""劳动人民"等相似概念。这些概念,在不同阶段,可能有一些差异,但为了论述的方便,均赋予其同等含义,都是指以农民为主体生活在社会底层,和官方相对应的民众。文中还会出现一些概念,如"民间化""民间性"等概念,在使用之前也须进行界定。具体来说,现代新诗的"民间化"是指现代新诗受到民间文化的影响而具有一定的民间倾向和民间文化的特性。而"民间性"则具体指现代新诗的民间特性,如新诗在主题、精神特征、表达方式等方面的民间性质。在对相关概念进行上述界定之后,接下来的研究才会变得有界限,不至于空泛、模糊。

三、"民间性"和"现代性"

现代新诗受到民间文化的影响,具有无可争议的"民间性",从内容到形式再到创作方法,都可以发现其中的民间元素。这种民间性和我们通常认为的新诗的现代性有什么关系?民间性与现代性是相背离的,还是本身就是其中的一部分?

"现代性"是二十世纪九十年代以后中国文学阐释的关键词。中国文学的"现代性""现代化"或"现代特征"等概念总体上就是"走向开放""走向世界"的意思。所谓文学的"现代化"也就是"由古代文学的'突变',走向'世界文学'"[1]。也正如有些学者认为,"'现代性'无疑是个西方化的过程"[2]。总之,中国文学现代化进程的一个主要诱因就是西方文化。实际上,宽泛意义上的文学现代性不仅如此,它给文学带来的变化是包括西方化在内的更加丰富的内涵。具体到诗歌方面,中国诗歌从古典诗歌转变为现代诗歌,也同样是现代化的过程,它理所当然也具有"现代性"。这种"现代性"的特征是丰富而复杂的,正如有学者这样总结新诗的现代性特征:"开放性""先锋性""民族性"和"创造性"[3]。总之,现代新诗相对于古典诗歌,是一种历史的进步,更能

---

[1] 黄子平,陈平原,钱理群.二十世纪中国文学三人谈.北京:人民文学出版社,1988:35.
[2] 张颐武."现代性"的终结——一个无法回避的课题.战略与管理,1994(3):104-109.
[3] 龙泉明.中国新诗的现代性.武汉:武汉大学出版社,2005:30-32.

够适应现代的生活,也发挥了较之古典诗歌更为重要的社会作用。

当我们论及现代新诗的现代性时,最突出的感觉就是它的进步性。那么,新诗的民间性,会不会与现代性是相矛盾和背离的呢?也许直觉上会认为,新诗的民间化是新诗的倒退。现代诗歌从古典诗歌的藩篱中解放出来,似乎是应该向西方看齐,而不是去关注陈旧、落后、闭塞的民间文化和浅陋的民间文学。事实并非如此,现代新诗受到民间文化的影响,并且具有民间性,是在一个开放的环境中完成的,而且特殊的历史和时代要求,都让现代新诗的民间化与古典诗歌受到民间文化的影响的情形和效果迥然不同。

"五四"时期,一些现代诗人或学者关注民间资源,发起现代民间文化运动,并不是在封闭的本土环境中进行的,而是在"五四"这样一个开放的背景下,尤其是在西学东渐的背景下进行的。正如有学者指出,"中国现代民间文学运动,是在本世纪初一批眼界开阔、知识深厚、思想进步的哲学家、历史学家、政治家、外交家们掀起猛烈的反孔运动,抨击摇摇欲坠的中华帝国的种种弊端,呼吁参照西方社会模式改造中国、疗救中国的新思潮和启蒙运动中诞生的"[①]。西方在民俗学和文化人类学的研究上起步较早,国内学者也正是在借鉴西方相关研究成果的情况下,开始了国内的民间文艺研究。"五四"时期的歌谣征集运动,也正是在这种背景下展开的。另外,近现代世界范围内的解放思潮,对"人的价值"的发现,也都促使了国内学者对民间文化的重视。

至于现代诗人对民间资源的青睐,也同样是在西方的背景下。胡适率先提倡白话诗,进而关注"白话文学""民间文学",正是受到了西方意象派诗歌的影响。意象派诗歌的语言通俗、形式自由、描写具体确切等特点,都影响了胡适的白话诗歌理论。至于刘半农、周作人等,更是有着广泛的西学背景。因此,现代新诗从一开始就是在开放的背景下接近民间世界的。既然是在一种开放的环境中面对民间资源,就会以一种积极开放的姿态去吸取其中新鲜活泼、有生命力的元素,而不是被其中落后的因素困扰。

此外,现代新诗由于重视和借鉴民间资源,而使得诗歌更具有民族性。现代新诗诞生于一个开放的环境中,在否定古典诗歌的背景下去借鉴和利用民

---

① 刘锡诚.中国民俗学的滥觞与外来文化的影响//吴同瑞,王文宝,段宝林.中国俗文学七十年.北京:北京大学出版社,1994:13-14.

间资源,客观上起到了一定的防止诗歌过分西化,维护了本民族传统的作用。当然,我们并不排除其他因素在这个过程中的作用。民间文化是一个民族的底层文化,其中也包含了一个民族的集体无意识心理和民族精神。民间文学也是普通百姓喜闻乐见的具有传统特色、地方色彩的文学作品,其间也保存着宝贵的民族传统。尤其一些流行于民间的诗体和创作方法被新诗人利用,重新焕发出生命力,一定程度上也起到保存民间文艺传统的作用。所以,现代新诗在多种文化资源共同作用的环境中诞生、发展,而依然保持着鲜明的民族特色,民间文化在其中应该说功不可没。中国新诗比古典诗歌获得了更高的艺术自觉性,这种艺术自觉性主要是指诗人摆脱了精神束缚,表现出更加广泛的文学艺术追求。这就使得新诗在总体上呈现出由单一到丰富,由一元到多元的趋势,也表现出比古典诗歌更多的创造性,当然,这也包括现代诗人对民间审美资源的利用和挖掘所发挥的作用。

综上,现代新诗的"民间性"并没有与新诗的"现代性"相背离,相反,在一定程度上,它既是新诗"现代性"的重要组成部分,也直接推进了新诗的现代化进程。

第一章　现代新诗民间化的渊源与背景

现代新诗与民间文化形态之间的关系错综复杂,涉及方方面面,而且贯穿始终,在发展中纠结更深。这种复杂的关系并非偶然发生,也绝非孤立产生。在纵向上追溯我国古代诗歌历史,或许可以寻到一些渊源;在横向上探索其发生背景,或许可以让我们在探讨现代诗歌与民间文化的关系时能有更开阔的视野。

第一节　现代新诗民间化的历史渊源

中国是一个诗的国度,诗歌的历史源远流长。自从人类有了语言思维能力,可能就有了口传的原始诗歌创作。即便是从有了文字记录的《诗经》算起,也已有接近三千年的诗歌历史。在漫长的历史过程中,诗歌创作在曲折中不断发展,自身的体式也在不断发生着变化,从《诗经》、楚辞、汉赋、汉乐府到唐诗、宋词、元曲,每一个时代都有不同的诗歌体式。但无论在任何阶段,诗歌始终与民间文化形态都有着密切的关系。不管是从诗歌的起源,后世的发展变化,还是从诗人的民间态度、诗歌的表现内容方面,民间文化与民间诗歌都是一个绕不开的话题。

一、诗体变迁与民间文学

诗歌是中国文学中的"正统文学",也是所有文体中最重要的文体。历代的文人士大夫都对诗歌给予高度重视,但就是这样一种"高贵"的文体却与

"不登大雅之堂"的民间文化形态有着千丝万缕的联系。从诗歌的发展进程来看,早期诗歌如先秦两汉时期的诗歌与民间的关系最为密切。随着诗歌逐渐贵族化,看似与民间文化的关系渐远,但民间文化却始终如一道潜流,在默默影响着诗歌的发展。尤其是在诗体变化的时候,民间资源作为一种新的质素往往会发挥巨大作用。

最早的诗歌出自民间,这是毋庸置疑的。祖先们在耕耘狩猎的劳动之余,或是由于有所感悟,或是由于娱悦心情的需要,于是产生了诗。这种诗歌就是最早的民间歌谣。《诗经》是最早的诗歌总集,也是最早的民间歌谣集,其中的《国风》就记录了卫、王、郑、齐、魏等十五国的土风歌谣。当然,那时并没有专门的诗人在写歌谣,这都是民间那些不知名的作手所为,后经"采诗官"收集整理才成了《诗经》中的作品。《诗经》中的诗歌具有浓厚的民间生活气息,真实地再现了当时社会的社会状况和精神风貌。《诗经》成了后世诗歌的源头,也影响了后世诗歌的创作和中国文化的类型,而它却是地道的民间作品。

战国后期,在楚国出现了另外一种诗歌样式,那就是楚辞。楚辞来源于流传于楚地的一种民间歌谣,歌谣句式多变,也可以长短不齐,不同于《诗经》中几乎全是整齐的四言诗,句子中间或句尾多用语气词"兮"字。屈原在这种南方楚地民歌的基础上进行加工改造,创造了一种新的诗歌样式。"楚辞"这种诗歌体式对后世文学影响极大,正如鲁迅先生评价屈原的作品"逸响伟辞,卓绝一世""然其影响于后来之文章,乃甚或在三百篇以上"。[1]屈原的楚辞突出地表现了楚地民间文化的浪漫气息。楚文化具有感情热烈奔放、想象奇幻优美等特征,这一方面来自神奇的神话和宗教信仰,另一方面来自美丽的地方风物。中国传世的神话不多,而楚辞中却保存了大量的神话。这些神话增加了诗歌缥缈迷离、神奇浪漫的色彩。楚国地处南方山水之间,富饶美丽,百姓能歌善舞,这在楚辞中都有充分的表现。楚辞中还有大量的楚地方言,这更增加了楚辞的民间地方色彩。所以,如果说《诗经》中的诗歌还只是民间百姓中不知名的作手所为的真正的民谣,那么,楚辞就是专业诗人创作的一种具有浓厚民间色彩的诗歌。

值得一提的是,楚辞所效仿的楚地歌谣,到了汉代仍十分流行。这种歌谣

---

[1] 鲁迅.汉文学史纲要//鲁迅.鲁迅全集:第九卷.北京:人民文学出版社,2005:382.

又被称为楚歌,不仅在社会上,就是在宫廷中也非常流行。因为推翻秦王朝的力量主要来自楚国的地域,所以这种带有"兮"字的楚地歌谣在汉初仍很有影响力。大家熟知的项羽的《垓下歌》和刘邦的《大风歌》都是楚歌。楚歌是非常口语化的一种诗歌样式,特别受一些社会上层人物的青睐,这或许是因为"自刘邦以下诸侯王未必都受过古典的教育,但往往能作楚歌,故自刘邦、戚姬以下,所作的楚歌,都是浅显如话的"①。而汉代中期以后,古典主义的势力日渐增大,楚歌亦不再流行。而后的五、七言的形成也与民间歌谣有关,汉武帝时就有一些五言的童谣民歌,如《汉书·五行志》中就有这样的五言童谣:"邪径败良田,馋口乱善人。桂树华不实,黄爵巢其颠。故为人所羡,今为人所怜。"汉代后期,五言诗还主要是民间歌谣,直到汉末,"五言诗始大行于世,但还未尽脱民歌的作风,有许多还是带着很浓厚的口语的成分"②。七言诗也有着深厚的民间基础,西汉时,用七言韵语去写一些民谣、镜铭、字书等,已是很普遍的情况。

汉代的韵文中,与民间文化关系密切的还有汉乐府。"乐府"最早是一个掌管音乐的官方机构,汉代人把乐府配乐演唱的诗称为"歌诗",后来就把"歌诗"称为乐府。这种乐府也有部分是文人创作,被称为"雅乐",但真正具有文学价值的则是从各地搜集来的被称为"俗乐"的地道的民间歌辞,如《汉代·艺文志》中记录的各地民歌有"吴楚汝南歌诗""燕代讴""雁门云中陇西歌诗"等。正如典籍中记载的,汉代乐府民歌来自"汉世街陌谣讴"(《晋书》卷23)。不仅如此,这些民间乐府诗因其"皆感于哀乐,缘事而发,亦可以观风俗,知厚薄云"(《汉代·艺文志》),为当时的统治者了解民间社会发挥了重要作用,因此具有一定的社会功能。的确,从汉代的乐府民歌中,我们可以观知那个时代普通民间百姓的生活与情感。《东门行》《孤儿行》《妇病行》诉说了下层百姓的苦难;《战城南》《十五从军征》则叙写了战争给百姓带来的深重灾难;《怨歌行》《上山采蘼芜》《孔雀东南飞》则是描写妇女命运的题材。特别应该注意的是,汉代乐府奠定了中国古代叙事诗的基础,也昭示了叙事诗从一开始就与民间社会有着深刻的联系。

---

① 郑振铎. 中国俗文学史. 北京:商务印书馆,2005:40.
② 郑振铎. 中国俗文学史. 北京:商务印书馆,2005:43.

南北朝时期的乐府民歌被认为是最具民间情韵的诗歌,而且南朝和北朝的民歌由于所处环境不同,题材也不同,所具有的民间色彩也迥然不同。正如《乐府诗集》中说"自晋迁江左,下逮隋、唐,德泽浸微,风化不竞,去圣逾远,繁音日滋。艳曲兴于南朝,胡音生于北俗"。南朝乐府民歌主要是情歌,大多数出自城市下层市民如商贾、歌妓、船户之口,后经乐府机构采集,并重新配乐后演唱,然后在社会上流行开来。南朝乐府民歌中的情歌,几乎全是浪漫主义的,诗歌中男女主人公毫无顾忌地表达对爱情的追求,情感炽烈、质朴。其中的《子夜歌》、《子夜四时歌》(春歌)、《子夜四时歌》(秋歌)、《西洲曲》都是非常著名的情歌,而《西洲曲》是最动人的一首。北朝民歌与南朝民歌多情歌不同,而是题材更为广泛,主要是表现北方少数民族地方的民俗风情。北朝民歌在风格上质朴、粗犷、豪放,有一种天然的豪迈、雄壮之气,如描绘广袤草原风光的《敕勒川》,塑造了女扮男装、替父从军的女英雄形象的《木兰诗》。所以,南朝和北朝的民歌,同是民歌,却具有不同的民间色彩。

由此可见,唐以前的重要诗体都是出自民间,这些诗体经文人之手,逐渐走向精致和华美。至唐代,在多方面有力条件的作用下,诗歌终于迎来了艺术上的高峰。在唐代诗歌繁盛的同时,另一种诗歌样式——词也在逐渐形成。词也是来自民间的一种文体,俗称"曲子"或"曲子词",是一种歌曲的歌词,与《诗经》、汉魏六朝乐府等配乐演唱的诗没有什么区别,只不过它所配合的是一种新的音乐——燕乐。民间早就有曲子词产生,但民间的这些词往往较为质朴,涉及内容也十分广泛。词体的形成与唐代民间歌谣也有密切关系,在体式上很早就是句式长短不一的,而文人词的产生与歌妓的交往有密切关系。在唐代,由于音乐教坊的成立,以歌舞为业的歌妓逐渐增多,这些歌妓的重要活动就是佐酒弹唱。文人在与歌妓的交往中,逐渐接受了这种新的诗歌样式并尝试创作。所以,由于词产生于歌舞宴席之间,产生于文人与歌妓的交往中,词天生就具有婉约言情的特点。一种文学样式发展到极致,尤其是在文人的手中接近完美之后,必然会走向衰退。词在两宋期间盛极一时,由于作家越来越片面地追求文辞的工丽和音律的妍美,词已经成为文人细腻精致的案头之作,原来的通俗性和可唱性特征也逐渐消逝。在这种情形下,散曲应运而生。

散曲是金、元时期在北方民间流行起来的新的诗歌样式,它融合了北方民间的俗谣俚曲、民间新兴的歌曲和女真、蒙古等少数民族的乐曲而逐渐形成的。散曲在民间的流行,引起了一些文人的注意,如刘祁在《归隐志》中认为:"今日之诗","虽得人口称,而动人心者绝少,不若俗谣俚曲之见真情而反能荡人心血也"。所以,文人在称赞民间散曲的同时,也开始创作散曲,于是散曲跃身成为文坛上新兴的诗歌样式。

古代诗歌中的一些主要诗体无不来自民间,不仅如此,就连小说、戏曲等非韵文形式也是从民间兴起。胡适在二十世纪初倡导"文学革命"时就明确指出:"中国三千年的文学史上,哪一样新文学不是从民间来的?"[①]郑振铎对此也有相似见解,"因正统文学的发展和'俗文学'的发展是息息相关的。许多的正统文学的文体原都是由'俗文学'升格而来的。……当民间发生了一种新的文体时,学士大夫们起初是完全忽视的,是鄙夷不屑一读的。但渐渐的,有勇气的文人学士们采取这种新鲜的新文体作为自己的创作的型式了,渐渐这种的新文体得了大多数的文人学士们的支持了。渐渐的这种新文体升格而成为王家贵族的东西了。至此,他们渐渐的远离了民间,而成为正统的文学的一体了"[②]。所以,从古代诗歌的发展历史可以得出结论,诗歌与民间的关系自古以来就是相伴相生,密不可分的。"五四"时期,当诗歌面临着重大的现代转型问题时,新文学的倡导者首先想到的就是民间资源,这也是从历史中习得的经验。

二、诗人的民间情怀

诗人是诗歌创作的主体,诗人的民间情感决定着诗歌与民间世界的距离。在以农业为主的古代社会,大多数诗人都有着深厚的民间感情和关注民间的热切情怀。他们对民间文学高度重视,在文学创作中自觉借鉴民间资源,并能创造性地利用民间资源。有的诗人是在借鉴民间文学的体式,有的是在借鉴民间文学的表达方式,也有的是在汲取民间文化的精神资源,更有一些人在热心搜集整理民间歌谣。

如果要说到古代诗人的民间情怀,屈原应该算是第一人。屈原在楚地歌谣的基础上创作了楚辞。他的诗歌多写到民间神话传说,民间的习俗礼仪等。

---

① 胡适.白话文学史//胡适.胡适文集:第4卷.北京:人民文学出版社,1998:34.
② 郑振铎.中国俗文学史.北京:商务印书馆,2005:2.

他的《九歌》就是对民间祭祀神曲的改造；他的《招魂》是模仿民间巫觋的招魂辞创作而成。屈原的诗歌创作显然离不开楚地的民间资源，也正是因为对楚地民间文化的热情，才使得他的文学作品瑰丽变幻、浪漫多姿。

汉代的建安文学是中国文学史上第一次文人诗歌的创作高潮。曹丕、曹植等人的诗歌很好地把文人的传统与汉代乐府的特点结合起来，积极吸取了民间歌谣的长处，如语言浅显流畅等。许多诗歌主题也是乐府诗中常见的母题，同时，又改变了歌谣单纯素朴的面貌，而使诗歌向精致华美方向发展。东晋大诗人陶渊明在诗歌创作中借鉴民间资源，不是因为他的诗歌在体式上多么接近民间歌谣，而是他的田园诗所描写的田园风光与劳作生活，如《归园田居》《饮酒》等诗，无不具有浓郁的民间气息。

唐代是诗歌大繁荣的时期，诗歌在文人的手中已趋于完美和成熟。尽管如此，一些诗人仍非常重视民间资源，以丰富充实自己的创作。唐代大诗人李白就十分重视民歌的学习，尤其是《诗经》和汉魏六朝乐府。李白最优秀的诗歌就是乐府诗、长短篇歌行和绝句，他的许多诗歌袭用乐府旧题，如《子夜吴歌》《长干行》《关山月》等。他还有一些诗歌语句直接来自乐府民歌，如《静夜思》系从《子夜秋歌》"秋风入窗里"一篇化出。李白的诗歌在语言表达上也受到民间歌谣的影响，他的诗歌往往没有华丽的辞藻和艰深的典故。诗人擅长用自然、生动的语言来描绘形象、抒发感情。所以，人们经常用"清水出芙蓉，天然去雕饰"来形容李白诗歌的语言特色。李白的许多诗歌也因此具有率真自然、清澈明朗的歌谣风韵。李白还时常借用民间故事、神话和传说来进行艺术的再创造，为诗歌增添了浪漫色彩，所有这些都表明李白是一个十分注重学习借鉴民歌的诗人。

还有许多诗人，不仅重视对古代民歌的学习借鉴，还积极借鉴模仿当代的一些有价值的地方歌谣。以出现在唐代的竹枝词为例，竹枝词本是四川一带的歌谣，又称"巴渝词"。巴渝风俗崇尚巫鬼，民众喜用竹枝鼓吹，以节歌唱，末尾有和声。民间歌唱"竹枝"者，尤以一般下层妇女特别是四川夔州一代的劳动妇女为多。诗人杜甫首先把民间"竹枝"引入绝句，建立起竹枝体绝句的雏形。杜甫之后，又有刘禹锡、白居易、苏轼、黄庭坚、范成大等诗人纷纷仿效，争作竹枝词，或有竹枝风韵的七言绝句。诗人刘禹锡曾被贬为朗州司马，正好地处巴渝一带，诗人耳濡目染这种竹枝词，于是改有"竹枝词"十余首，用以宣泄个人情绪。所以,竹枝词这种起于农夫村妇之口的鄙词俚调,经过文人的洗礼之后,而成了诗歌中一种新的样式。中唐诗人李贺和晚唐诗人李商隐都喜欢在诗歌中化用民间神话传说,使诗歌呈现出特有的奇异神秘之感。

民间文学或民间文化对于正统的诗文来说,总是取之不尽的源泉。当诗人们对当代平庸、毫无生气的文坛状况不满时,自然而然地就会怀念真挚、率真、具有无限生命力的民间文学。明代中期被称为"前七子"的文学群体就针对当时文坛风气,提出了"复古"的主张。李梦阳是其中的核心人物,他的文学主张一是重情,二是倡导复古。李梦阳提出诗歌创作的原动力在于情,情遇外物而动,心有所契,形诸声音、文字,乃有诗。因为重视情,所以对真情流露、天然活泼的民间歌谣特别推崇。他在自己的《诗集自序》中引友人王叔武的看法说:"夫诗者,天地自然之音也。今途鼓而巷讴,劳呻而康吟,一唱而群和者,其真也,斯之谓风也。孔子曰:'礼失而求之野',今真诗乃在民间。"(《空同先生集》卷50)他在杂调曲《郭公谣》跋中还特别强调:"今真诗果在民间。"复古派对民间歌谣推崇备至,甚至贬低文人诗歌,他们还积极整理民间歌谣,并学习和模仿民歌进行创作。尽管他们的创作并不十分成功,但他们对民间文化的重视,以及希望从民间获得精神源泉和艺术力量的追求却产生了广泛的影响。晚明时出现的文学流派"公安派"的诗歌倡导"性灵说",力求文学作品要保持人性的纯真和活泼,有着明确的个性解放精神,在语言形式上也是追求更大的自由。袁氏三兄弟的诗歌多冲口而出,浅易率直,宁取俚俗,不落陈套,这在某种程度上与民间文学的特点极其相近。在明朝晚期文坛上,还出现了一位特别重视民间文学,并用毕生的精力从事搜集整理工作的冯梦龙。冯梦龙编辑了民歌集《挂枝儿》和《山歌》,"挂枝儿"是万历时流行的南北时调,《山歌》则是用吴语写成的吴地民歌的专辑。冯梦龙在《序山歌》中,高度评价了民间歌谣的"真",因为其"真"才更有生命力,这是民歌最具价值之处。

清朝末年的黄遵宪也是一位非常重视民间文学的诗人,说起新诗的开端,他可谓功不可没。提起现代文学的发端,往往会追溯到黄遵宪提出的"新派诗"的历史贡献。黄遵宪在诗歌形式上主张言文合一,以口语入诗。他在《杂感五首》中借诗歌提出:"我手写我口,古岂能拘牵?即今流俗语,我若登简编,五千年后人,惊为古斑斓。"① 他还主张"以文为诗","当斟酌于弹词与粤讴之间"的"杂歌谣"②,黄遵宪还特别推崇民间诗歌,他在《山歌题记》中写道:"十五国风,妙绝古今,正以妇人女子矢口而成,使学士大夫操笔为之,反不能尔。以人籁易为,天籁难学也。"③所以,黄遵宪的这种"新派诗"的主张与对民间文学的重视也是分不开的。

三、古诗词里的民间世界

纵观古代诗歌史,民间文化的影响随处可见。这种影响当然并不限于上述的诗体变迁和诗人情怀,表现在具体的诗歌创作中,还有更多直接展现民间社会的诗歌内容,如诗歌里民间社会、悯农的主题、诗歌中的民俗文化等等。古代诗歌中本身就包括民间诗歌和文人诗歌。民间诗歌如《诗经》中的部分作品,汉乐府民歌,南北朝民歌等。民间诗歌对民间世界的关注自然而然,如《诗经》中《国风》里的作品主要是来自民间的土风歌谣,反映了广阔的民间生活。汉乐府民歌则具体而深入地反映了社会下层民众日常生活的艰难和痛苦。而文人诗歌对民间世界的关注,则多半出自对民间世界的向往,或者是表达他们忧国忧民的思想。

《诗经》里的"国风",还有"汉乐府民歌"等本身就是来自民间的诗歌。它们也许不能直接说明诗歌与民间的密切关系,那么,我们主要来分析文人诗歌中的民间世界。在古代诗人中,诗人对民间世界的关注往往有这样几种。有些诗人是想通过描述宁静的民间世界和田园风光以寄托自己的民间理想,如陶渊明、王维、孟浩然等山水田园诗人。陶渊明的田园诗歌中所描述的民间世界只是他一个人的民间世界,而且是美化了的民间世界。《归园田居》中"方宅十余亩,草屋八九间。榆柳荫后檐,桃李罗堂前。暧暧远人村,依依墟里烟"的民间世界寄托着诗人的社会理想。王维的民间世界是"寒山转苍翠,秋水日潺湲。倚杖柴门外,临风听暮蝉。渡头余落日,墟里上孤烟。复值接舆醉,狂歌五柳前"。其实,不管是陶渊明还是王维,他们对民间社会的理解还是存

---

① 黄遵宪.人境庐诗草:卷一//黄遵宪集:上卷.天津:天津人民出版社,2003:90.
② 黄遵宪.黄遵宪集·书函//黄遵宪集:下卷.天津:天津人民出版社,2003:494.
③ 黄遵宪.黄遵宪集·赋序跋//黄遵宪集:下卷.天津:天津人民出版社,2003:384.

有美好的理想。他们一再地在诗歌中去描述民间社会,也说明民间是他们心中永远的"桃花源"。此外,还有另外一部分古代诗人,他们去描写民间社会是出于对底层民众的同情和忧虑。仅以唐代诗人为例,就不在少数。诗人李绅的《锄禾》是一首家喻户晓的悯农诗,诗歌描述了农民在田间劳作的景象,表现了他们终年劳作的辛苦,同时也表达了诗人对农民的同情。杜甫的现实主义诗作《兵车行》、"三吏"、"三别"更是安史之乱前后民间百姓真实生活的写照。中唐诗人张籍的乐府诗题材也有多篇描写下层百姓的困苦生活,特别是官府的沉重赋税给百姓造成的压迫。他的《野老歌》写贫困老翁种的粮食"输入官仓化为土",只好"岁暮锄犁傍空室,呼儿登山收橡食"。他的《山头鹿》则写:"贫儿多租输不足,夫死未葬儿在狱。早日熬熬蒸野冈,禾黍不收无狱粮。"白居易也有许多作品揭示下层百姓在各种剥削压榨下艰难挣扎的悲惨处境:《卖炭翁》描述卖炭老翁被官吏无端抢走一车炭的遭遇;《杜陵叟》中,因自然灾害庄稼被毁的情况下,长吏依然"急敛暴征求考课",老百姓被逼只能典桑卖地去交租。古代诗人对底层民间社会的关注,也说明诗歌这种文体从来都没有脱离民间,不管它后来如何被文人雅化,但总是与民间有着深刻的精神联系。

  古代诗歌里的民间世界除了包括日常的民间生活、民众处境等以外,还包括民间社会中的习俗、礼仪等,这也是古代诗歌涉及民间文化的很重要的一部分内容。从《诗经》开始,其中的很多诗歌就涉及一些民俗,当然这些诗歌本身就是民歌,包含民俗无可厚非。其实,后世文人诗歌中的民俗现象也十分值得关注。以重阳节里的民俗为例,不少古诗词曾提及,最著名的莫过于王维的《九月九日忆山东兄弟》。在这首诗中,诗人提到了重阳节的民俗"登高""插茱萸";孟浩然的《过故人庄》中,"待到重阳日,还来就菊花",提到重阳节"赏菊"这一习俗;李清照的《醉花阴》中,"东篱把酒黄昏后,有暗香盈袖"提到重阳节"饮酒"这一习俗。再以端午节为例,我国端午节在民间的习俗也是极为丰富。欧阳修的《端午帖子·皇后合五首》其一中"翠筒传角黍,佳节庆年年",梅尧臣的《端午日》其一中"空怀楚风俗,角黍吊沉魂",这里的"角黍"指的就是粽子。刘禹锡的《竞渡曲》中,"沅江五月平堤流,邑人相将浮彩舟"说的是"赛龙舟"的习俗。苏轼的《夫人阁四首》其三"五彩萦筒秫稻香,千门结艾鬓髵张"提到的是端午节在门口挂"艾草""结彩线"的习俗。我国民间习俗极为丰富,反映在诗歌中,无疑增添了诗歌的民间气息和生活气息。

总之,诗歌与民间文化结缘已久,这种深刻联系也必然从古典诗歌延续到现代诗歌。现代诗歌与民间文化的关系显然较古诗更为复杂,但也不妨视作是诗歌民间化的一种历史延续。

第二节　现代新诗民间化的发生背景

中国古代诗歌在发展过程中与民间文化有着相伴相生、如影随形的密切关系,但历史从来不是简单的重复。即便是在古代诗歌中的历次诗体变革中,民间资源的参与形式和力度也是各不相同的。具体到现代新诗与民间文化的复杂关系,当然更不是古代历次诗体变革的简单重复,而是有着更为复杂的背景。中国历史上的文学转型基本是在中国文学系统内部进行的,而现代新诗的这场变革却是在一个开放的背景下进行的。近代以来,随着中国社会传统模式的解体,政治、经济、文化环境都发生了翻天覆地的变化,所以,现代诗歌与民间文化的联姻,有着深刻的政治和文化背景。

一、国内外社会思潮的影响

现代文学包括诗歌向民间社会的倾斜和靠拢,与近代以来民众地位的提高和民间文化日益得到重视有着密切关系。自晚清以来,知识界为了"救亡图存",兴起了一股面向民间的社会文化思潮,他们试图通过了解民间、深入民间继而实现改造民间的社会理想。

1840年的鸦片战争,西方人用"鸦片"敲开了古老中国的大门,也惊醒了许多中国人"夜郎自大"的美梦。随着一次次的战败、割地、赔款,中华民族陷入内忧外患的境地。尤其是在戊戌变法失败以后,许多开明的知识分子一边痛苦地思索中华民族的出路,一边走出国门寻求救国良方,最后终于找到了"立人"这个唯一的途径,而"立人"是"立国"的重要手段。中国历史上虽有许多统治者非常重视民众和民意,也有"民为贵,社稷次之,君为轻"这样的统治理念,但老百姓的地位始终是非常低下的。也极少有人认为,国家的富强和进步与开启民智有多么密切的联系,只有到了近代,对普通民众的启蒙才真正被提高到相当重要的位置。

从十九世纪末到二十世纪初,一些开明的知识分子纷纷提出一些启蒙民众的口号。严复曾提出"鼓民力、开民智、新民德"的口号,这里包含着全方位地开掘民众潜力的美好愿望。梁启超则提出"新民说",对后世影响更大。梁启超在戊戌变法以后逃亡日本,对日本国民表现出来的迥异于国内民众的精神面貌很是喜爱和向往,直到晚年回忆起当年之事,依然很激动,他说:"戊戌亡命日本时,亲见一邦之兴起,如呼吸凌晨之晓风,脑清身爽。亲见彼邦朝野卿士大夫以至百工,人人乐观活泼,勤奋励进之朝气,居然使千古无闻之小国,献身于新世纪文明之舞台。回视祖国满清政府之老大腐朽,疲癃残疾,相形之下,愈觉日人之可爱可敬。"① 梁启超通过对日本社会的研究发现,日本的明治维新之所以成功,与日本国民的民气有很大关系,换言之,与国民的精神面貌和素质有很大关系。由此,梁启超明白了要想救国必先新民。他在自己一系列的文章中,如《论中国积弱由于防弊》《中国积弱溯源论》《新民说》等,探讨了中国贫穷落后的根源,批评了中国人的奴性、愚昧、自私、懦弱等心理习惯,认为他们根本不能承担救亡图存的艰巨任务。所以,当前首要任务是必须通过启蒙民众、教育民众,唤醒他们身上沉睡的巨大力量。他明确指出,只有改变国民性,提高国民素质,才能走上民族自强之路。晚清的这些开明知识分子对民众素质的高度重视,影响了几代知识分子和革命家。他们在先驱者所开辟的道路上继续前行,积极教育民众、发动民众,从而取得一次又一次的胜利。

如果说,晚清开明知识分子对民众和民间的重视多数还只是停留在口头号召阶段,那么,到了"五四"前后,知识分子则努力把启蒙和"走进民间"付诸实践。蔡元培提倡的"劳工神圣"和李大钊等人倡导的"到民间去"的活动都是知识分子重视民间并试图"走向民间"的实践活动。1918年11月16日,蔡元培在天安门广场发表"劳工神圣"的演说中宣称,大战中协约国的胜利,将给世界带来巨大变化,"此后的世界,全是劳工的世界呵"!他还解释了"劳工"的概念,包含了一切靠诚实劳动生活的人,他说:"我说的劳工,不但是金工、木工等等,凡用自己的劳力作成有益他人的事业,不管他用的是体力,是

---

① 吴其昌.老师梁任公别录拾遗//文史资料选编:第36辑.北京:北京出版社,1988:76.

脑力，都是劳工。所以农是种植的工，商是转运的工，学校职员、著述家、发明家，是教育的工，我们都是劳工。我们要自己认识劳工的价值。劳工神圣！"①这段话最大的意义就在于他肯定了劳工的价值，尤其是普通下层民众的价值。他把占人口最大多数的农工放在首位，而农工是中国民间社会的主体，这充分体现了现代知识分子关注民间社会、关注民众的立场转变，这也正是"五四"时期"民主"精神的体现。同一时期的李大钊提出"庶民的胜利"的口号也表达了类似的观点。他在《庶民的胜利》中说："民主主义劳工主义既然占了胜利，今后世界的人人都成了庶民，也都成了工人。……今后的世界，变成劳工的世界。"②所以，对普通民众的重视已成为当时普遍的一种政治思潮。

"五四"时期由于"民主""自由"等思想带来的平民化潮流也受到了世界大环境的影响。十九世纪末二十世纪初，世界范围内普遍存在着平民化、民主化、自由化的潮流。在这种潮流下，人的解放、存在都受到前所未有的重视，这也是世界历史"现代运动"的一个标志。当然，对于中国的先进知识分子来说，近水楼台的苏俄影响尤其不可忽视。苏联"十月革命"的胜利也鼓舞了国内许多革命先驱和知识分子，使得他们对苏联工农革命的胜利羡慕不已。同时，流行于俄国的民粹主义自然也被许多人所重视。何谓民粹主义？通俗地说，民粹主义的主要主张就是把没有知识文化的底层劳动者（不仅仅是农民）无条件地神圣化，认为只有他们才是道德高尚、心地善良、灵魂纯洁的人。在民粹主义的主张下，知识分子阶层出现普遍的自我否定现象。正如高尔基在《俄国文学史》中评论十九世纪俄国的一些平民文学作家，认为"这派作家都有一种无力感，都感觉到自身力量的渺小"，"这种对自己的社会脆弱性的感觉，激发了俄国作家注意到人民，感到他们必须唤起人民的潜在力量，并且把这力量化为夺取政权的积极武器这一思想"。③这些知识分子否定自我，膜拜工农，并身体力行向工农转化。在这方面，作家托尔斯泰是其中最典型的代表。在"五四"以后的中国，这种相似的运动时有发生，从"五四"时期的蔡元培、李大钊等人提出的"劳工神圣""庶民胜利"等口号，到抗战时期的"全民动员"，

---

① 蔡元培.劳工神圣//蔡元培全集：第3卷.北京：中华书局，1984：219.
② 李大钊.庶民的胜利//李大钊文集：第2卷.北京：人民出版社，1999：239.
③ 高尔基.俄国文学史.上海：新文艺出版社，1956：7.

再到毛泽东在延安时期发出的"向工农兵学习"的号召,都与此有关联。

在国内外思潮的共同影响和推动下,"五四"时期的知识分子积极开展"走进民间"的活动。《新青年》从1918年第4卷第3号开始,专门开辟了一个"社会调查"栏,介绍各地农村、农民的生产生活方式以及他们的风俗习惯、文化心理等。1919年2月,李大钊还在《青年与农村》中呼吁:"我们中国今日的情况,虽然与当年的俄罗斯大不相同,可是我们青年应该到农村里去,拿出当年俄罗斯青年在俄罗斯农村宣传运动的精神,来作些开发农村的事,是万不容缓的。"① 为了把"走进民间"的理想付诸实践,1919年,北京大学的学生率先成立"平民教育演讲团",其中成员有邓中夏、张国焘、罗家伦、俞平伯等人。演讲的内容主要有宣传反封建迷信,读书识字的重要性,以及当时中国面临的政治形势等方面。尽管这些活动在当时的收效甚微,普通民众对他们的讲演并不感兴趣,但这些社会实践活动却传达出时代发展的方向。

总之,近代以来的国内外政治形势和社会运动的变化都在表明,普通民众中蕴藏的力量正日益得到重视。越来越多的知识分子也逐渐意识到,对民众的教育和发动将是救国的唯一途径。

二、国内外民间文化研究热潮的影响

对民间社会和普通民众的重视,自然会带来对民间文化包括对民间文艺的关注。在知识分子看来,民间文化来自民间,是民众创造了民间文化。于是,许多知识分子对研究民间文化和文学怀有极大的热情。在漫长的封建社会,民间文化属于不登大雅之堂的底层文化,一直处于被压制的状态。处于庙堂之高的文人士大夫能够关注民生疾苦已经不易,极少有人能真正地去潜心研究民间文化。也只有到了"五四"时期,对民间文化和文学的研究才逐渐形成一定规模。早期的民间文化研究者们热衷于对神话、传说、歌谣、童话等民间文学的搜集和研究,这也正是中国现代民间文学学科兴起的时期。

二十世纪初,现代知识分子对民间文化的关注,受到了西方民间文学、民俗学、人类学研究热潮的影响。正如朱自清后来所说:"但我们这个时代,在不断的文学史的趋势中间,拦腰插进来外国的影响。而这种外国的影响力量

---

① 中国李大钊研究会.青年与农村//李大钊文集:第2卷.北京:人民出版社,1999:287.

甚大,是我们历史上没有的,它截断了那不断的趋势,逼着我们跟它走。"①最早的民间文学研究并不是搜集歌谣和研究歌谣的歌谣学,而是神话学,这显然是受到了西方神话研究的影响。对神话传说的关注和研究,几乎是文艺复兴后欧洲乃至全世界的一个热点,这反映了一种世界性的文化思潮。人们普遍希望能够从古人的精神遗存中寻找到文明社会中种种问题的钥匙。西方的民间文学的研究要早于我国并且已取得了丰硕的成果,到十九世纪末二十世纪初就已形成了几个较有影响的民间文学研究流派。西方的民间文学研究最早也主要是对神话的研究,西方的神话学派是世界民间文艺史上第一个产生了深远影响的学派。其后的人类学派引起人们更加广泛的关注,学者们运用进化论的观点来解释神话的各种现象,认为神话与原始人生活与思想有密切的关系,人类学派的神话研究注重文化意义和传播功能的探讨。十九世纪末,在人类学派的基础上产生了功能学派,他们把研究的重点放在收集"活着"的神话材料,旨在探讨神话故事为什么能在民间广泛流传,神话故事与文化的关系等方面。随着近代西方文化的不断输入,西方在民间文学上的研究成果也在不断地影响着国内的学者。不可否认,人类学派的研究对二十世纪的中国影响深远。

中国学者接受国外民间文学研究,一是间接通过近邻日本学者的转译和转介,二是直接从西方引进,而且主要以前者居多。日本学者留学欧洲带回了欧洲民间文学研究成果,又间接影响了中国学者。早在1903年,"留日学生蒋观云在《新民丛报》(梁启超于1902年在日本创办的杂志)上,发表了《神话历史养成之人物》一文。此后,一批留日学生,如王国维、梁启超、夏曾佑、周树人、周作人、章太炎等,相继把'神话'的概念作为启迪民智的新工具,引入文学、历史领域,用以探讨民族之起源、文学之开端、历史之原貌"②。鲁迅先生曾在《破恶声论》、《中国小说史略》的第二编《神话与传说》和《中国小说的历史变迁》的第一讲《从神话到神仙传》等文章中,阐述了神话的一些基本问题。鲁迅针对神话是初民现实生活的反映,神话是文艺之萌芽及小说之开端,诗人为神话之仇敌等问题,提出了一系列历史主义的见解。周作人在民间文学研

---

① 朱自清.歌谣与诗.《歌谣》周刊,1937-4-3(1).
② 马昌仪.中国神话学发展的一个轮廓.民间文学论坛,1992(6).

究上的贡献更大,他是中国民间文艺学和民俗学最早的奠基者和理论家之一,也是第一个把英国人类学派神话学译介和引进中国的学者。在浓郁的越文化的民风民俗环境里长大的周作人,从小就对民间文化有着浓厚的兴趣。在留日期间,他接触到了西方的人类学派神话学理论,对神话产生了浓厚的兴趣。后来,他在回忆日本留学生活时说:"我在日本东京得到英国安得路朗的几本关于神话的书,对于神话发生兴趣,因为神话与传说和童话有密切的关系,所以对于童话也十分注意,又因童话而牵连及儿歌。"① 周作人一边将英国人类学派神话学介绍到国内,一边开始运用人类学派的理论来分析国内的民间文学,他相继撰写了《童话研究》《古童话释义》《儿歌之研究》等论文。所以,在"五四"前期,国内的一些学者已经开展了不同程度的民间文学研究并取得了一定的成就,而真正产生较大影响的民间文学研究活动则是1918年2月在北京大学兴起的歌谣征集运动。

北大的歌谣征集活动揭开了现代民间文艺研究新的一页。歌谣运动是在北京大学教授刘半农、沈尹默、周作人、钱玄同等人的倡导下,在校长蔡元培的支持下,轰轰烈烈地展开的。刘半农拟定的《北京大学征集全国近世歌谣简章》和以北京大学校长蔡元培名义发表的《校长启示》这两个文告,一起刊登在1918年2月1日出版的《北京大学日刊》上。征集活动在校内外引起了强烈反响,几个月内就收集到一千余首歌谣。北大的歌谣征集活动促进了民间文学和民间文化的研究,1920年又成立了北大歌谣研究会。参加歌谣研究会的人员虽来自不同的学科,但他们却怀着共同的研究民间文化的热情,其中有文学家周作人、胡适、沈尹默、常惠等,有语言学家音韵学家刘半农、钱玄同、沈兼士、魏建功,史学家顾颉刚等。正如刘半农所说,歌谣研究会成立之初,"研究歌谣,本有种种不同的趣旨:如顾颉刚先生研究《孟姜女》,是一类;魏建功先生研究吴歌声韵类,又是一类;此外,研究散语与韵语中的音节的异同,可以另归一类;研究各地俗曲音调及其色彩之变递,又可以另归一类;……如此等等,举不胜举,只要研究的人自己去找题目就是。而我自己的注意点,可始终

---

① 周作人.一点回忆.民间文学,1962(6).

是偏重在文艺的欣赏方面的"①。所以,歌谣征集活动的开展和歌谣研究会的成立大大促进了民间文学的研究。来自不同学科的学者虽然学术思想和倾向不同,但总的来说,其目的不出两种,一是学术的,一是文艺的。这也正是周作人在《歌谣·发刊词》中所说的两个目的:"汇集歌谣的目的共有两种,一是学术的,一是文艺的。……歌谣是民俗学上的一种重要的资料。我们把它辑录起来,以备专门的研究:这是第一个目的。……从这学术的资料之中,再由文艺批评的眼光加以选择,编成一部国民心声的选集。意大利的卫太尔曾说'根据在这些歌谣之上,根据在人民的真情感之上,一种新的"民族的诗"也许能产生出来。'所以这种工作不仅是在表彰现在隐藏着的光辉,还在引起将来的民族的诗的发展:这是第二个目的。"②歌谣运动不仅促进了民俗研究的发展,还对诗歌的创作有一定的借鉴作用。此外,胡适对传统小说的考证,鲁迅对小说史的整理,北大方言调查会与风俗调查会等学术与文化活动,都对整个新文化运动的民间走向起到了推进作用。对民间文化和民间文学的重视和研究,很自然地会影响到现代新诗的创作,也必然会成为现代新诗民间化的一个背景。

三、西方文学的间接影响

现代新诗从一开始就青睐民间文学,到倾向于借鉴民间资源以丰富自身发展。这种倾向不仅受到中外政治、文化思潮影响,也间接受到西方文学民间化潮流的影响。西方文学与中国文学一样,也与民间文化有着错综复杂、密不可分的关系。近代以来,西学东渐,国外的文学作品和文学思潮涌入国内,当然也包括西方文学中重视民间资源的内容,许多作家不能不深受其影响。

首先,西方浪漫主义诗潮对新诗的影响较大,他们对民间歌谣的重视影响了国内的新诗人。浪漫主义诗人非常重视民间歌谣的价值,1800年前后,英国出现了以华兹华斯为代表的浪漫主义诗人搜集编选歌谣集热;1933年在法国出现了"地窖的晚餐社"的歌谣团体,1806出现了"现代地窖社",1831年还

---

① 刘半农.国外民歌译·自序//鲍晶.刘半农研究资料.天津:天津人民出版社,1985:217.

② 周作人.歌谣·发刊词.《歌谣》周刊,1922-12-17(1).

出现了"歌谣竞技场",1834年出现了"地窖的孩子们",1835年还出现了"烟斗社"等歌谣团体。西方浪漫主义作家的这种观念和实践影响了国内的知识分子,正如有学者指出,"文化发展的总趋势,是对自然纯朴的生活方式的否定。西方的浪漫派作家一再指出文化的演进,特别是大工业的发展所带来的人欲横流和巨大精神灾难。他们因此恋古、复古,相信一切真实美好的东西都可以在古代文化中找到,……渥兹华斯希望能够保持民间文化的本来面目,担心外界压力会毁坏它的自然美。中国民间文学家接受了上述思想,也十分担忧'外来因素'洪水猛兽般地涌入乡村地区的后果。常惠肯定地说:'文化愈进步,歌谣愈退化'"[1]。不可否认,国外的这种思潮大大影响了国内的作家,他们不仅积极收集整理国内的民间歌谣,还热衷于译介国外的民歌。1920年前后,国内还出现了翻译国外民歌的热潮,一些乌克兰民歌、德国民歌、英国民歌被大量引入中国。刘半农在法国攻读博士期间,一边学习,一边搜集西方文献中的中国歌谣和西方民歌,并集成《海外民歌集》出版。

其次,俄国文学的影响也非常重要。十月革命的胜利让国内的许多知识分子和革命者羡慕不已,对俄国的文学自然也就有了更多的关注。十九世纪俄国文学的发展,同俄国的解放运动紧密相连。俄国的许多作家都是对俄国革命产生过重要影响的思想家,有人甚至把俄国革命的成功大部分归功于文学。俄国文学在革命过程中所起的重要作用,在某种意义上,影响了中国现代文学在社会革命中的作用。"五四"时期,俄国文学被大量翻译引入国内,普希金、托尔斯泰、屠格涅夫、果戈理、契科夫等作家也逐渐被国内读者了解,俄国文学与民间文学的密切关系也不能不影响我国的一些作家。特别值得注意的是,几乎所有的一流的俄国作家都非常重视民间文学。

普希金是俄国著名诗人,他也是十九世纪三十年代进步的俄罗斯民间文艺学的代表人物。普希金不但在自己的作品中广泛地接收了民间文学的影响,再现了民间文学中的许多形象和主题,而且还亲自记录和搜集过大批的民间作品,对民间创作问题也发表过一些可贵的见解。他认为文学只有同民间文学紧密地联系着,才有不竭的生命力。因此,他不止一次地呼吁青年作家要学

---

[1] 洪常泰.到民间去:1918~1937年的中国知识分子与民间文学运动.董晓萍,译.上海:上海文艺出版社,1993:26-27.

习民间诗歌。作家果戈理一生对民歌尤其是小俄罗斯民歌保持如醉如痴的热爱,他曾抄录了五百多首各地民歌,并且写了《论小俄罗斯歌谣》的专著。果戈理从民间创作中得到了丰富的营养,因此他的作品具有鲜明的地方特色、民族特色和感人的艺术力量。

著名作家别林斯基也非常重视俄罗斯民歌,他认为俄罗斯民间的或者直接的诗歌,在内容的丰富方面,不逊于世界上任何一个民族。他还认为民间诗歌是反映出民族生存及其全部鲜明的浓淡色度和类属特征的一面镜子。他作为一名杰出的文学批评家还写出了有关民间创作的科学论著。车尔尼雪夫斯基和杜勃罗留波夫两位批评家也在许多文章里论述了民间文学和民间文学的科学等问题。伟大的俄国作家托尔斯泰虽出身贵族,但却同广大农民群众交往密切,因而听了许多民间故事和歌谣,这些都对他的创作产生了重要影响。国内最为熟知的作家高尔基,不仅在自己的文学作品中大量运用民间文学,还致力于搜集、宣传和研究民间文学。他的一些著作如《个人的毁灭》《苏联的文学》《论古代史诗中宗教和神话的因素》等,都从世界各国和各民族的民间文学中采用了惊人的大量且丰富的材料。由此可见,俄国作家重视民间文学,借鉴民间资源是非常普遍的现象,这对二十世纪上半期以苏俄为榜样的中国来说,不能不产生重大影响。

还有,世界范围内的"民主""解放"的潮流也影响到文学的创作。在世界政治趋势要求"人的解放"的同时,文体的解放也成为一种必然。古典主义认为文学是贵族的,不是普通人可以理解的,而文学的现代化则直接体现在让文学回归世俗。表现在诗歌创作上,诗歌的世俗功能被高度重视,如现代诗歌的鼻祖波德莱尔就在十九世纪中期反对把诗神圣化,认为不应该赋予诗过多的崇高功能,主张诗是世俗的。所以,文学创作上的返璞归真也是近现代文学创作总的趋势。

总之,国内国外的社会思潮以及民间文艺思潮共同促进了"五四"时期对民间文化的重视。同时,这些思潮也促进了民间文艺学、民俗学等相关学科的建立与发展,客观上也为新诗的民间化提供了发生背景。

第二章　现代诗人的民间理念

探讨现代新诗与民间文化的关系，归根到底要落实到诗歌的创作本身。在诗歌创作中，诗人是创作的主体，更是创作的核心。任何一部文学作品的创作，都凝聚着作家的心血，也体现了作家对生活的审美感受、体验、判断和评价，是作家本质力量外化的结果。所以，作家的各种观念对创作有着非常重要的制约作用。具体到现代新诗创作，新诗究竟与古典、西方或本土文化之间有何种样的关系，其中起关键作用的还是诗人的创作心态和价值取向。诗人不同于小说家、散文家、戏剧家，他们多少可以借助情节和人物来表达主题，而诗歌是纯粹的，诗人只能用语言来表达自己的真实感受。"创作心态是诗人从事创作活动时表现的心理特征，也是连接创作心理过程和诗人个性特质的中介。"[①]因此，探索诗人的创作心理以及与此密切相关的创作理念，应该是直接进入诗歌本体研究的一条途径。

中国现代诗人始终与多灾多难的祖国一起，经历了历史的洗礼和磨炼。如果谈及现代知识分子或诗人的民间理念，仅就现代阶段，就相当复杂。有论

---

① 吴思敬.心理诗学.北京：首都师范大学出版社，1996：291.

者①对此做过一些分类,他把抗战以前的知识分子民间观分为三类,抗战以后则趋于一致。笔者为了论述的方便,结合现代诗人的具体状况,又考虑到诗歌艺术形式的特殊性,把现代阶段诗人的民间立场分为四大类:一是"五四"时期以文化启蒙为目的的民间理念;二是三十年代"革命诗人"的民间理念;三是抗战以后现代诗人的民间理念;最后,部分诗人从创作本身,完全是从艺术角度出发的民间选择,或者也可以说是自发的民间选择。当然,这种分法不带有绝对性,有些诗人的民间理念和创作心理极其复杂,不是用任何一种分法就可以归类的。但本书为了研究的便利,也为了更清晰地分析现代诗人的不同民间理念和创作心理,暂时以上述分类进行探讨,以期有更细致的发现。

第一节 从新诗建设到文化启蒙

现代诗人中,有一部分诗人关注民间文化的目的是诗体建设和文化启蒙,确切地说,他们的民间理念是从文学建设到文化启蒙。这些知识分子大都集中在"五四"时期和二十年代前期。现代新诗诞生于"五四"新文化运动的狂潮中,它完成了中国诗歌从古典形态向现代形态的转型。在这一过程中,草创期的诗人功不可没,他们几乎都是站在时代前沿的现代知识分子,也都是新文化运动的积极倡导者。他们果敢地抛弃了旧的诗歌传统,希望中国的大地上能重新生成一种"民族的诗"。他们在积极寻找新文化、新文学的建设资源时,发现了民间文化的意义。于是,这种在古代社会一向被视为不登大雅之堂的下层文化,进入了现代知识分子的视野。从1918年到1925年,刘半农、胡适、周作人等一批"五四"知识分子掀起了一场近世歌谣征集活动。以此为起点,

---

① 王光东.民间理念与新文学的民间传统//王光东.民间理念与当代情感:中国现当代文学解读.桂林:广西师范大学出版社,2003:10-11. 在此,王光东先生提出抗战前的三种不同的民间观,一是以李大钊为代表的,受俄国民粹派影响而产生的民间观;二是以鲁迅、周作人等人为代表,对民间持二元态度,既从启蒙立场出发,强调批判民间达到启蒙的目的,又充分吸取和肯定了民间积极健康的生命活力;三是从新文学建设和艺术审美的角度,充分肯定民间形式的活力和美学价值……抗战以后的民间观趋于一致,主要继承和发展的是以李大钊为代表的以政治革命意识改造民间的思想。

现代知识分子把目光投向以"歌谣"为中心的民间文化。那么，在新文化运动启蒙的大背景下，这部分现代知识分子或诗人，他们究竟是如何看待民间文化资源的？他们的民间理念具体表现在哪些方面？当然，不同诗人会从不同的侧面有不同的发现。但总体看来，他们的民间理念主要表现在这样几方面：一是对民间语言的发现和重视；二是对民间文学审美价值以及民间文化所具有的自由自在的精神特质和生命活力的发现和重视；三是对民间文化中的平民思想、个性解放思想的发现和重视。

一、对民间语言的发现

现代诗人的民间理念最早表现在对民间语言的发现和利用上。现代新诗和古典诗歌的不同之处，首先表现在语言形式上。显而易见，新诗用白话创作，而古典诗歌用文言文创作。五四"文学革命"作为新文化运动的重要组成部分，首先就提出"废文言、倡白话"，而这种白话，就是民间语言、人民大众的口语。这一时期的现代诗人在思想启蒙的文化背景下，积极倡导用白话文创作。因为只有让文学口语化、通俗化，才能使文学走向民间并成为开启民智的工具。所以，"文学革命"首先是从"语言"的革命开始的。

胡适是五四"文学革命"的急先锋，他在《文学改良刍议》中，从"一时代应有一时代之文学"的文学进化论角度，认为文言文作为一种文学工具已经丧失活力，中国文学要适应现代社会，就必须进行语体革新，废文言而倡白话。他还提出文学改良从"八事"入手，即"须言之有物，不模仿古人，须讲求文法，不做无病之呻吟，务去滥调套语，不用典，不讲对仗，不避俗字俗语"。我们从胡适倡导的这"八事"可以看出，它涉及的几乎都是语言形式的问题，而它所提倡的白话就是存在于广大民众之间的民间语言。陈独秀的态度更为坚决，"独至改良中国文学，当以白话为文学正宗之说，其是非甚明，必不容反对者有讨论之余地，以吾辈所主张者为绝对之是，而不容他人之匡正也"[①]。而后，又有钱玄同、刘半农等人的响应。钱玄同是语言文字学家，他在致《新青年》的信中，从语言文字进化的角度说明白话文取代文言文势在必行，并把拟古的

---

① 陈独秀.再答胡适之：文学的革命 // 任建树，张统模，吴信忠.陈独秀著作选：第一卷.上海：上海人民出版社，1993：302.

骈文和散文称为"选学妖孽,桐城谬种",他的态度不可谓不激烈。刘半农作为一位新文学倡导者,不仅是位诗人,也是一位语言学家。他在《我之文学改良观》中,提出改革韵文、散文,使用标点符号等许多建设性意见。他还非常重视写文章所使用的白话语言,甚至是方言,他说:"大约语言在文艺上,永远带着些神秘作用。我们作文作诗,我们所摆脱不了,而且使能运用到最高等最真挚的一步的,便是我们抱在我们母亲膝下时所学的语言;同时能使我们受最真切的感动,觉得比一切别种语言分外的亲切有味的,也就是这种我们的母亲说过的语言,我们叫作方言。"①刘半农把这种母语、口语甚至是方言看作是产生文学审美力的重要因素。在众多"文学革命"倡导者的努力下,"文学革命"以语言革命为先导,逐步扩展到其他方面,发展成一场声势浩大的文学运动。可见,在文学革命中,语言的变革是一个"突破口",而民间的白话在其中发挥了巨大的作用。

现代诗人利用白话写诗,也是顺应当时的文化启蒙潮流。用白话代替文言,是中国文学发展的必然趋势,是中国社会现代转型的保证,也是教育大众、开启民智的最基本的保证。现代知识分子企图用西方的民主思想来启发民众,企图在民众中大规模普及现代文化思想,那就必须用他们能懂的语言来宣传教育。在漫长的古代社会,文言分离造成广大民间百姓与上层社会长期处于隔离的状态,使本来落后、愚昧的底层民众更加落后,而现在这一场旨在推广民间语言的白话文运动的确是一条有效的启蒙途径。

具体到新诗的创作来说,广大草创期的白话诗人,在打破旧的诗体的基础上,力主用民间的白话来写诗。古典诗歌一向被认为是"贵族的",普通民众是不会去阅读的,那只是少数人的专利。"五四"运动以后,时代的巨变、社会的转型催生现代的思想。那么,这种现代的思想也必须要找到与之相匹配的用现代语言创作的文体,新诗也是在这种情况下应运而生。但是,一般人总是认为用白话写小说、散文还可理解,用白话作诗似乎勉为其难。早在1915年,胡适在和友人讨论中国文学问题时,就提出"作诗如作文"的主张,梅光迪不同意这一观点,他认为"诗文截然两途"。任叔永也认为:"白话自有白话用处(如作小说、演说等),然不能用之于诗。"但是,胡适的这 观点却得到了刘半

---

① 刘半农.刘半农诗选.北京:人民文学出版社,1958:82.

农、钱玄同、周作人等人的响应,他自己也率先本着"尝试的精神"垂范创作白话新诗,并出版了白话诗集《尝试集》。紧接着,刘半农、周作人、俞平伯、康白情、刘大白等早期白话诗人都开始尝试用白话写诗。早期白话也逐渐形成自己的特色,这也是现代新诗的最初形态。

由此可见,新文化运动和"文学革命"在根本上是语言问题。语言作为一个民族文化的符号系统,在民族文化进行现代化转型的时候,理应首当其冲。钟敬文先生在《民俗文化学发凡》一文中指出:"在语言学方面,'五四'运动又是一场白话文运动和推行国语的运动。它所提倡的以平民的白话代替传统的文言,用白话写新诗,以及主张以北京话为基础向全国推行国语和用它编写教科书,反映出了一种思想、文化载体方面的重大变化。"[①]诗歌变革作为"文学革命"中的一部分,在白话诗人的倡导和实践下,以语言为突破口,以民间语言为基础,终于揭开了中国诗歌史上崭新的一页。

二、对民间文学的青睐

在五四"文学革命"提出的"废文言、倡白话"的背景下,早期白话诗人们很自然地把目光投向口头传承的民间文学。在旧体诗词被摧枯拉朽地推翻之后,民间文化形态中的某些元素也许会成为对新诗建设有价值的一部分。民间文学作为民间文化的重要组成部分,其充分"口语化"的语言,通俗易懂的内容,灵活自在的表现方式,清新自然的审美形态等引起了现代诗人们的关注。也许在某种程度上,这些民间文学的特点恰好符合了草创期白话诗人的诗学观念。他们以一种前所未有的热情去关注民间文化,去关注民间文学。民间文学一直被认为是社会"底层"的文学,一向被鄙视为"下里巴人"的下层文化和下层文学,第一次被抬高至这样的地位。

民间文学受到这样的重视,不仅与当时的启蒙背景有关,与新文学的建设有关,还受到了西方民间文学传统和民俗学研究的影响。胡适把民间文学提高至文学正宗的地位,大胆断言"一切新文学的来源都在民间","民间的小儿女,村夫农妇,痴男怨女,歌童舞妓,弹唱的,说书的,都是文学上的新形式与新

---

① 钟敬文. 中国民间文学讲演集. 北京:北京师范大学出版社,1999:2.

风格的创造者"①。在这种意义上,以民间生活为主要表现内容的民间文学成了现代知识分子的关注焦点,而民间文学中的民间歌谣则尤其引起了草创期白话诗人的重视。1918年春,由北京大学的刘半农、沈尹默、钱玄同、沈兼士、周作人等人发起,在北大校长蔡元培的支持下,开始了征集近世歌谣的事业,成立了中国近代史上第一个专门的民间文学研究机构"歌谣征集处"。刘半农和沈尹默是歌谣运动的首倡者,他俩曾被周作人称为"五四"时期"具有诗人天分"的教授。他们从诗歌建设的角度提倡征集歌谣②,其目的就是为了解决新诗当时的困境。歌谣运动一开始就设定了两个目标,一是学术的,一是文艺的,这在《歌谣》周刊发刊词中有明确说明。当时的许多诗人对歌谣寄予厚望,他们认为歌谣里面有很好的诗,他们可以为新诗创作提供借鉴。一位可以称得上歌谣运动先驱的意大利人韦大列(Guido Amedeo Vitle),在他1896年出版的《北京歌谣》(Pekinese Rhymes)里面说:"根据在这些歌谣之上,根据在人民的真感情之上,一种新的'民族的诗'也许能产生出来。"③这段话引起许多人的共鸣,在多个场合出现过,并被直接写入《歌谣》周刊的发刊词。当时,许多新诗人都肯定了歌谣对新诗的借鉴意义,就连郭沫若,这位受西方浪漫主义影响最多的诗人,也表达了对民歌的重视。他在1920年2月16日写给宗白华的信中说:"原始人与幼儿对于一切的环境,只有些新鲜的感觉,从那种感觉发生出一种不可抵抗的情绪,从那种情绪表现成一种旋律的言语,这种言语的生成与诗的生成是同一的;所以抒情诗中的妙品最是些俗歌民谣。"④刘半农也评价民间歌谣说:"它的好处,在于能用。"所以,尽管歌谣运动在后来成为现代民俗学、民间文艺学的开端,但在一开始,它的直接目的却是为了新诗的发展。那么,白话诗人究竟从民间歌谣中发现了哪些价值?

---

① 胡适.白话文学史//胡适文集:第四卷.北京:人民文学出版社,1998:34.

② 刘半农在《国外民歌译·自序》里说:"这已是九年以前的事了。那天正是大雪之后,我和沈尹默在北河沿闲走着,我忽然说:'歌谣中也有很好的文章,我们何妨征集一下呢?'尹默说:'你这个意思很好。你去拟个办法,我们请蔡先生用北大的名义征集就是了。'第二天我将章程拟好,蔡先生看了一眼,随即批交文牍处印刷五千份,分寄各省官厅学校。中国征集歌谣的事业,就从此开场了。"

③ 韦大列.北京歌谣·序.《歌谣》周刊,1922-12-17(1)//《歌谣》(影印本),上海:上海文艺出版社,1962年。

④ 宗白华,郭沫若,田汉.三叶集.合肥:安徽教育出版社,2006:37.

总体看来，早期白话诗人主要从这样几方面在民间歌谣与新诗的创作上建立了联系。

首先，民间歌谣质朴、天然无雕饰的民间语言，成为众多白话诗人关注和模仿的对象。文学要平民化、通俗化，要成为"开启民智"的工具，语言的通俗易懂是首先应解决的问题。古代文人诗歌是贵族圈里的诗歌，普通百姓无人问津，文人的思想与普通民众的想法有天壤之别。现在既然要实现文化启蒙，开启民智，首先就应该让普通民众能读得懂。一时之间，民间歌谣里的语言运用似乎成为早期新诗创作的某种典范。胡适的《尝试集》用民间口语写诗，刘半农模仿家乡江阴的方言创作《瓦釜集》，周作人、沈尹默、康白情等人用白话语言创作出具有民歌神韵的白话诗。

其次，在新诗的诗体建设方面，民间歌谣也在一定程度上对白话诗人有所启示。当白话诗人打破了旧诗词格律，打破了相沿成习的语言秩序之后，新诗并没有现成的路径和方法，也没有一致的标准，所以早期白话诗人们都在努力探索和尝试。他们期待能用白话更准确、更优美地表现现代人的复杂情感，但同时在诗歌的体式上面，也在积极寻求适当的形式。民歌的体式相对自由，有格律但并不严格，可以说是一种半格律体的体式。于是，早期白话诗人在寻找新诗蓝本的前提下，民歌体诗歌就成了他们能够借鉴的体式之一。刘半农在民歌基础上提炼新诗形式在文学史上堪称筚路蓝缕之举。在诗体大解放的背景下，刘半农提出诗体建设的途径有两条，"第一曰破坏旧韵重造新韵"，"第二曰增多诗体"。[①]刘半农在增多诗体的愿望下，在新诗与歌谣之间发现了一种内在的应和，并能积极探索，努力尝试，运用歌谣内在的特质、声韵和调子，来创造一种流利的自由体的新诗。刘半农的《江阴船歌》和《瓦釜集》就是他仿照民歌，自觉进行诗体革新的实绩。

再者，民间歌谣的那种自由、真挚的情感表达方式也吸引了早期白话诗人。在这里，一方面是自然、真挚的情感，另一方面是表达情感的方式，这对新诗创作都有积极的借鉴作用，这也是早期白话诗人特别青睐民间歌谣的重要因素。古典诗歌讲究艺术技巧，在内容的表达上受形式的限制，难以做到情感

---

① 刘半农.我之文学改良观//鲍晶.刘半农研究资料.天津：天津人民出版社,1985:119-121.

自然流露。正如陈独秀在《文学革命论》中所说的那些"雕琢的阿谀的贵族文学","陈腐的铺张的古典文学","迂晦的艰涩的山林文学"。所以,能够自由地表达真挚的情感是民间歌谣最大的长处,正如刘半农称赞歌谣说:"只是情感的自然流露","自然的流露既无所用其拘,亦无所用其假,所谓不求工而自工,不求好而自好,这就是文学上最可贵,最不容易达到的境地"[①]。所以,不事雕琢,自然天成的民间歌谣,暗合了白话诗人想象中的新诗的某些特征。诗该怎么做就怎么做,正如郑振铎所说:"我们要求'真率',有什么话便说什么话,不隐匿,也不虚冒。我们要求'质朴',只是把我们心里所感到的坦白无饰地表现出来,雕斫与粉饰不过是'虚伪'的遁逃所,与'真率'的残害者。"[②]对民间歌谣"率性而为,自由表达"的情感表达方式,实际上与"五四"时期提倡个性解放的启蒙思想是一致的。他们在民间文化、民间文学中发现了反抗封建束缚的个性解放精神。这种争取自由解放的精神,与建立在"真情自然流露"的诗学观融合起来,被现代诗人理解并接受,并且获得了强有力的理论支撑,这对五四新文学的发展产生了积极作用。

三、民间精神资源与文化启蒙

"五四"时期,白话诗人对民间口语和民间文学的发现和重视共同构成了新文学产生的民间文化背景。如果说,从新诗建设的角度重视民间文化还只是一种表层上的利用和借鉴,那么,对蕴含在民间文化中的精神资源的发现和利用则是深层次的追求。在启蒙的大背景下,民间文化形态中蕴藏的巨大精神力量和无限生机影响了早期诗人的创作心理和精神构成,同时也包含了更多的文化诉求。这也是此类诗人民间理念的核心所在。

一方面,早期白话诗人从民间文化中发现了自由自在的精神特征,这既是新文学或新诗精神建构的重要精神资源,也是建设理想社会的重要资源。虽然,"自由境界"并不是民间社会独有,但是长期以来,在人们的思想观念中,民间社会远离政治中心,应该是最有可能获得自由生活的地方。人的自由是

[①] 刘半农.国外民歌译·自序 // 鲍晶.刘半农研究资料.天津:天津人民出版社,1985:221.

[②] 郑振铎.雪朝·短序 // 陈绍伟.中国新诗集序跋选.长沙:湖南文艺出版社,1986:69.

相对的,但在一定范围内,自由的程度代表一个人生存状态的优劣。虽然现实社会的民间并不能达到理想的自由境界,但民间却蕴藏着最强烈的对自由生活的精神向往。有了这样一种对自由的追求和向往,才会有对残酷的现实世界的反抗,才会有对底层社会的关注和同情。从这种角度来说,从民间文化中提取的"自由"因素,与新文化运动的先驱者倡导的启蒙运动思想也有一致之处。陈独秀在《新青年》的发刊词《敬告青年》中就鲜明地提出"人权、平等、自由"的思想,大力推进思想启蒙运动。一方面评判文化专制主义,倡导思想自由;另一方面,广泛引进西方文化,让西方的人道主义、进化论思想、社会主义思潮来刷新国人的思想。在这样一种背景下,对民间文化中"自由"精神的关注,也就顺理成章。从而,民间文化也就成了二十年代初期启蒙运动的资源之一。

另一方面,他们还在民间文化形态中发现了"人"的存在。在中国古代社会中,统治阶级高高在上,下层百姓的个人价值不被看重。虽然有"民能载舟,亦能覆舟"这样的经典古训存在,但在统治者的眼里,真正对老百姓的平等,那也是不存在的。也只有到了"五四"以后,伴随着思想的大解放,个人的价值才被提高到前所未有的高度。西方社会也同样经历了这样的阶段,中世纪以后,神学笼罩一切,宗教人本主义被神本主义掩盖,人性与神性相对抗,代表着人性的"民间"与代表着神性的"官方"相对抗。欧洲的文艺复兴就是西方人类史上前所未有的思想文化解放运动,以"人"为核心的个性解放、巨人风范成为时代的主旋律。"民间"的地位也在呼唤自由和人本主义中得到提高。可以看出,西方的"民间"理念始终是伴随着对"人"自身的发现而逐步发展起来的。"人"作为生活的主体,强烈的自我意识、人本意识和自由观念赋予了"民间"旺盛的生命力。所以,"五四"时期来自西方的"民主"思想也与民间有着比较深的渊源。"五四"运动就是中国的一场文艺复兴,"民间"的人本精神无疑给早期白话诗人以巨大的精神支撑。他们不仅要在诗歌的语言、形式上进行一场革命,最重要的是要给文学、给诗歌注入一种精神。"五四"时期的现代知识分子和白话诗人大力倡导"平民文学""人的文学",呼唤"文学的还原"等以"人"的回归为主的创作理念,这也正体现了"五四"时期现代知识分子的"启蒙主义"和"人本主义"的创作立场。

周作人是"五四"时期最有影响力的理论先导者和批评家,也是较早注意到民间文化价值和进行民俗学研究的一位。周作人早在家乡绍兴时就开始搜集和研究民间歌谣、谚语和故事了。在日本留学时,他系统阅读了弗克斯、卢斯等人类学家的著作,尤其受到了英国十九世纪人类学家安德鲁·兰民间文学观的影响。他还受到当时的日本民间文学运动的影响,十分推崇日本的"民俗学之父"柳田国男的治学思路和方法。所以,民间文化的长期浸染,使他对民间文化中蕴藏的有价值的诸如"人本主义""平民思想"等有极为深刻的认识。周作人在文学观念上表现出一种典型的知识分子"启蒙主义""人本主义"的文学观。如果说,胡适等人侧重从语言、文体形式上打开突破口,周作人则侧重从思想建设层面上来探讨新文学的出路。他最突出的贡献,就是以"人的文学"来概括新文学的内容。周作人在《人的文学》中,指出"人的文学"是"用这人道主义为本,对于人生诸问题,加以记录研究的文字"。他还特别强调,新文学所本的人道主义具体指个人主义的"人间本位主义",只有作家自己觉悟了,"占得人的位置",才能"讲人道,做人类"[①]。他将新文学的本质界定为"重新发现'人'的一种手段,根本目标在助成人性健全发展"。后来,周作人又提出平民文学"的概念[②],指出平民文学应以通俗的白化语体描写人民大众的真实情状,忠实地反映"世间普通男女的悲欢成败",描写大多数人的"真挚的思想和事实"。可见,无论是"人的文学",还是"平民文学",都是作者的"人本主义"观念在文学上的反映,这不能不与他长期关注民间文化有关。

所以,不管是民间文化中的自由精神,还是民间文化中"人的价值"的存在,这些都是民间文化中的精神资源。新文学运动的先驱者不仅在民间文学中发现了可资借鉴的民间语言以及民间文学表达方式,同时还将民间文化中的精神资源作为"文化启蒙"的重要资源。

[①] 周作人.人的文学//张明高,范桥.周作人散文:第二集.北京:中国广播电视出版社,1992:124.

[②] 周作人.人的文学//张明高,范桥.周作人散文:第二集.北京:中国广播电视出版社,1992:131.

第二节　在革命感召下走向"民间"

现代文学发展的三十年,也正是中国革命风起云涌的三十年,也是中华民族在血与火中走向新生的三十年。因此,政治和革命也自然就是一个现代文学绕不开的话题。在中国这样一个拥有大多数农民的国家,发动农民、解放农民无疑成为革命者的理想和最终目的。在这样的过程中,民间文化必然会发挥一定的作用。对于那些革命诗人来说,民间社会是一个蕴藏无限革命潜能的巨大空间,他们要通过自己的笔去唤起这种沉睡的力量,使社会革命的目标得以实现。也正是在这种意义上,从二十世纪二十年代中期直至三十年代,革命诗歌表现出与民间文化形态的某种关联:革命是为了民间,革命也需要民间。这些革命诗歌主要包括二十年代中后期的普罗诗歌(早期无产阶级诗歌),三十年代的"左翼"诗歌和"密云期"①的诗歌。那么,对于倾向于革命的广大诗人来说,他们有着怎样的民间理念?他们又是如何看待民间文化在创作和革命中的作用的呢?

一、从革命理想到早期无产阶级诗歌

现代诗人从革命的角度来关注民间,与胡适、周作人、刘半农等人的民间理念有很大区别。胡适等人是从文化的、文学的本身发展来关注民间文化的形态,而倾向于革命的诗人,他们关注民间的动机则来自文学的外部,这些诗人认识民间、理解民间和艺术地表现民间的全部目的都是为了实现政治革命的理想。他们的民间理念最早可追溯到"五四"时期的早期共产党人李大钊、邓中夏等人的民间理念。

"五四"时期,在救亡图存的危机背景下,国民的民族意识空前高涨。许

---

① 胡风.密云期风习小记·序 // 胡风.胡风评论集:上.北京:人民文学出版社,1984:327.胡风在1938年说:"我们的民族革命战争,是一个翻天覆地的暴风雨,但在它底到来之前,却是经过了一段阴暗的时期。"他把这一时期(1935至1938年前后)称作"密云期",他认为,在"密云期",我们的新诗虽然"走着曲折而又艰难的道路",但都"依然在发展,在成长"。

多知识分子怀着建立自由民主国家的美好理想,在蔡元培的"劳工神圣"和李大钊的"庶民的胜利"等口号的号召下,开始深入民间,去开始他们解放民间的漫漫征途。应该说,当时的这场轰轰烈烈的"到民间去"的运动,直接受到了十九世纪七十年代俄国"民粹派"倡导的"民粹主义"①的影响。李大钊是这场运动的思想领袖,他积极倡导广大青年到民间去。他在《青年与农村》一文中,对此有很好的阐释,他认为"中国是一个农民占劳动阶级人口绝大多数的国家,农民的境遇就是中国的境遇,惟有解放农民才能解救中国"②。在当时,"到民间去"的口号蔚然成风,"许多二十年代的有名报刊如《晨报》副刊,《努力周报》等都登载过'到民间去'一类的文章,提倡青年学生投身乡村改革的洪流,担负起教育农民的义务"③。可见,革命与民间是有着与生俱来的联系。萌芽于"五四"时期的革命诗歌,也在一开始就承担起了服务于"革命"的重任。早期共产党员邓中夏就明确指出,新诗人必须自觉充当无产阶级领导下的民主革命的"工具","多做能表现民族伟大精神的作品",以此提高民族自信心,鼓励人们的解放斗争,"须多做能描写社会实际生活的作品","彻底露骨的将黑暗地狱尽情披露"④,以加深人们对于现实生活的认识,引起人们的不满、不安和彻底改造旧社会的决心。革命的目标和要求,客观上拉近了革命诗人与民间的距离。茅盾也指出,"我们相信文学不仅是供给烦闷的人们去解闷,逃避现实的人们去陶醉;文学是有激励人心的积极性的。尤其在我们这时代,我们希望文学能够担当唤醒民众而给他们力量的重大责任"⑤。而且,"文学者不过是民众的舌人,民众的意识的综合者:他用锐敏的同情,了解被

---

① 民粹主义:民粹主义或民粹派源于俄语HapogHuIOcmto,英语为Populism,也可译为"人民主义""平民主义",与精英主义Elitism相对。作为引申意义上的民粹主义表现为把没有知识文化的底层劳动者(不仅是农民),无条件地神圣化,认为只有他们才是道德高尚、心地善良、灵魂纯洁的人。

② 李大钊.青年与农村//李大钊文集:第2卷.北京:人民出版社,1999:287.

③ 洪常泰.到民间去——1918—1937年的中国知识分子与民间文学运动.董晓萍,译.上海:上海文艺出版社,1993:21.

④ 邓中夏.贡献于新诗人之前//陈寿立.中国现代文学运动史料摘编:上.北京:北京出版社,1985:147.

⑤ 雁冰."大转变时期"何时来呢?//陈寿立.中国现代文学运动史料摘编:上.北京:北京出版社,1985:149.

压迫者的欲求,苦痛,与愿望,用有力的文学替他们渲染出来;这在一方面,是民众的痛苦的慰藉,一方面却能使他们潜在的意识得到了具体的体现,把他们散漫的意志统一凝聚起来"①。可见,新诗人是带着"神圣"的革命使命而走向民间的。对于早期无产阶级革命诗人来说,他们中的多数有一定的革命斗争经验。在实际的革命斗争中,诗人们也更加强化了他们的民间意识。

一方面,早期无产阶级诗人在主观愿望上,都强烈地表现出他们的无产阶级立场。他们甘愿作为大众中普通的一员去融入民间,去唤醒民众并与他们并肩战斗。"五四"时期的知识分子站在启蒙的立场上关注民间,而革命诗人则是在革命的感召下,真正地开始走向民间。二十年代中期出现的诗人蒋光慈可以说是无产阶级诗歌的先驱者,他的诗集《新梦》开创了无产阶级诗歌的先河。他的诗歌把五四"新诗"的"平民化"趋向发展到了极端,蒋光慈说:"跑入那茫茫的群众里!……歌颂那痛苦的劳动兄弟","从那群众的波涛里,才能涌现出一个真我"(蒋光慈《自题小像》)。诗人自觉地把自我消融于无产阶级战斗的群体之中,主张革命文学"它的主人应当是群众,而不是个人"②。郭沫若也是早期的革命诗人,他也提出类似的主张:"你们要把自己的生活坚实起来,你们要把文艺的主潮认定!你们应该到兵间去,民间去,工厂间去,革命的漩涡中去"③,"我们只得暂时牺牲了自己的个性和自由去为大众人的个性和自由请命了"④。诗人殷夫的"红色鼓动诗"表现了无产阶级集体主义的战斗豪情,诗人融入集体、融入民间,在与工人和农民的并肩战斗中,感到从未有过的充实和自豪。

另一方面,革命诗人们在诗歌创作中表现出对工农题材的空前关注。诗人们饱含深情地去描写民众的苦难和觉醒,诗歌在内容的"平民化"上也逐渐趋向极端。蒋光慈的诗集《哀中国》,记录了诗人从苏联回到国内所亲历的"真

---

① 沈泽民.文学与革命的文学//陈寿立.中国现代文学运动史料摘编.北京:北京出版社,1985:152.

② 蒋光慈.关于革命文学//蒋光慈文集:第4卷.上海:上海文艺出版社,1988:172.

③ 郭沫若.革命与文学//陈寿立.中国现代文学运动史料摘编:上.北京:北京出版社,1985:166.

④ 郭沫若.文艺家的觉悟//陈寿立.中国现代文学运动史料摘编:上.北京:北京出版社,1985:164.

实的悲景"。面对满目疮痍的祖国，诗人的内心充满了抑郁和悲愤，不禁发出感慨"我的悲哀的中国啊，/你几时才能跳出这黑暗的深渊？"还有许多诗歌描写农民暴动，这是对处于底层的民间力量从觉醒到反抗的关注。诗人们还对叱咤风云的工农革命运动进行歌颂，从而谱写出关于群众运动的壮丽诗篇。郭沫若在诗集《恢复》中，就以满腔的热情歌颂工农革命运动。他在《黄河与扬子江对话（第二）》中讴歌产业工人和贫苦农民的巨大力量，在《我想起了陈涉吴广》中赞颂了农民暴动和农民起义。革命诗人在严峻的现实斗争中经历了血与火的洗礼，与此同时，也深刻地体会到了民众中间所蕴藏的巨大能量。

所以，早期革命诗人为了革命和宣传，在诸多方面表现出对民间社会的亲近和认可，这也正体现了他们民间理念的革命性质。

二、不断深入的"革命"民间理念

进入二十世纪三十年代以后，无产阶级革命诗歌得到了更大的发展空间，革命诗人们也把这种"革命"的民间理念推向深入。1930年，中国左翼作家联盟在上海成立。"左联"自成立之日起，就把"文艺大众化"作为今后文学发展的重要任务。"左联"在组织的一些章程和决议中都对文学创作提出了具体的要求，如在《中国无产阶级革命文学的新任务》中就明确指出"实行作品和批评的大众化"，"在形式方面，作品的文字组织，必须简明易解，必须用工人农民所听得懂以及他们接近的语言文字，在必要时容许使用方言"，"作品的体裁也以简单明了，容易为工农大众所接受为原则"。[①]"左联"成立以后，先是成立了一个普罗诗社，1932年又成立了"中国诗歌会"，这些都是在左联领导下的进步诗歌团体。"中国诗歌会"与中国共产党领导下的革命斗争有着直接的、自觉的血肉联系，他们积极响应"左联"的提议，配合共产党的革命活动。他们是真正把诗歌的"大众化运动"推向深入，并且真正付诸实践的一批诗人。由于"大众"与"民间"有某种同义关系，使得这一时期的诗歌创作与民间文化形态有了较多的关联。

"中国诗歌会"的诗人相比前期的革命诗人，能更加自觉地站在人民大众

---

① 中国无产阶级革命文学的新任务——一九三一年十一月中国左翼作家联盟执行委员会的决议//陈寿立.中国现代文学运动史料摘编：上.北京：北京出版社，1985：244-245.

的立场上。他们希望把诗歌和民众的距离拉得近些、再近些,从而可以达到教育民众、启发民众、鼓舞民众的目的。正如他们在《中国诗歌会缘起》中说:"在次殖民地的中国,一切都浴在急雨狂风里,许许多多的诗歌的材料,正赖我们去摄取,去表现。但是,中国的诗坛还是这么的沉寂;一般的人在闹着洋化,一般人又还只是沉醉在风花雪月里。……把诗歌写得与大众距离十万八千里,是不能适应这伟大的时代的。"[1]这表明,中国诗歌会的诗人一开始就很明确地要缩短诗歌与大众的距离。为此,他们在诗歌的语言和形式上进一步靠近民众,提出了这样的创作口号:"我们要用俗言俚语,把这种矛盾写成民谣小调鼓词儿歌,我们要使我们的诗歌成为大众歌调,我们自己也成为大众的一个。"[2]由此可见,诗人一方面要站在无产阶级(广大的民众)的立场上去观察、理解和表现劳苦大众的生活和斗争,另一方面,诗人要尽力让诗歌的形式大众化。

  为了真正实现新诗的大众化,诗人们首先就要在新诗中表现民众的生活及其斗争,反映民间百姓的苦难和觉醒。工人农民的生活是他们主要的表现对象,这也充分反映出诗人们眼光向下的民间意识。温流的《打砖歌》《搭棚工人歌》描写了建筑工人的悲惨生活;王亚平的《纺织堂里》描写了纺织工人的艰辛;冀春的《旱荒集》描写了盐工、船夫、路工的灾难;刘非的《洋车夫》、中坚的《老乞丐》等诗则把目光投向城市底层人民的悲惨处境。不仅如此,更重要的是,诗人们还写出了他们的觉醒与反抗。蒲风是"中国诗歌会"的骨干诗人,他在许多诗篇中表现了旧中国农村里的生活和斗争。在被他自己称为是"农村前奏曲"的长诗《茫茫夜》中就刻画了一位觉醒了的农村青年战士形象,诗歌昭示出中国底层民间社会孕育的革命力量。穆木天在《流亡者之歌》中,不仅义愤填膺地揭露了日本帝国主义对我国东北的统治,撕开了他们的狰狞面目,更重要的是真实地描写了东北人民的挣扎、反抗和不屈不挠的斗争。

  如果说,"中国诗歌会"的诗人们写作底层民众的生活、苦难及抗争,还只是对民间社会的一种远距离的观望,那么,用"大众化"的民间形式创作"大众

---

[1] 中国诗歌会缘起//陈寿立.中国现代文学运动史料摘编:上.北京:北京出版社,1985:406-407.

[2] 穆木天.《新诗歌》发刊词//中国现代文学运动史料摘编:上.北京:北京出版社,1985:408.

歌调"则是他们"走向民间"的具体措施。

在"左联"成立后的一年多的时间里,针对"文艺大众化"的问题,诗人们就进行过热烈的讨论。革命的形势让诗人们认识到,现实的革命需要简单而强有力的艺术,需要普通民众能够读得懂的艺术。蒲风说:"所谓大众化,是指识字的人能看得懂,不识字的人也听得懂。"[①]为此,"中国诗歌会"的诗人在创作上做了许多努力。他们除了让诗歌语言通俗,让表达方式更加通俗以外,在诗歌的形式上,也进行了许多尝试。于是,民间的艺术形式很自然地进入了诗人们的视野。他们提出"歌谣化"的主张,纷纷采用歌谣、小调、鼓词、儿歌等民间形式创作,还专门出版过"歌谣专号"。

"中国诗歌会"诗人还提倡新诗的可歌唱性,让新诗成为听觉艺术,这也正和民间歌谣、山歌、儿歌的传唱性有着共性。穆木天说:"新的诗歌应当是大众的娱乐,应该是大众的糕粮。诗歌是应当同音乐结合一起,而成为民众歌唱的东西。"[②]所以,诗歌成为可以传唱的东西,也是诗歌能够向民间普及的最好的一种方式。此外,"中国诗歌会"的多数诗歌风格朴素、刚健,也正体现了诗人割不断的民间精神传统。

三、割不断的"民间"血脉

三十年代中后期,即从1935年到抗战全面爆发前的几年中,国内政治环境异常黑暗,革命斗争也极为尖锐。胡风把这一段时期称为"密云期",大概是指阴云密布的一段时期。这一时期除"中国诗歌会"的"革命"诗人以外,还有一些活跃在文坛的"革命诗人"。他们与"中国诗歌会"诗人既有相通之处,又有所不同。这种不同主要体现在"革命"与"民间"的关系上。"密云期"诗人与革命有一定的关联,有过革命经历,与"左联""中国诗歌会"也有一些交叉联系,但他们似乎又不具有其他革命诗人强烈的斗争激情,并不是纯粹的"革命"诗人。他们曾被胡风称为"密云期"新诗人,其中最有代表性的是臧克家、田间、艾青三位诗人。他们的诗歌创作与民间文化之间有着深刻的精神联

---

① 蒲风.关于前线上的诗歌写作//黄安榕,陈松溪.蒲风选集:下.福州:海峡文艺出版社,1985:922.

② 穆木天.关于歌谣之创作//蔡清富,穆立立.穆木天诗文集.长春:时代文艺出版社,1985:290.

系，他们的民间理念与上述"革命"诗人的民间理念既有区别又有联系，这在以往的研究中少有涉及。本书认为，这几位诗人与民间文化的关系主要体现在他们与民间社会之间深刻的精神联系。

"密云期"的几位诗人都有在农村生活的经历，所以，他们的民间理念有着坚实的生活基础。但是，也正因为他们不是"纯粹"的革命诗人，又使得他们与"中国诗歌会"诗人的"走向民间"又有一定的差异。三十年代无产阶级诗人的革命眼光还是自上而下的，还是以一种知识分子的角度看待民间。他们为了革命的目的，提出了"走向民间"和"文艺大众化"的口号。无疑，他们的这种民间理念带有一定的社会功利性。诗人们放弃自己的个性和特色走向"民间"，这种民间理念与自在状态下的民间文化自觉认同显然是不同的。无产阶级诗人往往只是以"民间"的名义来诠释无产阶级的革命理论和马克思主义的文艺思想，他们更加关注民间的实用性和可操作性。他们把"民间"当作是一面旗帜，他们的民间话语也只是革命话语的翻版。尽管其中这些民间话语也不乏革命与民间完美结合的优秀作品。本书在这里论及的几位诗人，他们的民间理念更多的是表现在与"民间世界"的血肉联系上。他们认为自己就是来自民间世界，就是其中的一员，都曾自称是"农民的儿子"。

臧克家是一位典型的现实主义诗人，他的诗并不直接表现工农革命斗争，而是以表现社会底层民众的生活状态和精神世界为诗歌的基本主题。臧克家把自己的笔投向民间大众，投向那些挣扎在死亡与饥饿线上的底层人民。他在《难民》《当炉女》《神女》《贩鱼郎》等诗歌中刻画了一个个底层民众的形象，写出了他们精神上的苦痛。多灾多难的中国牵动着他的思绪和情感，社会底层的苦痛像"烙印"一样刻在他的心上。由此，诗人为我们提供了异于同时代其他诗人的一种人生态度，这就是诗人自称的"坚忍主义"，而这种"坚忍主义"也恰恰正是中国苦难民众身上的性格。由此可见，他的诗歌触到了"民间"百姓的灵魂，在精神上与农民有着深刻的联系。他力求与下层人民有着精神上的一致，在价值取向上努力实现与下层人民的同质性。他总是说："我是大地的孩子"，"泥土的人"。正是由于诗人对自己身份的确认，他自己才能切实地站在民间的立场上，同时，诗人也在民间社会中找到了精神的栖息地。也正因为如此，诗人才能真正写出反映底层人民精神面貌的诗，写出真正的"泥土之歌"。臧克家在诗中融入了自己对民间百姓的情感，他是结合着自己"嚼着苦汁营生"的人生经验和态度去创作的。所以,他的诗才有着"令人不可亵视的价值"①。

艾青的诗在三十年代中期引起了文坛的注意,他的诗一出现就显示出作者深厚的民间情结和鲜明的民间意识。艾青虽然出身于一个地主之家,但幼年时却由农妇大堰河抚养,这就形成了艾青一生的农民情结、民间情结和土地情结。艾青也总认为自己是"农人的后裔""旷野的儿子"。艾青的诗倾诉了一代人的忧郁、忧伤、悲愤和理想,因而被称为歌唱民主和战斗的"吹芦笛的诗人"②。艾青的诗一开始就与我们多灾多难的土地和人民取得了血肉般的联系,正因为如此,我们才说他是一个民间情结很重的诗人。"土地"是艾青诗歌中最主要的一个意象,它"凝聚着诗人对生于斯、耕作于斯、死于斯的劳动者最深沉的爱,对他们的命运的关注与探索"③。从诗歌《大堰河——我的保姆》开始,诗人关注的重心始终是生活在民间这片广阔土地上的以农民为主体的普通人民。正是因为诗人对农民们有着深沉的爱,所以当他发现广大农民依然在受苦受难时,诗人才会忧郁,才会悲愤。诗人把这些农民看作是自己的父老乡亲和兄弟姐妹,他要穷其一生来歌颂他们、支持他们。抗战以后,诗人的足迹遍布大江南北,真正地深入民间,他是一个真正意义上的大众诗人。评论家冯雪峰曾这样评价艾青:"艾青的根是深深地植在土地上",是"在根本上就正和中国现代大众的精神结合着的、本质上的诗人"。④

田间也是一位与民间社会有着深刻精神联系的诗人。胡风曾这样评价他:"田间君是农民的孩子,田野的孩子。"胡风曾这样评价他的诗:"差不多占三分之二以上的是歌唱了战争下的田野,田野上的战争。他歌唱了黑色的大地,蓝色的森林,血腥的空气,战斗的春天的路,也歌唱了甜蜜的玉蜀黍,青青的油菜,以及忧郁而无光的河……"⑤田间的大部分诗歌都是描写底层人民的

---

① 闻一多.烙印·序//闻一多全集:第2卷.武汉:湖北人民出版社,1993:174.
② 胡风.吹芦笛的诗人//胡风评论集:上.北京:人民文学出版社,1984:416.
③ 钱理群,温儒敏,吴福辉.中国现代文学三十年.北京:北京大学出版社,1998:557.
④ 冯雪峰.论两个诗人及诗的精神和形式//雪峰文集:第2卷.北京:人民文学出版社,1983:82.
⑤ 胡风.田间底诗——《中国牧歌》序//胡风评论集:上.北京:人民文学出版社,1984:406.

生活,尤其是农村的生活。他的笔下就是一个阔大的充满着苦难与挣扎的民间世界。他的诗歌《中国牧歌》和《中国农村的故事》带有着特殊的泥土气息,前者像一曲充满村野粗犷和泥土芬芳的牧歌,而后者则是一曲描写农民苦难与挣扎且旋律激越的进行曲。田间有着自觉的民间意识,他在用他全部的激情来拥抱他所要歌唱的对象——田野和田野上的人民。田间的诗充满了一种力,这是一种从民间汲取的反抗的力。抗战以后,田间的诗歌发挥了更大的作用,尤其是他的鼓点诗慷慨激昂、鼓舞人心。同时,鼓点诗也是对抗战时期诗歌民间化倾向的一种创造和推动。

三十年代后期出现的这几位重要的诗人都有着深厚的民间情结,他们以自己丰富的人生经验和体验,书写着民间大地上的苦难、坚忍、反抗和希望。他们在创作时选取自己最熟悉的生活题材,写自己感受最深切的革命事件,这与"中国诗歌会"的诗人显然不同。"中国诗歌会"的诗人大都选取时事性较强和最能完成目前新任务的题材,尽管这些题材自己并不熟悉。这也正说明"密云期"诗人是真正站在民间价值立场上来创作的,他们是真正为民间歌唱的诗人。

第三节 "救亡旗帜"下的民间汇合

从抗战开始,一直到新中国成立,中国社会经历了一段非常动荡的时期,这也是我们的民族经历了血与火走向新生的历史大转折时期。特殊的历史时期使得社会的文化结构发生了重大变化,知识分子的精英文化受到了严峻的挑战。原来处于边缘地位的民间文化形态被激活,一跃而成为文化的主导性因素,它的意义和价值也被置于前所未有的重要地位。对于广大诗人来说,特殊的文化氛围和政治需求,也使他们的创作心理和创作理念产生了相应的变化。他们积极地向民间社会靠拢,努力吸收民间文化元素以建构自己的文学创作,从而形成一股声势浩大的民间化潮流。从"五四"时期开始,现代诗人就表现出对民间文化的浓厚兴趣。在此后的相当长一段时期,民间文化也总似一股潜流始终在影响着新文学的发展。但从整体上来看,知识分子的精英意识始终占主导地位,这也导致包括诗歌在内的各种文体与民间和大众的距离还是很远。正如学者陈思和所言:"抗战前,中国民间文化基本上被排斥在知识分子的精英文化传统以外。"① 但是,抗战以后,沉默的大地就被鼓动起来了,而且这是一场席卷全国的民间化运动。无论是在国统区、沦陷区还是解放区,民间文化形态都日益得到重视,它与知识分子的精英意识以及国家权利意识形态也发生着各种各样的碰撞和联系。

一、诗人向"民间"的转变

抗战爆发后,中国新诗为了适应时代的需要,开始大规模地走向民间、走向民众。1938年在武汉成立了中华全国文艺界抗敌协会,"文协"成立时就提出了"文章下乡,文章入伍"的口号。知识分子们积极响应号召,纷纷走出书斋和亭子间,或投笔从戎,或参加战地群众工作。他们在实际生活中,真正接触和体验了民众的现实生活,思想和观念都发生了巨变。正如朱自清所说,"抗战以来,一切文艺形式为了配合抗战的需要,都朝普及的方向走,诗作者也就从象牙塔里走上十字街头"②。郭沫若也描述道,抗战的号角把作家们"吹送到了十字街头,吹送到了前线,吹送到了农村,吹送到了大后方的每一个角落,使他们接触了更广大的天地,得以吸收更丰腴而健全的营养"③。的确,在这样的形势下,任何流派的诗人,都在自觉地服从现实的需要,集结在抗战的旗帜下,共同书写着民族解放之歌。在解放区,知识分子也是自觉深入到群众中间,积极参与各种群众的文艺活动,尤其是在1942年毛泽东的《在延安文艺座谈会上的讲话》发表以后,知识分子与民间的密切结合达到前所未有的程度。现代诗人在这一时期的民间理念主要表现在对民间的情感认同以及努力融入民间等方面。

首先,现代诗人们在对待"民间"的态度上发生了巨变,由原先的"隔膜"到情感上真正的认同。战时特殊的环境要求诗人要改变自己以往的思想观

---

① 陈思和.民间的浮沉:从抗战到"文革",文学史的一个解释//陈思和.中国新文学整体观.上海:上海文艺出版社,2001:115.

② 朱自清.新诗杂话·抗战与诗//朱自清全集:第二卷.南京:江苏教育出版社,1988:346.

③ 郭沫若.中国战时的文学与艺术//王训诏.郭沫若研究资料:上.北京:中国社会科学出版社,1986:333.

念,要用全部的热情去拥抱民间,要能真正消除与"民间"的隔阂,但实际上这并非是件易事。对于那些长期生活在城市的诗人来说,要让他们俯下身来正视"民间",真正消除与"民间"的隔阂,还是有一定困难的。尤其是来到解放区的诗人,面对着艰苦的生活环境,面对着普遍文化程度不高的群众,要真正做到融入民间,还要有一个过程。在过去,"民间"只是存在于他们的观念中,但现实的战争环境使他们不可能有安静的书斋,只能是过着动荡的生活。也正因为如此,才让他们真正有机会去接触和体验民众的生活,同时也亲眼看到和亲身感受到民众身上旺盛的生命力以及坚韧、顽强的精神意志。当时的解放区,正处在一场伟大的历史性变革中,旧的制度正在被摧毁,长期处于被奴役地位的农民开始觉醒。民族解放战争为工农兵大众提供了宽阔的舞台,他们正日益成为推动战争走向胜利的决定性力量。面对着这样一种形势,知识分子们逐渐减少了启蒙者的自信与自负,开始觉察出自己的局限,他们的思想情感和创作观念都发生了巨大的变化。他们深刻地意识到,在目前的这种形势下,在国难当头、炮火连天的时刻,必须调整自己的文化定位。如果他们依然居高临下,无疑将会被时代淘汰。同时,他们还认识到,文学创作必须与民众结合,能让民众接受,必须直接反映现实,这已经是摆在诗人面前的一个现实而又严肃的问题。事实证明,许多诗人都很快地融入了这一民间潮流。诗人们也都能意识到深入民间,向人民群众学习,为人民创作的重要性。诗人田间就指出,"尊重一切有创造性的诗,但更尊重那为人民而创造的诗","人民,每一分钟在前进着,我必须每一分钟跟着人民前进。为着取得我与人民的共鸣,——谨防为一朵花而耽误,谨防为一杯酒而耽误,谨防落伍,要不断的改造自我"[①]。诗人郭沫若也说:"深入农村,深入工厂地带,努力接近人民大众,了解他们的生活、希望、言语、习俗,一切喜怒哀乐的内心和外形,用以改造自己的生活,使自己回复到人民的主位。"[②]现代诗人在现实面前开始逐渐转变自己的观念,并努力融入到火热的民间世界中去。

其次,诗人们如果想融入民间,就要寻找易于被民众接受的文学表达方

---

① 田间.拟一个诗人的志愿书//杨匡汉,刘福春.中国现代诗论:上.广州:花城出版社,1985:414-415.

② 郭沫若.沸羹集·向人民大众学习//郭沫若全集:第十九卷.北京:人民文学出版社,1984:535.

式,创作出能够被民众接受的作品。为了让诗歌能够被民众接受,诗人必须转变以往的写作和接受方式。在诗人的努力下,诗歌成为抗战初期最活跃的一种文体,有着明显的"广场艺术"的倾向。诗歌的创作数量也大增,风格上则通俗易懂,富有鼓动性,出现了朗诵诗、街头诗、传单诗、明信片诗、枪杆诗等有利于宣传鼓动的诗歌形式。其中的朗诵诗,不管是在国统区还是在解放区,都曾经产生过较大影响。朗诵诗运动被认为是"新诗在四十年代从'贵族化'转向'大众化'的关键"[①],不可否认,朗诵诗是为现实革命斗争服务,与人民接近的最好的一种方式。延安时期的"战歌社""抗大文艺社"以及"西北战地服务团"等,都曾致力于这一运动。他们几乎每周都举行诗朗诵会,平时走到哪里就把诗带到哪里,走到哪里就朗诵到哪里。这样做,无疑最大限度地拉近了诗人与民众的距离。诗歌从"视觉的艺术"转变为"听觉的艺术",它的审美重心由眼看的文字变成了耳听的语言。诗歌朗诵者登台表演,使得诗歌的抒情方式变得更为明朗,易于引起大众的强烈共鸣,从而被大众接受,这也正符合当时文艺的大众化方向。茅盾曾说:"诗歌这东西,当其尚为民间的野生的艺术时,本来是'口头的',它的变为'非朗诵',是在承蒙骚人墨客赏识了以后。现在我们要还它个本身,所以诗歌朗诵运动就是诗歌大众化的一个方式。"[②]

除了朗诵诗,街头诗也曾产生过较大影响。和朗诵诗相比,街头诗是从另外一种途径上接近民众,从而达到宣传的效果。街头诗可以说古已有之,而且一直在民间流传,但真正成为群众性的诗歌运动,则是在抗战时期的延安。虽然在当时的延安,由于印刷困难,纸张缺乏,才提倡街头诗,但这恰恰开辟出了创造大众化诗歌的一条捷径。当时的延安诗人在《街头诗宣言》中号召人们"不要让乡村的一堵墙,一片岩石白白空着"。于是,这种篇幅短小、主题鲜明的诗歌很快遍布大街小巷,受到群众的热烈欢迎,从而实现了诗歌与民众的最大可能的接触。为了达到最好的宣传效果,街头诗往往都是抒情短诗和小叙事诗,它们篇幅短小且富有直观性,使读者能快速把握作者要表达的思想情感。由于街头诗的目的是宣传,所以还要以理服人、寓理于情,这样才能打动

---

① 龙泉明.中国新诗流变论.北京:人民文学出版社,1999:405.

② 茅盾.时调//茅盾全集:第21卷.北京:人民文学出版社,1991:385.原载《文艺阵地》1938年4月16日创刊号。

人心。总之,街头诗直接诉诸民众的视角,它的宣传效果大大超过了朗诵诗,在宣传群众、发动群众、团结人民、教育人民方面发挥了枪炮所起不到的作用。街头诗运动有一个总的口号就是"让诗和人民在一起",它真正做到了让诗歌走向民间。

此外,还有许多诗人尝试用一些民间的旧形式,如小调、大鼓词、皮簧、金钱板等形式来创作诗歌。老舍曾用大鼓词创作过新诗,柯仲平曾用唱本俗曲写过诗。总之,诗人们为了让诗歌成为大众易于接受的民间话语,做了许许多多的有益尝试,他们也真正做到了放下架子,成为民间社会中的一员。现代诗人在努力融入民间的过程中,大都真诚地放弃了自己的个性追求,选择和广大民众一起并肩战斗。

二、对民间资源的积极关注

抗战以后,诗人们在参与民众的生活和斗争中,对民间文学及艺术产生了浓厚的兴趣,他们努力吸收各种民间文化资源为创作提供借鉴。现代诗人们首先就表现出对民间文学,尤其是民间歌谣的热切关注。民间歌谣本来就产生于民间,与民众的生活血肉相关、融合无间,而且创作上纯属天然,故有"天籁"之称。诗人们普遍意识到民间歌谣这种形式能够在当时发挥巨大的作用,能够为"民族的诗"提供丰富的资源和参照系。于是,学习民间文艺在当时蔚然成风,成为一股浩大的诗歌潮流。

诗人们为了能够获得大量富有生活气息、语言鲜活的民间歌谣,纷纷深入民间,甚至走街串巷,去搜集民间歌谣,希望能从中获得艺术营养。"五四"时期,新文学的先驱者们就对民歌民谣的搜集、整理和挖掘工作十分重视。北京大学还专门成立了歌谣研究会,广泛征集各地民谣。如果说"五四"时期的歌谣搜集还只是少数人的事业,那么,抗战时期的民歌采风热潮则是多数人自觉参与的活动。无论是在解放区还是在国统区,许多诗人都怀着极大的热情参与其中,尤其是在解放区。由于解放区多数地处偏远,地理环境闭塞,以农民文化为特征的民间文化形态才得以保留下来。解放区的民间文学遗产相对比较丰富,这就为诗人的采风提供了丰富的资源。

延安的鲁迅艺术学院曾经有组织地派遣学员下乡,到边区各地直接从老百姓口头采集民间文学作品,主要是民歌,并出版了《陕北民歌选》和《陕甘宁老根据地民歌选》。在这项活动中，诗人何其芳在其中发挥了重要作用。何其芳这位曾经沉浸在个人情感小天地里的现代派诗人，自从来到解放区以后，不仅创作了风格明朗的诗作，还满腔热情地投入到解放区的民间文艺的搜集整理工作中。何其芳在鲁艺与公木共同开设一门民间文学课，并负责把搜集到的民间文学作品进行整理，编撰成集。1942年，毛泽东的"讲话"发表以后，更加促进了作家和诗人们深入民间的采风热情。诗人李季在三边搜集了陕北的"信天游"民歌3000首，并在民间传说的基础上创作了著名的叙事诗《王贵与李香香》。诗人严辰在陕北、晋西北、内蒙古等地搜集了近千首"信天游"，并在新中国成立后出版了他编的《信天游》一书。

　　大规模的民间采风运动，也促进了民间歌谣研究工作的开展。许多诗人在搜集民间歌谣的过程中，真正发现了它们的价值，对民歌的思想和艺术价值进行重新挖掘、重新认识，这也为新诗的民族化建设提供了重要的理论指导。诗人柯仲平在他的长文《论中国民歌》[①]中，以他丰富的人生阅历，从云南边疆少数民族的民歌，到陕北的民间歌谣，信手拈来，举例论述了中国民歌的特点。有论者评价说："他的论述，并不限于社会政治性的论点，而是从一个诗人的立场剖析中国民歌的艺术优长。"[②]诗人王希坚不仅搜集了山东解放区流行的农民翻身歌谣，而且还撰写了《民歌民谣是群众斗争的传统武器》等文章。陕北诗人李季曾大量收集研究陕北民间流行的信天游，并利用这种形式写成了长篇叙事诗《王贵与李香香》。诗人何其芳对民间歌谣的研究更值得关注，他不仅在鲁艺开设民间文学的课程，还专门搜集、整理、编选过民间歌谣，他对民歌进行过较为专门而系统的研究。何其芳对民间文学高度评价："将来材料多了，除了作旁的参考，作了解中国的社会和历史的参考而外，就是对于我们的文学创作也一样有帮助的，至少我们可以吸取其质朴地中国风地表现生活的特点吧。"[③]何其芳还总结了陕甘宁边区民歌搜集运动的经验和成绩，并和以往的民歌搜集进行比较，提出了一些有价值的看法，他认为，"五四"时期的北大歌谣研究会搜集的歌谣在整体上艺术性不及延安鲁艺，原因在于鲁艺的

---

① 柯仲平. 论中国民歌 // 钟敬文. 民间文艺新论集. 重庆：中外出版社，1950：27-50.
② 刘锡诚. 二十世纪中国民间文学学术史. 开封：河南大学出版社，2006：563.
③ 何其芳. 杂记三则 // 何其芳文集：第4卷. 北京：人民文学出版社，1983：9.

学员是深入民间,直接从老百姓口中搜集的,而北大的歌谣研究会则主要从学生和其他地方的知识分子那里搜集的。更难能可贵的是,何其芳在指出民间文艺价值的时候,能够清醒地认识到它在思想内容和艺术形式上的局限。

总之,在抗战以后,特殊的时代和环境使得诗人们与民间社会和民间文化有了近距离接触,这也为四十年代诗歌创作民间化潮流的形成做好了铺垫。

三、创作上的民间借鉴

诗人们的民间理念还只是存在于观念形态中,最重要的还是要通过诗歌创作表现出来。他们深入民间、学习研究歌谣,最主要的目的也是希望能从中吸取艺术营养,为新诗创作提供借鉴和参考。许多诗歌理论家也都提出在民歌基础上发展新诗的理论主张,就连对此持谨慎态度的朱自清也提出:"新诗虽然不必取法歌谣,却也不妨取法歌谣",因为这种"取法"能带给新诗"本土的色彩",有助于"创作一种新的'民族的诗'"。[①]正是在这种认识的前提下,诗人们在学习民谣的基础上开始创作民歌体诗歌。在当时,无论在解放区还是在国统区,民歌体诗歌创作已成为一股不可阻挡的潮流。

在解放区,诗人们学习创作民歌体诗歌,主要还是出于普及的需要。民歌是老百姓喜闻乐见的形式,也是老百姓最容易接受的艺术形式。在新老诗人的共同努力下,解放区的民间诗歌取得了巨大的成就。一方面是民间文化形态对现代新诗创作的渗透和影响;另一方面,诗人也在利用民间文艺形式进行革命宣传和教育。

解放区民歌体诗歌无论在内容上还是在艺术形式上都是民间化的。在诗歌的内容上,注意从人民生活中获取创作素材,以人民的生活、思想和民间的故事及传说为描写对象,使诗歌具有浓郁的民间生活气息。为了尊重民间的欣赏习惯,诗人还要注重人物的传奇性和故事的曲折性。在艺术形式上,诗人们灵活运用各种民间形式,如民谣、说唱、快板等形式;在语言上,诗人们在通俗易懂、明白晓畅的基础上则注重生动、幽默。总之,为了让诗和大众距离拉近些,诗人们完全脱去了文人气,以一种和百姓平起平坐的态度进行创作。在这种情形下,诗人已经成为民众的代言人,诗歌所抒发的感情尽可能是群众的

---

① 朱自清.新诗杂话·真诗 // 朱自清文集:第二卷.南京:江苏教育出版社,1988:387.

感情,诗歌的民间化和平民化也已逐渐趋向极端。从创作实绩上来看,解放区的民歌体叙事长诗取得了较为突出的成就。李季的《王贵与李香香》,阮章竞的《漳河水》,张志民的《王九诉苦》《死不着》,李冰的《赵巧儿》,田间的《戎冠秀》等作品,都是这一时期出现的优秀作品。这些作品以接近农民的情感,以喜闻乐见的民歌体形式实现了与民间社会的融合。

在国统区,许多诗人也在利用民间艺术形式创作新诗,为新诗的民族化建设开辟新路。其中有被称作是"简直达到了最好的民歌手的出神入化之境"[①]的袁水拍的讽刺诗《马凡陀的山歌》,有沙鸥利用民歌调式四川方言创作的诗集《农村的歌》《化雪夜》等。诗人臧克家也转变了以"苦吟"著称的创作风格,他的诗集《泥土的歌》就显示了诗人由"苦吟"向清新自然的民歌风转变的努力。此外,他的政治讽刺诗《宝贝儿》《生命的零度》也有一定的影响力。当然,这其中影响最大的要算是袁水拍的政治讽刺诗。由于国统区的政治腐败,社会一片黑暗,百姓怨声载道,那种具有民谣形式的,而且轻松、幽默又具有辛辣讽刺意味的政治讽刺诗应运而生。袁水拍的讽刺诗多采用民歌体,如采用老百姓喜闻乐见的山歌、民谣、儿歌、小调等形式,用漫画式的手法和讽刺性的语言,以挖苦、嘲弄、反语为主要表达方式,去表现广大百姓所关心的现实问题。

解放区和国统区的新诗创作,虽然都具有民间化的特征,却呈现出不同的风格。解放区的民歌体更倾向于歌颂,国统区民歌体诗歌则更倾向于批判和讽刺。总之,民间化的潮流已成为四十年代新诗创作的主流,现代诗人在"救亡的旗帜"下,更深入地走向了民间。

第四节　从艺术出发的民间选择

现代知识分子关注民间,有其不同的出发点和目的。不同的时代环境,不同的时代要求都催生了不同的民间理念。现代新诗史中有部分诗人,他们也许较少公开宣扬自己的民间理念,也没有直接参与到轰轰烈烈的民间文化运

---

① 徐迟.袁水拍诗歌选·序∥袁水拍诗歌选.北京:人民文学出版社,1985:7.

动中去，但在他们的文学作品中却有明显的受到民间文化影响的痕迹。他们或者在诗歌创作中化用民间神话传说题材，或者在诗歌创作中采用民间艺术表现手法，或者是新诗的本身表现出一定的民间韵味。也许，还有部分诗人本身并没有觉察到自己作品的民间色彩，是不自觉所为。有些新诗的民间特色可能是评论者追加上去的，这种现象也正说明了民间文化广泛而深入的影响。这部分诗人不在少数，非常值得关注。

一、民间场域中的现代诗人

前面论及的一些诗人在接近民间或借鉴民间资源时往往带有一定的目的，而且这种目的往往是文学以外的因素。"五四"时期，刘半农、刘大白、沈尹默等人推崇"国风""乐府"，倡导征集歌谣，用方言俚语创作新诗，但他们的创作是以民歌体来反对传统诗歌的贵族化和艰涩，其目的是为了推翻旧诗，确立白话诗的正宗地位。所以，他们的目的并不是纯粹为了诗。三十年代的"中国诗歌会"的诗人蒲风用民谣体创作新诗，是为了让新诗"大众化"，成为人人能懂的"大众歌调"，本质上也不是为了诗。抗战时期的诗人们创作民歌体诗歌的目的是为了融入大众，为了宣传、救亡，客观上也不是为了诗。而从艺术出发选择民间的诗人，他们的民间理念仅仅与他的创作有关，即从诗歌本身的审美要求出发而选择了民间，甚至是不自觉的选择。当然，这几类诗人也不是截然分开，彼此毫无联系的。应该说，部分诗人还是处于边缘状态的，如诗人刘半农与民间文化的关系，就既有功利性的目的，也有从艺术出发自觉的选择。本书只是为了便于研究，暂作这样的分类。

从艺术出发而选择民间倾向的诗人，他们一方面是受到民间文化的影响，另一方面则是的确对民间文化有着很深的感情。不可否认，民间文化的影响是广泛、持久和深入的。现代诗人，包括普通民众都是生活在民族的民间文化场域中，几乎都有阅读民间文学、体验民风民俗、欣赏民间艺术的经历。这种潜移默化的影响，尤其对于诗人来说，也许就是诗歌创作中灵感的来源。我国古代文人诗歌也一直有取法民间文学，汲取民间神话传说入诗的传统。大诗人屈原的诗歌中就有着鲜明的民间色彩，屈原对于楚地的民间歌谣、神话传说、民间习俗极为熟悉，他的《离骚》《九章》就多以神话传说中的境界来寄托自己的理想。《九歌》就是屈原根据民间的祭神乐歌改写而成的，洋溢着古老的神话色彩。《招魂》则是根据民间巫觋的招魂辞改编而成，也是民间色彩颇为浓厚。后世的诗人们也总是会在创作中融入民间元素，如唐代的李白、李贺、李商隐等都是善于在诗歌中利用神话传说的诗人。

现代作家中，当然不仅仅是诗人，绝大部分都有乡村生活经历，而乡村生活本身就浸染着浓厚的民间文化。鲁迅和周作人就经常在自己的作品中回忆童年时期的经历，对故乡风土人情耳濡目染，他们听社戏，看迎神赛会，听民间故事等。鲁迅小时候就曾对《山海经》中的故事和图画如痴如醉。周作人更是对故乡的民俗风情如数家珍，日后成了一位民俗学家。刘半农对家乡江阴的民歌念念不忘，并从船夫口中采录吴语民歌二十余首，并把它编辑成《江阴船歌》。沈从文是湖南凤凰人，生于斯，长于斯，对凤凰的风土人情了如指掌。他终其一生都在叙写着具有浓厚民间风味的凤凰故事。作家孙犁是河北白洋淀人，他笔下也总是那个充满诗意的白洋淀世界。解放区作家李季曾经在陕北三边工作多年，十分熟悉当地的民间文化，所以日后才能创作出具有地道陕北风味的民歌体叙事长诗《王贵与李香香》。所以，大多现代作家本身的成长或生活环境就具有浓厚的民间文化氛围，日后在创作中融入民间元素也是自然而然。其实，诗人们运用民间资源创作，其诗歌具有民间意味往往就是长期在民间文化中浸染以后自然的流露。从艺术出发而选择民间倾向的诗人中，还有不同的情况。一类是有明确的创作选择，自觉在借鉴民间资源，而另一类则是不自觉地在使用民间资源，甚至是创作具有民间原味的作品。

二、自觉与不自觉的民间选择

有些诗人对于民间文化、民间文学有着很深的感情，他们是想刻意地在创作中加入民间元素。有些诗人则是由于长期处于民间文化的场域中，在不自觉地使用民间资源。不管是哪一类诗人，或许根本分不清他们是哪一类，这也正足以说明民间文化广泛而深入的影响。

早期的湖畔诗社的新诗，是公认的具有民间风味的新诗，而这些诗人并没有明确表露他们是刻意模仿民间歌谣而作，他们和刘半农等人的刻意模仿是完全不同的。之所以评论他们的诗歌具有民歌风味，最主要的原因是由于其自然、率真、质朴的风格最接近民歌。民间歌谣与民众生活密切相关、融合无间，自古就是"饥者歌其食，劳者歌其事"，发自心性，坦率自然，被称为是"天籁之音"。民间歌谣最可贵之处就是它的真情自然流露。鲁迅先生在一封给汪静之的回信中曾这样评价他的诗,"情感自然流露,天真而清新,是天籁,不是硬做出来的"①。汪静之自幼受到民歌的熏陶,他曾说:"回想幼时在家乡,有亲爱的姊妹们每于清风徐徐的早晨的园里,闲静时家人团叙的厅前,或铺满银色月光的草地上,教我唱俗歌童谣的情景,尤令我神往。"②湖畔诗社中,无论是汪静之,还是应修人、冯雪峰都做过一些类似民谣的诗歌。这也就难怪对民间文学十分推崇的胡适这样盛赞诗集《蕙的风》的新鲜气了:"他的诗有时未免有些稚气,然而稚气究竟远胜于暮气,他的诗有时未免太露,然而太露究竟远胜于晦涩。况且稚气总是充满着一种新鲜风味,往往有我们自命'老气'的人万想不到的新鲜风味。"③胡适在这里提及的新鲜风味应该与民间风味非常接近。

  湖畔诗人对自然和乡村景观的描写,也是诗歌具有民间韵味的体现。诗人应修人就偏爱描写乡村的田园牧歌,自从少年时代离开家乡浙江慈溪,就一直心念故土,时时萌发返乡归田的念头。所以,他总是以一种审美的眼光去关照乡村世界,使之带上田园牧歌的情调。他的诗歌《村里》:"两行绿草的池塘,/有牧牛儿一双。/斜带着笠儿,踞着身儿,/执着鞭儿,拈着野花儿,/一样地披着布短衫。/像这么尽情而天真的,不知谈些什么,/只隔着澄静的水,笑喊着妹妹哥哥。"这简直就是一幅恬静的牧歌式的民间图景。另一位诗人冯雪峰也是一位泥土气息很重的诗人,他的诗关注农民,关注乡村,表现对农民命运的热切关注,尤其擅长写出蕴含在乡村中旺盛的生命力。他的抒情长诗《睡歌》是一首对母亲的赞歌,展示了一位贫苦农妇充满爱心的情感世界,这首诗在刻画母亲、赞美母亲上堪比艾青的《大堰河——我的保姆》。

  有些现代作家虽然不常创作新诗,但长期关注民间文化,偶尔也会去创作几首民歌体诗歌,鲁迅就是这样的作家。鲁迅从创作整体上来看,当然算不

---

  ① 汪静之.回忆湖畔诗社//王训昭.湖畔诗社评论资料选.上海:华东师范大学出版社,1986:287.
  ② 汪静之.蕙的风·自序//王训昭.湖畔诗社评论资料选.上海:华东师范大学出版社,1986:277.
  ③ 胡适.蕙的风·序//王训昭.湖畔诗社评论资料选.上海:华东师范大学出版社,1986:98.

得是一个诗人,但他对新诗领域也一直很关注,还曾创作过一些新诗,他还曾谦虚地说:"我其实是不喜欢做新诗的——但也不喜欢做古诗——只因为那时诗坛寂寞,所以打打边鼓,凑些热闹;待到称为诗人的一出现,就洗手不作了。"① 在鲁迅的新诗中,还有一些民间体诗歌,也非常值得关注。鲁迅对民间文艺也有很深的感情,而且也有自己独到的认识,所以,他尝试做民歌体诗歌也十分自然。鲁迅运用民歌体写作的《好东西歌》《公民科歌》《南京民谣》《"言词争执"歌》。这几首诗从风格上看都是政治讽刺诗,体式上每首四句或句数不限,每句五言或七言,甚至是十五字的长句,总体形式较为自由,读来朗朗上口。总体来看,鲁迅的这几首民歌体新诗也颇有些民谣风范。

郭沫若在新诗创作中利用民间神话和传说也折射出他对民间文化的青睐。郭沫若一向重视向民间歌谣学习,他在总结了我国诗歌发展的规律之后指出:"一代的文学正宗差不多都导源于前一时代的俗文学。"② 他是屈原研究专家,他曾在《屈原时代》《革命诗人屈原》《屈原研究》《屈原的艺术与思想》等许多文章中反复谈到屈原利用民间歌谣创立楚辞体所建树的艺术功绩,启示新诗作者向民间歌谣学习。屈原诗歌中的神话传说也同样启迪了郭沫若的新诗创作。郭沫若在部分诗歌创作中运用神话传说,如诗歌《凤凰涅槃》《女神之再生》《天上的市街》《天狗》等,使得这些诗歌呈现出鲜明的民间文化色彩。

新月派诗人朱湘的一些新诗也被公认为具有民间化倾向。朱湘主张新诗要向古代的民歌学习,认为古代民歌是"多藏的矿山",中国诗歌可在"'古典时代'的此路不通的道途外另外走出一条美丽的路"。此外,古典民歌还具有"题材不限,抒写真实,比喻自由,句法错落"字眼游戏这"五种特采"③,这些都能为新诗创作提供有益的借鉴。新月派诸诗人多数重视对西方诗歌的学习,尤其是向十九世纪英国浪漫主义诗歌学习,而朱湘却能非常重视向民歌学习,的确难能可贵。在这样一种民间理念下,朱湘从民间文学中吸收了一些有益的艺术表现手法和素材以丰富自己的诗歌创作。他的《采莲曲》《摇篮歌》

---

① 鲁迅. 集外集·序言//鲁迅全集:第七卷. 北京:人民文学出版社,2005:4.
② 郭沫若. 沸羹集·文艺与民主//郭沫若文集:第十九卷. 北京:人民文学出版社,1992:517.
③ 朱湘. 古代的民歌//中书集. 北京:中国文联出版公司,1998:102-103.

《催妆曲》《春风》《月游》几乎都借鉴了民歌民谣，也是许多论者公认的带有鲜明民歌风情的作品。他的叙事诗《王娇》《猫诰》等诗也都有一定的民间韵味。

像刘半农、郭沫若、朱湘这样明确表示对民间文学推崇的诗人也只是一部分，而更多的诗人则是在不自觉地运用民间资源。如冯至是公认的受西方文学影响较深的诗人，他的十四行诗就是直接移植西方诗歌的形式，但他的几首叙事诗《吹箫人》《帷幔》《蚕马》等巧妙地利用民间神话传说，传达现代意识，作品弥漫着中古时期的民间气息。诗人徐志摩也是位受西方浪漫主义诗歌影响很深的诗人，但他也曾创作过平民题材的诗歌，甚至还尝试过用土白作诗。相当多的诗人并不是表现出如何地推崇民间文化，但却又不自觉地在展现民间世界的图景，或者表达方式倾向于朴素、易懂。如艾青、臧克家、田间等诗人，他们对民间的关注，既可以说是一种血脉联系，也可以说是一种不自觉的关注和热爱。他们尽力去描写普通民众的生活处境，以朴素、天然的风格去创作，这也是作品具有民间风格的体现。

应该特别提出的是，这部分诗人与前面论及的处于民间潮流中的诗人有时并不存在严格的界限，时常会有交叉。而且，具体到某一位诗人的不同阶段或具体作品，情况更为复杂，并不能截然分开。这是我们在探讨具体作家作品，甚至是新诗流派的民间性时，必须要注意的。

第三章　民间文化影响下的新诗主题与审美形态

民间文化形态对现代新诗产生的影响，归根到底要落实到诗歌文本的变化上。"五四"以后，中国诗歌发生了从观念到形态上的根本变化。那么，民间文化元素在其中起了多少作用？又是如何改变了新诗的面貌呢？毋庸置疑，在民间文化的影响下，诗歌的内容和形式都发生了一系列的变化，在内容上的突出特征就是带有民间印记的题材和主体精神，如平民化的题材，富有民间精神特质的主题表达，以及由此带来的审美形态上的变化等。通俗地说，本章要探讨的问题就是：新诗在要"表现什么"的问题上所具有的民间性质。

第一节　民间情怀与民间书写

现代新诗的民间特性首先表现在诗歌的题材选择和主题表达上。中国传统文人的诗歌中，虽然有像杜甫、白居易这样的诗人去创作一些关注民生、关心百姓疾苦的诗歌，但在整体上文人诗歌还是贵族化且远离大众的。而现代新诗在民间化的进程中，真正做到了走向民间、贴近大众。现代诗人把普通百姓的生活和斗争以及他们的情感作为诗歌的表现内容，几乎贯穿了整个新诗史，这也正体现了现代诗人的民间情怀。

一、苦难与坚韧的书写

在新诗的草创时期,新文学的倡导者们对白话诗的创作就有着明确的启蒙目的。他们希望能和普通民众以平等的姿态对话,而这首先就是要关注他们的生活境遇和思想情感,以引起他们对自己话语的兴趣,从而达到启蒙的目的。此外,"五四"时期的知识分子对"人"的重新发现,也促使作家和诗人眼光向下,去关注民间社会。胡适对此曾强调:"即如今日的贫民社会,如工厂之男女工人,人力车夫,内地农家,各处大负贩及小店铺,一切痛苦情形","一切家庭惨变,婚姻苦痛,女子之位置,教育之不适宜"①,都应该成为新文学的材料。于是,在早期白话诗和文学研究会诗人的诗歌中,出现了民间大众的身影和有关民间生活的作品。在这些作品中,对下层民众苦难的书写占有相当的比重,这在几千年的正统诗文中也只是极少的一部分。

在胡适的《尝试集》中就有《人力车夫》这样关注下层民众生活的诗歌。在刘半农、刘大白、沈尹默等人的诗歌中,关注底层民众的生活更是一种普遍的现象。刘半农的诗歌中出现了下层社会的众生相,如乞丐、学徒、佣工、车夫、铁匠、木匠、菜农等形象。刘半农的诗集《扬鞭集》中,大部分诗歌反映了人民群众的悲惨命运和痛苦的生活,诗歌中饱含着诗人的深切同情和对黑暗社会的愤懑之情。《相隔一层纸》通过老爷和乞丐两种生活,屋内和屋外两个世界的鲜明对比有力地揭露了旧社会的黑暗和不合理的现象,这和唐代诗人杜甫的诗句"朱门酒肉臭,路有冻死骨"有异曲同工之妙。《卖萝卜人》写一个以卖萝卜谋生活的穷苦人,栖身于一个破庙里,最后被警察撵出而无处藏身的困境,还"把他的灶也捣了,一只砂锅,碎作八九片!他的破席,破被,和萝卜担,都撒在路上。几个红萝卜,滚在沟里,变成了黑色!"诗歌《学徒苦》描写了一个学徒的悲惨生活,他不仅身受劳役之苦,而且生活条件极其艰苦,整日过着"食则残羹不饱,夏则无衣,冬衣败絮","足底鞋穿,夜深含泪自补","面色如土"的非人生活。在《瓦釜集》中,诉说劳动人民的苦难仍是诗集的主要内容。诗人对这些处于底层世界的百姓给予了相当的关注和深切的同情,正如刘半农在《瓦釜集》代自序中说:"集名叫做瓦釜,是因为我觉得中国的'黄钟'实

---

① 胡适.建设的革命文学论//胡适文集:第3卷.北京:人民文学出版社,1998:70.

在太多",因此他要尽力"把数千年来受尽侮辱与蔑视,打在地狱底里而没有呻吟机会的瓦釜的声音,表现出一部分来"。①

沈尹默的《人力车夫》是中国现代新诗史上较早出现的描述人力车夫不幸遭遇的白话新诗。人力车夫是旧社会知识分子比较容易接触到的底层百姓,因此,描写人力车夫的苦难也就成了许多新文学作家的选择。胡适的一首白话诗《人力车夫》,鲁迅的小说《一件小事》,郁达夫的小说《薄奠》,老舍的小说《骆驼祥子》都是类似题材的作品。沈尹默的这首诗成功地运用了对比的表现方法,使车上人和拉车人形成鲜明对比,"人力车上人,个个穿棉衣,个个袖手坐,还觉风吹来,身上冷不过。/车夫单衣已破,他却汗珠儿颗颗往下堕"。诗歌深刻地揭示了贫富悬殊的社会现实和车夫的悲惨处境,也反映了广大现代诗人对底层百姓的深切同情。

刘大白的许多新诗同样书写了民间的苦难,尤其更加关注农民的遭遇。旧社会的农民处于社会底层,而且占人口大多数,他们无疑是民间文化的创造者,他们的生活状态、思想情感都是民间文化的重要内容。作家从人道主义出发,在关注他们的同时,也寄予深切的同情。《田主来》一诗借农民孩子之口,道出了广大农民在封建地主阶级压迫下的痛苦与憎恨,"一声田主来,爸爸眉头皱不开。一声田主到,妈妈心头毕剥跳"。田主一来,就慌忙准备酒菜供田主享用,却丝毫没有减少租子,最后不得不"辛苦种得一年田,田主偏来当债讨"。有的诗写出了由于水灾,"收成没得,饿煞妻小",仍然要面临"田主逼讨"的社会现实(《挂挂红灯》);还有的诗写出了由于旱灾,"田干稻枯","汗下如雨","苦杀农夫",而田主却在"高堂大厦,闲坐等收租!"(《渴杀苦》);还有的诗写出农民"朝夜忙碌"也只能吃粥,而那些田主们则"田主福禄","田主吃肉"(《布谷》)。书写农民生活之苦的还有康白情的《草儿》,诗中写道:"草儿在前,/鞭儿在后。/那喘吁吁的耕牛,/正担着犁鸢,/眙着白眼,/带水拖泥,/在那里'一东二冬'地走着。""牛啊!/人啊!/草儿在前,/鞭儿在后。"诗歌写"我"和"耕牛"一前一后、专心犁田的情景,暗示了农民过着牛马一样的悲苦生活,揭示出人间的不平。

---

① 刘半农.瓦釜集·代自叙//鲍晶.刘半农研究资料.天津:天津人民出版社,1985:195.原载《语丝》周刊第75期,1926年4月19日。

这部分关注底层民众的早期白话诗,大有一种汉代乐府诗的风格,"感于哀乐,缘事而发",让人联想起汉乐府中的《东门行》《孤儿行》《妇病行》等作品。这些作品虽然是出自知识分子之手,但在书写民间苦难时,却能感同身受,的确难能可贵。

文学研究会的诗人们在"为人生"主张的引导下,无论在新诗的理论探讨还是在具体实践上都表现出对民间社会"血与泪"主题有意识的关注。在"文研会"成立不久,郑振铎就在1921年6月30日的《文学旬刊》上发表《血和泪的文学》,文中明确提出"血和泪的文学"的口号,并指出:"我们所需要的是血的文学,泪的文学,而不是'雍容尔雅''吟风啸月'的冷血的产品。"郑振铎的这篇文章犹如一篇"宣言",慷慨激昂地向那些消闲文学、游戏文学等宣战。值得注意的是,文学研究会的诗人在实际创作中的确体现了这种"为人生"的理念,诗歌内容也广泛反映了民间社会,能够对现实人生进行高度的概括,以理性的态度进行创作。相对于早期白话诗歌内容的单调肤浅,"文学研究会"诗人的诗歌显然是前进了一大步。同样是描写底层百姓的苦难,叶绍钧的《浏河战场》显然提供了更为广阔的民间图景,诗歌详细铺写了浏河战场之后乡村残破、荒凉的景象:"我们如来到古国的废墟,/我们如来到寂寞的墓场,/摧残,颓唐,/枯槁,死亡……"文研会的另一位诗人徐玉诺书写民间苦难的歌调最为悲苦,诗人用自己切身的体验描绘了军阀混战、兵匪横行的中原大地的残破和悲惨,倾诉着农村的悲哀。在那片多灾多难的土地上,"在除夕的大街上,/冷风刺刺地刮着踏碎的冰,/极冷清,/一个上年纪的乞丐,/只剩一个空虚而且幻灭的破碗,什么东西都没有了"(《杂诗》);在那里,"没有恐怖——没有哭声——/因为处女们和母亲,/早被践踏得像一束束乱稻草一般/死在火焰中了。/只有热血的喷发,/喝血者之狂叫,/建筑的毁灭,/岩石的崩坏,/枪声,马声……/轰轰烈烈的杂乱的声音碎裂着"(《火灾》)。这是怎样的民间社会呀!读来令人心惊胆寒,更多的还有心酸!

在书写民间苦难的诗人中,三十年代登上文坛的臧克家应该是最不容忽视的一位。在他的诗集《烙印》中,最突出的内容就是写出那个时代下层百姓的生活。朱自清认为,从臧克家的《烙印》开始,现代中国"才有了有血有肉的以农村为题材的诗"①。臧克家的诗写出了民间社会中"不幸的一群",也可以说,他在为中国的贫民雕像,这在中国新诗史上是独一无二的。他的《难民》《逃荒》《洋车夫》《当炉女》《歇午工》《老哥哥》《贩鱼郎》《老马》等诗就是其中的代表作。三十年代的中国社会依然是黑暗而又动荡,百姓生活的悲惨程度非同一般。由于荒年,农村严重破产,农民们为了生存不得不离开自己的家乡,逃荒到异乡而成为难民。《难民》和《逃荒》就是这样两首让人揪心的诗歌。他们辗转在逃荒的"陌生的道路"上,身后像有一条"无形的鞭子"在驱赶着他们,来到他乡,又无人收留,"'年头不对,不敢留生人在镇上。'/'唉!人到哪里灾荒到哪里!'/一阵叹息,黄昏更加苍茫。/一步一步,这群人走下了大街,/走开了这异乡,/小孩子的哭声乱了大人的心肠,/铁门的响声截断了最后一人的脚步,/这时,黄昏爬过了古镇的围墙。"(《难民》)其中那"小孩的哭声"与那"铁门的响声"尤其令人心碎!难民们在死亡线上挣扎的一幕仿佛就在眼前。臧克家不愧为一位"农民诗人",也只有凭着"嚼着苦汁营生"的生活基础和人生体验,才能写出这样有血有肉的诗。臧克家不仅写出了生活在这片土地上的民众的苦难,更写出了他们像老马一样的"坚忍"品质,"总得叫大车装个够,/它横竖不说一句话,/背上的压力往肉里扣,/它把头沉重的垂下!"

还有更多的关于书写民间苦难的新诗,如"中国诗歌会"的诗歌,艾青的诗歌,部分解放区诗歌,等等。也许是因为在二十世纪的上半期,苦难一直是民间生活的基调,才有那么多书写不完的苦难。正如艾青在抗战时期的诗歌《雪落在中国的土地上》中所写:"中国的苦痛与灾难/像这雪夜一样广阔而又漫长呀!"尽管如此,我们依然坚信,多灾多难的民间大地必将在苦难中孕育着抗争,孕育着未来和希望。

二、苦难中的抗争

在民间诗歌中,有一类常见的主题就是对现实的不满和抗争。早在《诗经》中,就有奴隶不堪忍受奴隶主的剥削和压榨而发出的抗议,如《硕鼠》《伐檀》《七月》等。在漫长的古代社会中,老百姓能够享受安定生活的日子实在

---

① 朱自清.新诗的进步//新诗杂话.长沙:岳麓书社,2011:6.

太少,真是"兴,百姓苦;亡,百姓苦"。当苦难积压到一定程度,一定会激起抗争。二十世纪上半期的民间百姓依然受到重重的压迫和摧残,承受了无尽的苦难,饱尝了人间的艰辛。他们好像是生活在黑暗的"地狱"中,在痛苦中哀吟、呼喊。现代新诗中,除了臧克家诗中的"坚忍主义",仇恨和抗争从来就没有停止过。哪里有压迫,哪里就有反抗,他们要用自己的双手去解开身上的绳索。现代诗人在新诗中表现这样一种主题,也就是希望受压迫的民众有朝一日能真正翻身得解放。

在现代新诗中,从早期白话诗一直到抗战时期的新诗,这种反抗压迫、争取自由的抗争主题普遍存在于平民题材的新诗中。早期白话诗中,大多数诗人还只是站在民主主义的立场上,并无明确的革命意识,所以诗歌中所表现出来的这种抗争也只是处于朦胧状态和萌芽状态的意识觉醒和反抗,如刘半农的《相隔一层纸》中"可怜屋外与屋里,相隔只有一层薄纸!"《游香山纪事诗》中"问农犯何罪?欠租才五斗"。诗人在书写民众苦难的同时,能够揭示出黑暗社会的不平等,能够发出这样的设问和慨叹,这恰恰是那个时代人民大众觉醒的反映。有类似主题的诗歌还有刘大白的一些诗歌,如《田主来》中"世界哪里有公道!辛苦种得一年田,田主偏来当债讨"。《金钱》中,剥削者们"锤钻针线锄铲,也不曾拿一件",然而他们"居然穿得温暖,——而且绫罗绸缎,/吃得香甜,——而且油腻肥鲜,/住得安全,——而且楼台庭院"。田主老爷们的一切全是"白吃白住白穿"的,诗人在最后则以尖锐的笔锋揭露,"哦!哪儿来的金钱?——/还不是劳工们血汗底结晶片!"这句话无疑似一把利剑直刺那个黑暗世界的核心。对于剥削者和压迫者,人民群众无不憎恨和反抗。刘大白的诗歌《成虎不死》就赞扬了人民英雄成虎的反抗斗争精神:"你底身死心不死,正是田主们底不幸啊!"所以,朦胧的意识觉醒和自发的反抗构成了早期白话诗中的抗争主题。正如朱自清后来说:"初期新诗人大约对于劳苦的人的生活知道的太少,只凭着信仰的理论或主义发挥,所以不免是概念的,空架子,没力量。"①所以,随着知识分子社会实践和革命实践的深入,创作出真正有力度的抗争主题就在不远的将来。

随着时代的发展,工农斗争风起云涌,这种民众反抗压迫、奋起抗争的主

---

① 朱自清. 新诗的进步 // 新诗杂话. 长沙:岳麓书社,2011:6.

题在新诗中有越来越多的表现。从"普罗诗歌"到三十年代"中国诗歌会"的诗歌，表现工农斗争几乎成为一种主流。早期革命者早就认识到民间所潜伏的巨大力量。长期处于苦难中的民间社会更是一触即发，爆发出巨大的能量。普罗诗歌中有部分诗歌内容与工农革命有关，但在表现工农斗争时也只是对革命斗争的讴歌、召唤和鼓动，并无多少实际的内容。这种诗歌特点主要与诗人缺乏实际的斗争生活体验有关，而这在"中国诗歌会"的诗歌中得到了有效的矫正，工农斗争逐渐变得清晰可感起来。"中国诗歌会"的诗歌对革命斗争的表现，远远超越了刘半农、刘大白和"文研会"诗人对民生疾苦的简单同情和对其抗争意识的表现，而是把诗歌从狭小天地引向广阔的世界。他们往往把革命斗争和大的历史事件结合起来，如在"九一八""一·二八"等事件的背景中来反映大众抗敌反帝和为民族解放所进行的斗争。穆木天的《流亡者之歌》、蒲风的《游击队》、柳倩的《突击》等诗歌就反映了东北同胞奋起抗击侵略者的英勇斗争。还有的诗歌则表现和歌颂了人民群众的觉醒和从"自发"到"自觉"的反抗斗争情景。蒲风的诗歌在此类作品中最具代表性，他的诗歌以农村为中心，描绘了三十年代阶级斗争的现实。一边是处于悲惨境地的农民，另一边是拥有大量财富的封建势力。广大农民辛辛苦苦地耕作一年，但要取得丰收是非常困难的。地主老爷"不断的压迫和不停的剥削"，使农民过着家破人亡、流离失所的生活。农村破产后，农民被迫流浪到城里去谋生，但在那样一个黑暗的社会里，底层民众在哪里都逃不脱被压迫、被剥削的命运。于是，无路可走的民众只有奋起抗争。蒲风的许多诗歌都描写了农民阶级意识的觉醒，如《咆哮》中："昔日是那卑贱的一群，终日低头曲背为人作嫁衣裳。／今天，他们都有新的觉醒：／他们相信自己的伟大力量。"广大民众的觉醒，好像是"地火"的迸发："火，火，血红的地心的火，／层层地壳把它压住了。／但总有一天，／总有一天呵，／它会把这些一齐冲破！"（《地心的火》）所有的诗句都道出了一个共同的真理，那就是：压迫越重，反抗越激烈。诗歌《茫茫夜》和《农夫阿三》等诗描写了农民阶级意识的觉醒。诗歌《茫茫夜》通过写一位母亲在茫茫漆黑的半夜里对参加革命的儿子的怀念与诉说，反映了农民的觉醒与反抗。母亲在狂风中隐约听到了儿子的回答："母亲，母亲，母亲，／再不能屈服此生！／我们有的是力，有的是热血，／我们有的是万众一心的团结；／我们将用我们的手，／建造一切，建造一切！／为什么我们劳苦了整日整年／要饱受饥寒,凌辱,打骂?／为什么他们整年饱吃寻乐／我们却要屈服他?"这位青年的话代表了当时已经觉醒民众的心理,也显示了他们立志要"用我们的双手"推翻黑暗的旧社会,去"建造一切"的决心。所以,我们从这些诗歌中可以清晰地感受到涌动在地下的即将喷涌而出的"地火",正如鲁迅先生所说:"地火在地下运行,奔突;熔岩一旦喷发,将烧尽一切野草,以及乔木,于是并且无可朽腐。"[1]

抗战爆发以后,广大人民原本就贫困不堪的生活又雪上加霜。面临着被沦为亡国奴的危险,广大民众唯一的选择就是奋起抗争,赶走侵略者。这一时期(从抗战爆发一直到新中国成立前)的斗争一方面是针对侵略者,另一方面是针对国内的各种反动势力。所以,旧社会的民众生活在三座大山之下,要想翻身,只有通过艰苦卓绝的斗争。这也到了黎明前最黑暗的一段时期,这一阶段的作品所表现的斗争也是最激烈、最彻底的。反抗和斗争也几乎成为无数诗歌所表达的共同内容。田间的诗歌《给战斗者》给人以鼓舞人心的力量,侵略者残酷地杀戮着我们的同胞,残忍地"嬉戏着"我们同胞的"荒芜的／生命,／饥饿的／血",我们的人民在敌人的枪杀下奋起了,掀起了全面抗日。"我们／起来了,抚摸悲愤的／眼睛呀!我们／起来了,／揉擦红色的脚跟,／与黑色的／手指呀!／我们／起来了,／在血的广场上,／在血的沙漠上,在血的水流上,／守望着／中部,／边疆。／经过冰雪,经过烟雾,／遥远地／遥远地／我们／呼唤着／爱与幸福,／自由与解放……","亲爱的／人民!抓出／木厂里／墙角里／泥沟里／我们的／武器,挺起／我们／被火烤的,被暴风雨淋的,被鞭子抽打的胸脯,／斗争吧!在斗争里,／胜利／或者死／……"这些诗句真实地表现了抗战时期广大人民奋起抗战的激昂情绪。田间另一首诗《她也要杀人》则叙述了一个农村妇女深受日寇迫害,日益觉醒并决心复仇的故事。此外,一些出现在解放区的诗歌社团,如战歌社、山脉诗歌社、延安新诗歌会、晋察冀诗会、太行诗社等,他们创作的此类诗歌,数量更大。诗歌中表现的抗争对象也是多方面的,既有来自凶残的异族侵略者,也有来自国内的各种势力。

解放区的反抗主题诗歌中,还表现在农民翻身求解放,与恶霸地主的斗争

---

[1] 鲁迅.野草·题辞//鲁迅全集:第二卷.北京:人民文学出版社,2005:163.

中。抗战胜利后,在党中央的领导下开展土地运动,彻底改变了旧中国不合理的土地制度。在这场革命中,农民表现出前所未有的高涨热情,与剥削吃人的地主恶霸进行了彻底的斗争和清算。李季的《王贵与李香香》就讲述了一对农村恋人王贵与李香香为了争取婚姻自由和阶级解放进行不屈不挠斗争的故事。王贵与李香香在斗争过程中表现出来的顽强斗志和决心,也是底层民众长期受到残酷压迫的激烈反抗。闹革命成了生存下去的唯一选择,"闹革命成功我翻了身,不闹革命我也活不长"。张志明的《王九诉苦》和《死不着》也是此类作品的代表作。《王九诉苦》以雇农王九的口吻历数孙老才的种种罪恶:王九家的度命粮被孙老才抢了;借粮不成只能去做长工;闺女被孙老才抢走并自杀;老爹被气死;自己被毒打……,王九被万恶的孙老才逼迫得几近家破人亡。王九的血泪控诉感天动地,在绝望中发出怒吼:"绝人的路呀葬人的山,哪一日打翻这杀人的天。"但是在"毛主席传下土改令,穷苦人起来闹革命"的背景下,王九终于等到了翻身求解放的这一天。《死不着》中的"死不着"也是一个具有坚定反抗精神的贫苦农民,他在愤怒中一把火烧了财主家的谷场……哪里有压迫,哪里就有反抗!民众求生存、求解放的强大愿望最终将形成势不可挡的洪流。

总之,反抗与斗争的主题伴随着现代新诗发展的整个进程,这既反映了这一段时间广大民众生活的基调,也反映了现代诗人的民间意识和民间情怀。

三、民间的赞歌

民间世界也不全是苦难、忍耐和抗争的一面,它也有宁静、温和的一面。现代诗人对民间怀有深厚的感情,他们总想用自己的笔从各个侧面,去充分描绘这个苦难而温情的世界。苦难与抗争的主题也许沉重,诗人们更希望把民间社会的另外一面展示出来。因此,他们热情地赞美民间,赞美民间的劳动,赞美民间的祥和,这也正是诗人们的民间理想。于是,现代新诗中出现了一些风格相对平和,表现和歌颂劳动者的诗篇。

关于文学艺术起源问题,众说纷纭,模仿说、游戏说、巫术说、劳动说、心灵变现说等,各有其合理的一面。但客观地说,艺术起源是一个复杂且混合着多种因素的问题。综合看来,已形成共识的观点则是文艺起源于以劳动为中心的人类的生存活动。民间社会与劳动生活关系密切,两者经常交织在一起。

劳动生活也是民间艺术的重要表现对象和内容。民间文学中有许多内容是描写劳动和歌颂劳动人民的，许多歌谣、传说故事、地方小戏也都以劳动为主题。在《诗经》中就有《魏风·伐檀》《豳风·七月》《周南·芣苢》等以劳动为主题的诗歌。其中，《周南·芣苢》就是一首即兴式的田园劳动短歌，生动展现了田园劳动的热烈场面，抒发了采摘车前草的妇女们欢乐的心情。汉乐府民歌《江南》也是描写了采莲的场景和采莲人欢快的心情。中国文化自古以来就有"礼失求诸野"的文化规律，当现行社会"礼崩乐坏"时，人们总是自然而然地去怀念平静、闲适的农耕社会，情不自禁地去赞美劳动，赞美劳动者和民间社会。二十世纪上半期显然是一段多灾多难、国运不济的时期。现代诗人们不仅在诗歌中去表现充满血和泪的苦难与抗争，同时也为我们展示了劳动人民勤劳刻苦的一面。古典诗歌中，虽有一些"悯农"类的诗，但它们基本是站在文人的高度，鲜有真正歌颂底层百姓的作品。能够出现像二十世纪上半期这样大规模的文学平民化潮流，历史上也是较为少见的。现代诗歌从一开始就宣称要消灭古典诗歌的贵族性，张扬诗歌的平民性。事实证明，现代新诗中也的确出现了不少表现劳动场景、歌颂劳动的画面。现代新诗也的确在民间化的道路上又更近了一步。

对劳动者的赞美，在早期白话诗中出现较多。之所以如此，主要是因为现代诗人出于启蒙的目的，渴望与民间有更多的交流。歌颂劳动、赞美劳动者也是他们亲近民间社会的一种方式。此外，抗战以后，尤其是解放区的文学作品中，也集中了大量表现劳动、歌颂劳动的诗歌。四十年代解放区的文学方向被毛泽东概括为"工农兵方向"，这就为底层的劳动者真正成为文学作品中的主角提供了政治支持。那么，展现劳动者的日常劳动场面，赞美劳动者也就成了新诗创作中很常见的主题。

谈及赞美劳动这个主题，还是要首先提到早期白话诗人刘半农。刘半农的诗歌《铁匠》《敲冰》《老牛》《面包与盐》等诗就是一曲曲劳动人民的赞歌。《铁匠》一诗，通过描述诗人路经打铁铺的所见所感，"叮当！叮当！／他锤子一下一上。／砧上的铁，／闪着血也似的光，／照见他额上淋淋的汗，／和他裸着的、宽阔的胸膛"。诗歌歌颂了普通劳动人民所从事的平凡而伟大的劳动，以及他们坚忍不拔的创造精神和勤劳淳朴的思想品格。《敲冰》中那种激动人心的敲冰场面，"敲冰！敲冰！／敲一尺，进一尺！／敲一程，进一程！

/冬冬的木槌，在黑夜中不绝的敲着，/直敲到野犬的呼声渐渐稀了；……直敲到雄鸡醒了；百鸟鸣了……"诗歌颂扬了劳动人民那种齐心协力、奋斗前进、乐观进取的精神。《老牛》这首诗则是借老牛来歌颂劳动人民不辞劳苦、任劳任怨的精神品格。周作人这位思想复杂而且对民间社会一直持二元态度的学者兼诗人，在新文学早期也写出了民间题材的新诗《两个扫雪的人》。周作人的这首诗不仅触及下层百姓生活，还难能可贵地写出了劳动者的赞歌。这首诗和刘半农的那些劳动者的赞歌也很有相似之处。诗人有感而发，下雪天路遇扫雪人，被他们的劳动场面所感动。两个身穿粗麻布外套的人，在大雪天里，全然不顾自己身上已积了一层雪，"雪愈下愈大了；/上下左右，都是滚滚的香粉一般白雪。/在这中间，仿佛白浪中浮着两个蚂蚁，/他们两人还只是扫个不歇。祝福你扫雪的人！我从清早起，在雪地里行走，不得不谢谢你！"诗人在这首诗中讴歌了劳动人民的那种坚毅的劳动精神，并表达了对他们的祝福和感激之情。俞平伯的诗集《冬夜》中也有歌颂劳工的新诗，尤其是那首《绍兴西郭门头的半夜》中描绘了炼铁工人的劳动场景，和刘半农的《打铁》有异曲同工之处。诗人面对着寂寞之乡，在半夜里看到这样一种火光冲天的劳动场面，"风炉抽动，蓬蓬地涌起一股火柱，上下眩耀着四围。酱赭的皮肉，篮紫的筋和脉，都在血黄的芒角下赤裸裸地。流铁红满了勺子，猛然间泻出；银电的一溜，花筒也似的喷溅"。诗人不禁惊呼道："眩人底光呀！劳人底工呀！"对劳动人民的赞美和敬爱之情溢于言表。早期白话诗人在诗歌中刻画劳动者，赞美劳动者，但他们对劳动者的态度总体来说还是一种知识分子的态度。他们虽然同情、赞美劳动者，但在感情上往往保持一定的距离，而在抗战爆发以后，这种情形有了巨大改变。

抗战以后的文学作品中，工农兵的位置被提到前所未有的高度，尤其是在解放区。毛泽东在他的文艺理论经典《在延安文艺座谈会上的讲话》中，非常概括明确地指出："我们的文学艺术都是为人民大众的，首先是为工农兵的，为工农兵而创作，为工农兵所利用的。"[1]在"讲话"精神的指引下，诗人们响应号召，走进民间，向工农兵学习，创作出了大量以工农兵为主体，赞美工农兵的

---

[1] 毛泽东.在延安文艺座谈会上的讲话//毛泽东选集：第3卷.北京：人民出版社，1991：863.

诗歌。抗战时期,民间百姓既要搞生产,同时还要积极配合抗战,作出了巨大的贡献。诗人邵子南的《骡夫》塑造了一位可亲、可敬的饲养员形象,他憨厚又勤劳,而且有着一种执拗的性格。他跟随部队当饲养员,为了节省"他不跟大家一起吃饭,/自己去买老百姓的廉价的棒子",而且终日忙碌,"金刚钻似的,/一会儿在马棚,忽然又在山里……"。就是这样一位让人钦佩的农民,让人想起了无数在抗战中做出牺牲的老百姓。公木的《风箱谣》歌颂了那位不分昼夜,不问寒暑,为子弟兵"夏天煮绿豆水,冬天熬小米汤"的林大娘。王炜的《一个平凡的农妇》中那位深明大义的农村妇女,和孙犁的小说《荷花淀》中的水生嫂何其相似!"她的丈夫当八路军去了,他走的时候,她曾经在大会上把他欢送。离别给予她很大痛苦,她可平静地抑制着自己,从不对人哭诉一声。"在解放区诗歌中,这样的内容还有许多。此时的知识分子已不同于早期白话诗人"居高临下"的态度,而是一种热切的关注,是一种从内到外的对民众的认可。普通老百姓以这样的地位和姿态出现在诗歌中,这在古代文人诗歌中也是极为少见的,这也恰恰反映了在现代阶段,知识分子对民间态度的转变以及民间文化对现代诗歌的渗透。

在解放区,还有一些具有田园风味的民间生活和劳动场景也成为新诗中难能可贵的民间画卷。那些充满着诗意的一幕一幕,让人感受到了乡野的淳朴气息。解放区的天是明朗的天,解放区在共产党的领导下,呈现出欣欣向荣的景象。抗战杀敌和阶级斗争是一面,而火热的劳动场面、宁静的农家生活则是不可缺少的另一面。尤其在中国共产党向解放区军民发出大生产号召后,解放区的诗人们纷纷深入田间地头,开荒种地,纺花织布,而且即时唱出:"二月里来好风光,家家户户种田忙",来歌唱南泥湾等大生产活动。那时的民间已经超越了一家一户的模式,而是一种集体主义,民间也呈现出更宽泛的意义。如丁玲的《七月的延安》则描绘出延安在七月间,各行各业都欣欣向荣的景象。阿垅的《窑洞》赞美了如"蜂巢"似的窑洞,人们正在酿造着比蜂蜜还好吃的"人蜜",从而歌颂了延安祥和而又积极的民间气象。

总之,在民间文化的影响下,在现代诗人民间情怀的关照下,现代新诗在主题上表现出明显的民间性质,为我们展示了立体的民间社会。民间有苦难、有抗争,也依然有安闲和祥和,也永远充满生命力。民间之树长青,这也正是民间世界的魅力所在。

第二节 民间理想与艺术呈现

诗人也许是最具理想人格的一个群体。现代诗人尽管生活在战火纷飞、动荡漂泊的环境中,但他们一刻也没有停止对理想的追求。在对未来世界缺乏蓝图和想象力的背景下,对民间世界的向往则成了大多数现代诗人最实实在在的理想。

民间是个复杂的"多维度多层次的概念"[1],即便是局限在一定的范围内来探讨"民间"概念,也仍然时常会令人困惑。而提及民间文化的精神形态,更是难以简单概括,也许它包括平民精神、自由精神、反抗精神、坚忍精神、乐观的生命态度,等等,但民间文化形态中最核心的内涵应是它"自由—自在"[2]的精神。自由精神是对理想的不懈追求,是对自在生命的无限向往。现实的民间社会也许很残酷,会有不可避免的苦难和不幸,但生命的本能,那种来自生命深处的原始的、朴素的生命力会去顽强地战胜它。民间的自由还表现在民间社会总是有其自己的生存逻辑、生活习惯,呈现出一种自在的状态,有着一定的自足性和完整性。这种自由自在的审美形态使得民间文化呈现出最质朴单纯的、自然率真的、原始本色的审美特征。所以,具体到新诗创作,民间文化的自由自在的精神特质在参与现代新诗建构的过程中,至少有这样一些层面:一是诗人会在文学作品中展示自由自在的民间社会以表达自己的民间理想,另一则是民间文化的自由审美形态会带给新诗本身一定的影响。

一、田园牧歌里的向往

对自由自在生活的向往,是人类的终极追求。古今中外的哲学家、思想家和文学家都以自己的方式描绘着理想中的社会。早在两千多年前,古希腊哲

---

[1] 陈思和.民间的浮沉:从抗战到"文革",文学史的一个解释//陈思和.新文学整体观.上海:上海文艺出版社,2001:122.

[2] 王光东."民间"的现代价值——中国现代文学与民间文化形态.中国社会科学,2003(6).王光东在该论文中指出,"民间"的核心内涵是"自由—自在","自由—自在"既包含生命的自由渴望,又包含民间生存的自在逻辑两个方面。笔者在这里引用这一观点。

学家柏拉图就在《理想国》中描述了他心目中的理想国。在我国,两千多年前的老子也给我们描绘他心目中的"小国寡民,鸡犬之声相闻,老死不相往来"的理想社会。孟子也在《孟子·梁惠王上》中描绘了一幅理想社会的图景:"五亩之宅,树之以桑,五十者可以衣帛矣;鸡豚狗彘之畜,无失其时,七十者可以食肉矣……"那么,究竟什么样的社会才是理想中的社会呢?通过对众多理想社会模板的分析,似乎那种远离政治中心和城市喧嚣的民间社会是最接近古人的理想。也许,现实的民间社会并非如大家想象的那么美好,甚至很残酷,也会有不可避免的苦难和不幸。但是,在民间社会中,生命的本能以及那种来自生命深处的原始的、朴素的、旺盛的生命力,会去顽强地战胜困难,去追求属于自己的自由。民间社会的自由总是有其自己的思维方式、生存逻辑,呈现出一种自在的状态,有一定的自足性和完整性。在人们的观念中,民间社会中应该存在着最大限度的自由,最有可能过着那种理想中自由自在的生活。这也就不难理解,古代士大夫中间为何一直流行一种隐逸之风。许多官场失意的人退隐民间,希望能寻求到理想中的民间"桃花源"。东晋大诗人陶渊明四十岁时,辞官归隐,隐居乡野,过着躬耕自给、悠然自得的生活,吟唱着"采菊东篱下,悠然见南山",令人羡慕不已。英国十九世纪浪漫主义诗人柯勒律治和骚赛,为了逃避理性社会中的种种利欲和丑恶,选择居住在湖畔,远离那"疯狂的人群"。现代知识分子所要追求的自由理想与民间文化形态中的自由有某种一致性。这种带有个性自由的民间审美因素被作家或诗人理解和接受,就会成为新文学中的内容。这种审美趣味指向民族自身的过去和民间社会的草根性(grass-root),反映在诗歌创作中,他们会在诗歌中书写自己的民间理想。同时,这种审美趣味还会和带有个性主义的"真情自然流露"的诗学观融合起来,创造出一个自由审美的,具有民间韵味的艺术世界。

  现代新诗中有一些风格明朗、清新的田园牧歌,好似一股扑面而来的民间风,有种返璞归真的感觉。二十世纪上半期是一段多灾多难、国运不济的时期。中国社会自古就有"礼失求诸野"的传统文化规律,现实社会的动荡不安会很自然地让人去怀念田园牧歌式的自由自在的民间社会。所以,民间社会安闲宁静、自由自在的画面首先进入了诗人的视野。刘半农的许多诗歌有种山花野草般的清香,诗人由衷地喜爱民间文化,也真正在自己的诗歌中体现了民间元素。刘半农的《一个小农家的暮》就是一幅田园风味十足的画卷,这里没有让人压抑的苦难和忧愁,只有"世外桃园"式的悠闲和自在。暮色中,女人在灶下做饭,"灶门里嫣红的火光,/闪着她嫣红的脸,/闪红了她青布的衣裳"。男人衔着烟斗从田里回来,"屋角里挂去了锄头,/便坐在稻床上,/调弄着只亲人的狗"。孩子们则在场上看月数星星。这是多么令人向往的农家生活画面!尽管清贫,但宁静而和谐,这也正体现了诗人的民间理想。刘大白的《春意》和刘半农的《一个小农家的暮》在意境上十分相似,都描绘了民间社会自在安闲的一面。《春意》为我们展示了色彩鲜明的一幅画面:"一只没篷的小船,被暖溶溶的春水浮著",一个短衣赤足的男子在船艄上划着,一个乱头粗服的妇人在船肚摇桨,她的左手还挽着个"红衫绿裤的小孩"。更动人的是他们还在谈着、笑着,小孩则在"左回右顾地看著,痴痴憨憨地听著,咿咿哑哑地唱著"。这春水浮动的一船一家,过着多么自由自在的生活,给人以清新、美好的感觉。刘大白也写过如《田主来》《卖布谣》等反映民间疾苦的诗歌,但这首《春意》显然象征了作者所向往的民间自由自在的审美境界。此外,这首诗歌在审美形态上也是质朴、生动、自然、本色的。也许有人会认为刘半农等人的诗歌思想浅薄,鲁迅先生曾辩护道:"不错,半农确是浅。但他的浅,却如一条清溪,澄澈见底,纵有多少沉渣和腐草,也不掩其大体的清。倘使装的是烂泥,一时就看不出它的深浅来了;如果是烂泥的深渊呢,那就更不如浅一点的好。"①所以,这些诗虽浅,却有难得的清澈,这也正是具有民间色彩的单纯和质朴。

　　自由自在的民间理想是许多作家的一个情结,就像小说家沈从文一直努力地在小说中营造一个美丽、淳朴的边城世界。民间的人情美、人性美、风景美、民俗美都是民间世界的重要内容。这些带有民间文化形态的内容已经成为作者灵魂的栖息地和永远的民间理想。诗人朱湘的一些诗歌也有着浓郁的民间风味,《摇篮歌》中,一位母亲安闲地给自己熟睡的孩子唱摇篮歌,"春天的花香真正醉人,/一阵阵温风拂上人身,/你瞧日光它移的多慢,/你听蜜蜂在窗子外哼:/睡呀,宝宝,蜜蜂飞的真轻。"这种场景只有出现在平静、自在的氛围中。《采莲曲》一向被人认为是"古典韵味十足",但它的民间韵味也同样十足。采莲本身就是一个蕴含诗意,给人以无限遐想的民间劳动场面。古典诗

---

① 鲁迅.忆刘半农君//鲍晶.刘半农研究资料,天津:天津人民出版社,1985:243.

歌中就有多篇诗歌涉及采莲,著名的就有《西洲曲》、梁元帝的《采莲赋》、王勃的《采莲曲》等。采莲往往还与爱情有关,与民间社会自由自在的生活状态有关。而朱湘的《采莲曲》更给人一种轻盈的梦一般的感觉:"小船呀轻飘,/杨柳呀风里颠摇;/荷叶呀翠盖,/荷花呀人样娇娆。/日落,/微波,/金丝闪动过小河。/左行,/右撑,/莲舟上扬起歌声。"民间社会的自在美在这里达到了极致,这也许就是忧郁的朱湘一直神往的理想境界!

如果说,在二三十年代,自由自在的民间社会还只是诗人的美好理想,那么,在四十年代的解放区,这完全有可能变成现实,尽管这只是相对自在一点的环境。尽管解放区的条件非常艰苦,但人们的心情是开朗的,前景是美好的。于是,解放区出现了许多格调明朗、乐观的诗歌,它们展现了解放区里一幅幅色彩鲜明、优美动人的生动画面,就像小说家孙犁笔下那些战争间隙里难得的温馨画面。战争和艰苦的生活更增强了人们对民间自由生活的向往,尤其是农民更希望能够耕作自己的土地,过上自由安闲的生活。在张铁夫的《土地的歌》中,太阳还没出来,农民就唱着小曲在田间耕作,"耕耘啊,犁面是完整的,/土地是湿润的但不粘犁,/绳套不缺,牛肚带是新的,牛梭光滑,/而牛是肥壮,体力饱满,不用鞭策","这里收获的——无论多少/将全归你们所有"。是啊!重新获得了土地的农民焕发出了无限的激情。也许,解放区的民间社会带有更宽泛的意义,很少局限于一家一户,而更倾向于一种集体的自由和快乐。更多的诗歌为我们展示了解放区的自由、安闲、欢乐的场面,如诗歌《南泥湾的风光》就为我们展现了一幅处处洋溢着欢乐与祥和气氛的劳动画面。而诗人李方立的诗歌《山野间的歌舞》,则是一幅自由自在的民间狂欢画面,"山野间底广场上,/响着口琴声,/不知是哪个机关表演队,/在那里跳起了秧歌舞,/朝那里去的山路上,/沸腾着喇叭声,锣鼓声,/群众喧噪的前进着,/好像无数条江河,/哗哗地流向湖沼……"无疑,解放区的这些诗歌一方面展现了解放区自在安闲的一面,更重要的是,也给艰苦环境中生活的人们带去无限的希望。

二、民间恋歌里的寻梦

民间文化形态中的自由因素还影响了现代新诗的精神特征和审美形态。民间文学是民间文化的重要载体,集中体现了民间文化的这一审美特征。早期白话诗人不约而同地发现了民间文学的价值,他们对民间文学的那种"率性而为、自由表达"的方式给予了高度肯定。刘半农就指出,民歌的好处"在于能用最自然的言词,最自然的声调,把最自然的情感发抒出来"[①]。周作人也认为"民歌的最强烈最有价值的特色是它的真挚与诚信,这是艺术品共同的精灵"[②]。无独有偶,国外的一些文学大师也有同感,托尔斯泰在晚年所写的《艺术论》中把民歌称为"最高级的艺术",这是他从毕生丰富的创作经验出发而作出的评价,他认为艺术感染力的大小是"衡量艺术价值的唯一标准"。他认为这决定于三个条件,是感情的独特性、感情传达的明晰性和感情的真挚程度。他说:"真挚是三个条件中最重要的一个。这个条件在民间艺术中经常存在着,正因为这样,民间艺术才会那样强烈地感动人。"[③]所以,民间文化形态中的自由自在的精神特征和民间文学"自由、率真"的情感表达方式对新诗审美形态的建构起了重要作用。于是,新诗中许多如民歌般质朴、清新、真挚的诗歌进入了我们的研究视野。

"五四"前后,《新青年》《星期评论》《少年中国》等刊物发表的新诗一开始就表现出冲决一切罗网的自由精神。他们就是希望能够建立一种"活的文学",能够自由自在地表达自己的感情,歌颂自由自在的生命,追求自由表达情感的形式和技巧,而他们所追求的这种表达方式恰与民间文学有某种程度上的契合。在胡适、周作人、刘半农等人对民间文学和民间审美形态的大力倡导下,出现了一些较为优秀的具有民间风味的诗歌,如周作人的《小河》、康白情的《草儿》、俞平伯的《冬夜》以及刘半农和刘大白等人的诗歌。很显然,早期诗人们自觉吸收了民间文学和民间文化形态中的精神营养。

现代新诗中有部分情诗最能体现诗人的这种民间理想,因为对爱情的追求最能代表对自由的追求。"五四"期间,婚姻恋爱自由是个性解放、追求平等自由的重要内容。许多青年人就是从反抗封建包办婚姻、争取婚姻恋爱自由而走上追求民主自由之路的。民间歌谣中则存在大量的情歌,用周作人的

---

① 刘半农.国外民歌译·自序//鲍晶.刘半农研究资料.天津:天津人民出版社,1985:219.原载《国外民歌译》(第一集),北京北新书局,1927年4月。

② 周作人.自己的园地.歌谣.1923(8).见《歌谣》(影印本),上海文艺出版社,1962年。

③ 托尔斯泰.艺术论.北京:人民文学出版社,1958:151.

话就是:"民歌的中心思想专在恋爱。"①劳动人民爱唱情歌,而且表达方式直白、袒露,表现了他们对理想的爱情婚姻的追求。但是在旧社会,婚姻恋爱是凭"父母之命,媒妁之言",没有多少自由。自由纯真的爱情往往会遭到家长和封建势力的破坏,自由恋爱被看成大逆不道,要受到惩罚。封建制度下的包办婚姻曾经造成过多少婚姻悲剧! 然而,越是难以得到的东西,越是激发人们执着地去追求。许多民间情歌大胆表露自己的爱情,这也是对封建势力的挑战与反抗。初期白话诗中的一些爱情诗,在内容上,普遍是在表达对理想爱情的自由追求;在表达方式上,这些诗歌与民间诗歌极为相似;在审美风格上,则具有民歌率真、自然的韵味,情感上也显得真挚动人。刘半农的诗歌《让我如何不想她》以类似情歌的缠绵调子,"天上飘着些微云,/地上吹着些微风。/啊! /微风吹动了我头发,/教我如何不想她?"抒发了海外游子对祖国的思念之情,当然它完全可以被视为一首优美的情诗。诗歌中情感自然流露,情感质朴、真诚,这和民间的许多情诗有共同的特点,可谓是深得歌谣的真传。诗歌后来还被赵元任谱成歌曲,一度广为传唱。同是思恋祖国的郭沫若的情诗《炉中煤》则风格豪放、情感炽烈,是感情到达沸点时的表露,这和刘半农情诗的质朴和率真显然不同。刘半农《瓦釜集》中的情诗就是模仿民歌的形式和格调写成的,可谓是情真意切,充满动人的韵致。在第四歌《姐园里一朵蔷薇开出墙》中,青年男子希望女子"勿送我蔷薇也送个刺把我",原来为的是"戳破仔我手末你十指尖尖替我绷一绷",为了能够肌肤相碰而甘愿受伤流血,把男女之情表现得热切而深沉,这也只是在民歌中才有的情韵。第十六歌《河边浪阿姐你洗格啥衣裳?》中,"河边浪阿姐你洗格啥衣裳? /你一泊一泊泊出情波万里长。/我隔仔绿沉沉格杨柳听你一记一记捣,/一记一记一齐捣勒笃我心浪。"诗歌运用了比兴的手法表达情感,从洗衣激起的水浪,联想到心中的清波,用一记一记的捣衣声,来比喻对爱情的赤诚。这些村夫野老的健康、素朴、粗犷的情感在诗人的笔下充满了灵性,也充满了人性美和人情美。

要提及爱情诗,湖畔诗社应是一个最不容忽视的诗歌团体。几位年轻的诗人以自由、自然的方式来书写自由自在的生活状态,他们歌颂自然、母爱、友

---

① 周作人.中国民歌的价值//张明高,范桥.周作人散文:第一集.北京:中国广播电视出版社,1992:670.

情,但歌颂最多的是爱情。他们的诗歌带着特有的清新、率真的民间风格,以少年的天性,自由地歌唱、随意地吟咏。冯文炳对他们十分赞赏:"首先我们要敬重那时他们做诗的'自由'。我说自由,是说他做的态度,他们真是无所为而为的做诗了,他们又真是诗要怎么做便怎么做了。"[①]所以,他们最被人称道的就是天然去雕饰的创作特色,无论写什么,都追求本色和自然。正如朱自清所说:"赞颂的又只是清新,美丽的自然,而非神秘,伟大的自然;所咏歌的又只是质直,单纯的恋爱,而非缠绵,委屈的恋爱。"[②]而这恰与民间歌谣的审美特征极为相似。

湖畔诗社写的最多、影响最大的是爱情诗。他们的爱情诗在表现追求恋爱自由、个性解放方面有着重要的意义。我国古典诗歌中有不少优秀的爱情诗,但由于封建思想的束缚,主要的表达方式多是借物咏情的含蓄,少有大胆直白地袒露心曲的作品。正如朱自清所说:"中国缺少情诗,有的只是'忆内''寄内'或曲喻隐指之作,坦白的告白恋爱者绝少,为爱情而歌咏爱情的没有。"[③]湖畔诗社的情诗在表达上坦白直率、无所顾忌,敢于冲破封建礼教和传统束缚,与古典情歌的含蓄不同,倒是和民间情歌的表达方式如出一辙。湖畔诗社的许多诗歌真实地表达了获得爱情的幸福,如汪静之的诗中,"伊的眼是温暖的太阳,/不然,何以伊一望着我,/我受了冻的心就热了呢!"(《伊的眼》)"我苦恼忧郁的一切,/都被伊的歌声洗净了。/我全体的神经纤维,/都活流着生之乐趣呀!"(《愉快之歌》)诗人们把爱情与"自由"和"解放"看成是一体,是个性解放的重要部分。爱情是人之天性,爱情不能自由,其他的"自由"也是空谈。在人性普遍受到压抑的封建社会,自由正常的爱情只是一种奢望。湖畔诗社的诗歌所歌咏的爱情都是民间社会自由自在的理想爱情,这里没有门第的悬殊,没有金钱的干扰,有的只是男女平等的纯真爱情。封建社会里,男尊女卑,没有平等的爱情,而湖畔诗社则公开表露对异性的崇拜与爱慕。如"我没有崇拜,我没有信仰,/但我拜服妍丽的你!/我把你当作神

---

① 冯文炳.湖畔//王训昭.湖畔诗社评论资料选.上海:华东师范大学出版社,1986:9.

② 朱自清.蕙的风·序//王训昭.湖畔诗社评论资料选.上海:华东师范大学出版社,1986:95.

③ 朱自清.《中国新文学大系·诗集》导言//刘福春,杨匡汉.中国现代诗论:上.广州:花城出版社,1985:242.

圣一样。／求你允我向你归依"（汪静之《不能从命》）。应修人的《妹妹你是水》也有同样的特点，"妹妹你是水——／你是清溪里的水。无愁地镇日流，／率真地长是笑，／自然地引我忘了归路了"。"湖畔诗社"的爱情诗让我们想起了现代诗中的其他风格相异的爱情诗。"新月诗派"的爱情诗总是笼罩着淡淡的哀愁，"象征诗派"的爱情诗以忧郁和感伤为美，"九叶诗派"的爱情诗则沉重而残酷。只有"湖畔诗社"的爱情诗格调明朗乐观，大有民间情歌的神韵，这也正体现了部分现代诗人在诗歌创作中的民间理想建构。

三、品之不尽的民间韵味

现代诗人在诗歌创作中构建理想的自由自在的社会，深刻地折射出他们对于现实社会的不满心理以及对现实中国所处困境的忧虑。他们站在民间的立场上肯定民间社会的生存方式和伦理精神，也可以说是对现实社会尤其是城市文明的一种对抗。现代诗人深刻地认识到处于"民间状态"的活力所在，民间一旦摆脱了观念形态的压抑，就会获得个人精神自由生长的无限可能，这也正体现了他们的现实关怀与精神追求。

在现代小说创作中，沈从文的小说为我们营造了一个美丽、纯朴、自在的民间审美世界，表达了他的民间理想。这和一些诗人在诗歌中展现的民间自由自在的画面和淳朴、真挚的民间韵味，有异曲同工之妙。现实世界的动荡和残忍，更让作家去怀念具有古朴民风的天然、和谐的民间世界。对于民间文化形态，不同作家的态度并不相同。"五四"以来的启蒙主义作家，面对民间文化形态的态度就极其复杂。乡村民间在他们的作品中往往都是以愚昧、麻木、狭隘、自私等面目出现。二十年代"文学研究会"中的乡土小说就主要以文化批评为主，对封建思想的腐败及落后面进行彻底揭露，抓住民间文化的消极落后面，进行无情的批判，如王鲁彦、彭家煌、台静农等作家的小说。但沈从文、废名以及一些新诗人，却发现了被历史遮蔽的另一层面，也就是民间文化的另一种特征——自然、淳朴、富有自由自在的生命活力。民间文化中的这种精神特质，其最高境界只能是审美的，它带给文学作品的也必然是美的境界。

民间文化形态中所蕴藏的自由自在的精神品格，影响了部分新诗的精神特征和审美风格。在现代新诗众多风格各异的诗歌中，它们独具清新、自然的品格，有一种令人神往的民间韵味。二十世纪上半期的中国是一段多灾多难的时期,在持续不断的革命和战争中,颠沛流离的生活背景下,诞生了许多主题沉重、风格沉郁的诗篇,如早期无产阶级诗歌、"中国诗歌会"的诗歌、"七月诗派"的诗歌等等。同时,西风东渐的文化背景下,也诞生了许多受到西方现代主义影响的以抒写知识分子一己情感为主的诗篇,如"早期象征诗派"诗歌、"新月派"诗歌、"现代派"诗歌。当然,也还有许多兼顾两者的诗篇。而受到本土民间文化影响,抒写田园理想、牧歌情调,带有自然、质朴、率真的民间韵味的诗歌在其间却是韵味独具。这部分新诗犹如一股清新、自然的民间田园风,在任何一个时段,都会给人以耳目一新的感觉。这些超越于新诗功利化追求的诗歌,无论是刘半农等人的仿民谣类诗歌,还是具有民间神韵的湖畔诗歌,甚至是解放区的那些战争间隙里的温馨画面,都能给人以美的享受,可以给劳累奔波的心灵以温暖的抚慰。正如英国"湖畔社"诗人华兹华斯所说:"我通常都选择微贱的田园生活作题材,因为在这种生活里,人们心中主要的热情找着了更好的土壤,能够达到成熟境地,少受一些拘束,并且说出一种更纯朴和有力的语言;因为在这种生活里,我们的各种基本情感共同存在于一种更单纯的状态之下,因此能让我们更确切地对它们加以思考,更有力地把它们表达出来……因为在这种生活里,人们的热情是与自然的美而永久的形式合而为一的。"①

综上所述,民间文化形态和审美特征影响了部分现代诗歌的精神形态和艺术呈现,也实现了诗人们对诗歌的民间理想建构。不仅如此,民间自由自在的理想是我们永恒的追求,也是文学作品纯美境界不竭的源泉。

第三节 现代新诗对民间神话与传说的利用

新诗与民间文化的关系错综复杂,不仅是诗歌的主题、精神特征与表现形式等方面无法摆脱与民间文化的瓜葛,就是在某些诗歌的题材(尤其是叙事诗)和意象的选择上,也留有民间文化的痕迹。现代新诗中,有部分诗歌在题

---

① 华兹华斯.抒情歌谣集//伍蠡甫,胡经之.西方文艺理论名著选编:中.北京:北京大学出版社,1987:42.

材选择上类似民间神话和传说,有的诗歌题材是诗人对神话传说的移植和变异,有的诗歌本身就是在讲述一个具有传奇色彩的民间传说。这些带有神话和传说内容的诗歌,总是会具有一种民间色彩,从而成为现代新诗中令人惊异的存在。现代诗人虽无意于把诗与神话传说联姻,但偶尔为之的作品,也折射出诗人心底的民间情结。同时,具有传奇色彩的神话传说一方面与民族传统有着血脉相承的关系,另一方面诗歌又承载着鲜明的时代精神和现代意识。的确,神话和传说在为新诗带来独特景观的同时,也传达了一定的现代意识和文化意蕴。

一、诗歌与民间神话传说的历史渊源

神话是人类童年时期的一种非常古老的口头文学,是远古时期的人们为了表达自己对自然和社会的认识,借助于想象编织出来的许多神奇而荒诞的故事,其中包含着民族的集体记忆和艺术想象力。传说是人民群众口头创作传播的,以人为中心并且较为接近现实生活的口头故事。神话和传说虽然有所不同,但时常有交叉现象。本书采用的就是较为宽泛的一种说法,有的可以明确是神话或是传说,但有的则是"具有传说因素的神话或是神话色彩较浓的传说"[①]。

民间神话传说与诗歌就像是孪生儿一样,都是人类历史上最早出现的艺术形式。世界上许多古老的民族文学都是从神话传说中汲取题材,并且以此来记录自己的神话传说和历史。古希腊著名的长诗《荷马史诗》就是根据神话故事和流传于民间的英雄传说,经盲诗人荷马加工整理而成的。古罗马的诗人奥维德的长诗《变形记》也是汇集古代希腊罗马的神话故事创作而成。后世的许多诗人虽然没有写作史诗的宏大气度,但神话传说依旧不时地出现在许多诗作里,如德国著名诗人海涅的诗中就时常出现来自民间传说中的形象。现代新诗中出现神话传说,应该说与我国古代的诗歌传统血脉相连。我国古代最早的诗歌集《诗经》中也出现过神话题材的诗歌,如《大雅·生民》以神话形式讲述周王朝开国的历史。《商颂·玄鸟》是殷商人祭祀先人的颂歌,是具有神话色彩的史诗作品。《楚辞》中的神话传说更多,在《天问》《九歌》

---

① 刘守华,巫瑞书.民间文学导论.武汉:长江文艺出版社,2003:228.

等篇中就存有大量的原始神话,如《九歌》中的《湘君》《湘夫人》《山鬼》《河伯》等都取材于楚地的民间神话与传说。汉乐府中著名的叙事诗《孔雀东南飞》《木兰诗》《陌上桑》等也都取材于广为流传的民间传说故事。唐代诗歌中也有大量的神话入诗的现象,唐代道教流行,"道教在长期历史发展过程中便同中国神话结下了不解之缘。……道教信仰和中国古典神话从道教创立之日起,就开始了彼此渗透融合的过程"①。在这样的背景下,诗人们也普遍乐于谈论神仙和神话,取材于神话传说的诗歌自然就会多起来。唐代诗歌广泛涉及了各类神话,如:月亮神话、太阳神话、女娲神话、巫山神女神话、古蜀国帝王神话,这些神话无疑为唐诗增加了奇异和浪漫的色彩。大家熟知的大诗人李白就有多篇诗歌与神话传说有关,如诗歌《把酒问月》《蜀道难》《梦游天姥吟留别》《古风》等。李贺、李商隐的诗歌也善用神话,尤其多神女形象。这些神话传说在入诗以后往往能在民间广为流传,千年不衰。所以,这些神话和传说来自民间,又因为被诗歌利用而在民间获得了更加旺盛的生命力。

  有了这样的传统,新诗在创作中取材民间神话传说也就是很自然的事情。纵观新诗史,新诗与神话传说的联姻并没有成为很普遍的现象,这类诗歌大多数集中在上世纪二十年代。究其原因,大概是"五四"新文化运动开启了相对自由的文化环境,也带给诗人相对宽松的创作氛围,解放了的诗歌也具有了多向度发展的可能。诗人充分发挥想象力,让神话传说入诗且融入现代意识和时代精神,创造出极具想象力和神秘传奇色彩的诗歌。取材于神话传说的诗歌的确给人以新鲜的感觉,一扫早期白话诗浅显、缺乏诗意的现象。在新诗建设的道路上,这一类诗歌的出现在一定程度上保持了与民族诗歌的血脉联系,不至于让新诗在反传统的路上越走越远。三四十年代,随着政治形势日益严峻,现实主义诗歌日益成为主流,这类诗歌相对就少见了。总之,这类为数不多的诗歌为诗坛带来了奇异的风景,并且在多方面给人以深刻的启示,非常值得关注。

---

  ① 刘守华.中国神话与道教//马昌仪.中国神话文论选萃:下编.北京:中国广播电视出版社,1994:808.

二、新诗中的神话与传说

现代诗人在诗歌创作中取材民间神话传说，大体有这样几种类型：一种是取材于民间神话和传说，进行移植或改编；另一种本身就是一个具有传奇色彩的故事。前者如郭沫若的大部分神话传说题材的诗歌，后者如冯至、朱湘、闻一多等人的此类诗歌。

提到新诗中的神话传说，郭沫若是应该首先被提及的诗人。郭沫若的早期诗歌中有多篇涉及神话传说，有的诗歌取材于民间神话传说，有的诗歌则以神话传说中某个形象作为诗歌中的意象，这无疑使得他的诗歌充满了神奇瑰丽的浪漫色彩。诗歌《女神之再生》《凤凰涅槃》《天上的街市》《天狗》《洪水时代》《我们的花园》等诗就是他最有代表性的诗歌与神话传说联姻的作品。

郭沫若是一位浪漫主义诗人，在他的诗歌中出现民间神话传说，有其深厚的渊源。深受中外文学滋养的郭沫若，尤其钟爱古今中外的浪漫主义文学作品。在古代诗人中，郭沫若最推崇庄周、屈原、李白等具有浪漫主义文风的诗人。庄周文章的奇诡恣肆，对郭沫若的诗风影响很大，尤其是屈原的影响更大。郭沫若是对屈原和《楚辞》进行数十年研究的专家。郭沫若曾对屈原怀有无比的崇敬之情，他曾满怀深情地说："屈子是吾师，惜哉憔悴死！"[①] 屈原的《天问》《九歌》《大招》《招魂》出现了许多原始神话，应该说，屈原的浪漫主义承袭了古代的神话传说，郭沫若又恰好继承了屈原的这一点。大诗人李白的诗歌中也有许多神话传说，尤其是他的《古风》诗。这些都不能不对郭沫若产生重要影响。此外，他所喜爱的歌德、海涅、雪莱等西方浪漫主义诗人也都曾在诗歌创作中使用民间神话传说。他在诗剧《女神之再生》的序曲中还借用了歌德《浮士德》的结尾，而《浮士德》则取材于德国十六世纪的民间传说。

郭沫若的神话传说题材诗歌，多数取材于我国古代神话传说，还有少数取材于西方神话。诗剧《女神之再生》取材于我国远古时期的女娲炼石补天的神话。女娲是古代神话系统中的创世神和守护神，女娲神话也是中国的创世

---

① 郭沫若.今昔蒲剑·题画记// 郭沫若全集：第十九卷.北京：人民文学出版社，1992：229.

神话。《列子·汤问篇》有这样的文字:"天地亦物也,物有不足,故昔者女娲氏炼五色石以补其阙,断鳌之足以立四极。其后共工氏与颛顼争为帝,怒而触不周之山。折天柱,绝地维。故天倾西北,日月星辰就焉;地不满东南,故百川水潦归焉。"郭沫若在此记载的基础上进行了改编,塑造了一个坚定、自信、乐观的女神形象。她无意去修补已经破了的旧世界的天,而是立意要新造一个太阳去照亮天内天外。女神身上的精神也正是"五四"时代所需要的创造精神,这也是郭沫若对女娲神话原型的现代阐释。与此有相同立意的还有诗歌《凤凰涅槃》和《天狗》。《凤凰涅槃》取材于古老的阿拉伯神话,一种神鸟名叫"菲尼克司",满五百岁后,集香木自焚,复从死灰中更生,鲜美异常,不再死。诗人又说这种鸟就是中国的凤凰,并证以中国的《孔演图》和《广雅》。这首以中西合璧的神话创作的诗歌反映了更为鲜明的时代精神。凤凰象征着古老的中华民族,凤歌唱道:"茫茫的宇宙,/冷酷如铁!茫茫的宇宙,/黑暗如漆!茫茫的宇宙,/腥秽如血!/宇宙呀,宇宙,/你为什么存在?你自从哪里来……"凰歌唱道:"五百年来的眼泪倾泻如瀑。/五百年来的眼泪淋漓如烛。/流不尽的眼泪,/洗不净的污浊,/浇不熄的情炎,/荡不去的羞辱,/我们这缥缈的浮生,/到底要向哪儿安宿?"他们一边哀歌,一边正经历着"伟大的涅槃",而后从"死灰中更生"。"凤凰涅槃"预示着新的时代即将到来。《天狗》中的"天狗"这一形象来自古老的民间传说。古代劳动人民误以为日食和月食是由于天狗吞食的结果,而诗人笔下的"天狗"不仅吞月、吞日,而且能够吞掉"一切的星球"和"全宇宙"。这种气吞山河的气魄,也正是"五四"时代要求破坏旧世界,创造新世界的精神的象征。

郭沫若的此类诗歌不仅承载了狂飙突进、破坏一切、创造一切的时代精神,也寄托了诗人对现实的思考与追求。诗歌《天上的街市》是一首清新优美的诗,是诗人心目中理想的天国乐园图。诗人创造性地借用了"牛郎织女"这个在中国家喻户晓的传说。"牛郎织女"的传说本是一个悲剧故事,而诗人却通过大胆的想象,让牛郎织女骑着牛儿,在天街闲游,过着幸福的生活,这也正反衬出诗人对现实世界的不满和对自由幸福生活的追求。《洪水时代》取材于古代大禹治水的传说,诗人在古代英雄和近代劳工之间找到了精神上的内在联系,从而来歌颂现代劳工的神圣与伟大。可见,郭沫若擅长从神话传说中汲取灵感,进行创作性的改编和渲染,同时载入时代的精神和自己的思考及愿望。

  在取材民间神话传说进行诗歌创作的现代诗人中,冯至也是极为杰出的一位。鲁迅曾高度评价冯至,称之为"中国最为杰出的抒情诗人"[①]。冯至还是现代诗人中少数能够在诗歌创作中表现人现代困境的诗人之一。他的几首叙事长诗,借着神秘、凄婉的神话传说题材,无一不在述说着无法言表的感伤。冯至的叙事诗《蚕马》也是一首对古代神话进行改编的作品。《蚕马》取材于干宝《搜神记》中的一则神话。诗人在附注中介绍:传说有蚕女,父为人掠去,惟所乘马在。母曰:"有得父还者,以女嫁焉。"马闻言,绝绊而去。数日,父乘马归。母告之故,父不可。马咆哮,父杀之,曝皮于庭。皮忽卷女而去,栖于桑,女化为蚕。可见,神话原本并不是一个美妙的爱情故事,而是一匹马因为人的不守信用,而最终报复于人的故事。原文读起来有一些恐怖意味,但冯至对它进行了改编之后,则成了一个充满神奇色彩的浪漫动人的爱情故事。马儿痴恋少女,被少女之父所杀,马皮挂在墙上,在一个暴风雨之夜,马儿为了保护少女,用马皮卷住少女并共化为蚕茧。诗歌最后是令人惊心动魄的一幕,"一瞬间是个青年的幻影,一瞬间是那骏马的狂奔;在大地将要崩颓的一瞬,马皮紧紧裹住了她的全身!姑娘啊,我的歌儿还没有唱完,可是我的琴弦已断;我惴惴地坐在你的窗前,要唱完最后的一段,一霎时风雨都停住,皓月收了雷和电;马皮裹住了她的身体,月光中变成了雪白的蚕茧!"在我们为马对少女的痴情所感动的同时,也惊叹于诗人想象力的丰富。诗人借用古老的神话题材,折射了现代青年的情感世界。冯至曾留学德国,学的是德语,对德国诗人作品非常熟悉。德国诗人歌德、海涅等人从神话传说中取材对诗人影响很大。因此,我们很容易从这些诗歌中感受到神秘而遥远的中古时代气息。这些诗与郭沫若的神话传说题材诗有着明显相异的风格。如果说郭沫若的这些诗承载了许多时代的苦闷与兴奋,那么,冯至这位以"沉思"著称的诗人,诗歌内涵则较为内敛,更注重对人内心的探索以及对人生的思索。朱自清曾称赞冯至的"叙事诗创作堪称独步"[②],这也许正是由于神话和传说给他的诗带来了奇异的色

---

  ① 鲁迅.中国新文学大系·小说二集·序//鲁迅全集:第6卷.北京:人民文学出版社,1981:242.

  ② 朱自清.中国新文学大系·诗集·导言·诗话//中国新文学大系·诗集.上海:上海良友图书印刷公司,1935:28.

彩。与同时期的现实主义题材的叙事诗相比,冯至的叙事诗的确独辟蹊径,大放异彩。

冯至还有几首叙事诗本身就是一个具有传奇色彩的传说故事。在《吹箫人的故事》中,诗人为我们讲述了一个发生在遥远的中古时期的传说故事。一位常年隐居的擅长吹箫的青年,终于寻到了理想的爱情,寻到了能与他合奏的女郎。然而,门不当户不对的婚姻不为世俗所容,女郎一病不起,青年以洞箫下药,治好了女郎的病。父母因感动同意了婚事。然而,月下的人儿虽然成了双,但洞箫却只剩下孤单的一只,青年也因思念洞箫而重病不起。这好像是一种宿命,这对相爱的男女必须牺牲自己最宝贵的洞箫才能结合,然而失去了美妙箫声的生活又是多么空虚,理想与现实的矛盾是多么难以协调!"没有爱情,无法生活;没有艺术,也同样无法生活"[①],这也正是人类时常面临的生存困境。《帷幔》同样是一个让人唏嘘不已的一段古老传说,这也许就是人们常说的"阴差阳错",十七岁的少女,因为听说要嫁给一个丑陋愚蠢的男子,毅然逃婚出家为尼。然而,偶然的机会,她见到了那位男子,他居然是一位英俊少年,并非丑陋愚蠢的男子。可以想见,少女是如何在悔恨和凄凉中度过余生的,命运的无常与残忍有时是无法抗拒的。冯至借用神话传说,传达了对人生的深入思考,并且融入了现代意识。二十年代,正当许多作品还停留在反封建、争取婚姻恋爱自由的层面时,冯至却借爱情故事给人带来更深入的思索,的确难能可贵。

朱湘也是一位有着自觉民间倾向的诗人,他的《摇篮曲》《采莲曲》是仿民谣体诗歌,他的几首叙事诗取材于民间神话传说,颇具民间色彩。他的叙事诗《月游》是一场梦游月宫的经历,"我骑着流星,/度过虹桥与天河。/向月宫走近,/想瞧不老的嫦娥"。诗人在诗中描绘出远离现实的神话般的境界,见到了嫦娥、玉兔、吴刚等神话中的形象。诗歌的神话氛围浓郁,寄托了诗人的美好理想。古老的神话题材在诗人笔下呈现出别样的风姿。朱湘的叙事诗《王娇》取材于《今古奇观》中的故事《王娇鸾百年长恨》,也是一个具有传奇色彩的故事。应该说,这是一个长期流传于民间的"痴心女子负心汉"的故事。诗人对原材料进行改编,把一个平凡的故事演绎成一个美丽的诗篇。诗歌突出

---

① 陆耀东. 中国现代四作家论. 武汉:武汉大学出版社,1988:149.

了男女主人公追求理想爱情的勇气,也批判了周生懦弱自私的性格,最后的悲剧式收尾有力地深化了作品的主题。朱湘的叙事诗虽然选用传说等题材,却有很强的现实批判性,尤其是对古老民族的人性批判,他曾表示,他要"以叙事体来作人性的综合描写"[①]。冯至和朱湘都善于从神话或传统的民间传说题材中汲取创作灵感,所不同的是朱湘的诗歌有着更鲜明的现实感和现实关怀精神,而冯至的诗则融入了更多的个人体验,诗歌呈现出虚幻的色彩,有一种荒原式的悲凉感。朱湘的诗有更多的传统因素,冯至的诗则有着更多的现代主义因素。

闻一多的《李白之死》取材于"李白捉月骑鲸而终"的民间传说。李白之死在民间有各种各样的传说,流传最广的就是李白醉酒后江中捞月而死。诗人将这传说中的故事写成诗篇,丰富和具体化了故事的细节,借以赞美诗人高洁的人格。王统照的《独行的歌者》也是一篇带有神话色彩的长诗,其中的"海之女"是一个带有神性的形象,整首长诗笼罩在神话气氛中。

现代新诗中的部分作品由于取材于神话传说,或以神话中的人物和神灵为意象,为诗歌插上了想象的翅膀,也给诗歌带去了奇异的浪漫主义色彩。不仅如此,此类题材的诗歌作为现代诗歌史上焕发着奇异光彩的作品,他的现代意义和文化意义也非常值得探索。

三、现代阐释与文化意义

现代诗人在新诗创作中取材于民间神话和传说的作品,这在整个新诗创作中也只是少数,但就是这为数不多的作品,却都是一些令人耳目一新的作品。这些带有神话色彩、民间色彩的作品韵味独特,其背后折射的多层次的文化意蕴也十分值得探讨。

首先,它反映了现代新诗与民间文化的深厚渊源,也折射了现代诗人心底的民间情结。神话和传说都是民间文学的主要文学形式,也是民间文化形态的重要组成部分。现代诗人利用神话和传说来创作诗歌,也是民间文化在诗人创作思维上的投射。诗歌本来就起源于民间,民间文学和民间文化也一直是诗歌创作源源不断的源泉,诗歌与民间神话传说的关联也是其一。"五四"

---

① 朱湘.北海纪游//中书集.北京:中国文联出版公司,1998:18.

以后，在启蒙主义的影响下，民间文化形态日益得到重视。当然，不同的现代知识分子，他们关注民间文化的角度和目的也不同。胡适、周作人、刘半农等人从文化的、启蒙的角度关注民间；李大钊、邓中夏等人是从革命的角度关注民间；而更多的现代知识分子则是在不自觉的状态中接受着民间文化的影响。现代作家或诗人，包括我们普通人，都必然生活在一定的民间文化和文学的场域中，几乎都受过流传广泛的民间神话传说的影响。而诗人在诗歌中利用神话与传说，也正是他们长期接受民间文化熏染的结果，也反映了他们心底的民间情结。民间文化虽然一直地位低下，但它朴素、直率、具有生命力的、具有泥土气息的特质时常令作家们魂牵梦萦。

其次，现代新诗取材于民间神话传说，使得作品呈现出鲜明的民族性。这些有意让神话和传说入诗的诗人，虽然受到过古今中外优秀文化的影响，但接受本民族的文化影响是最根本的。现代新诗对神话传说的利用显示出它背后强大的文化传统，因为神话和民间传说的文本以及其中的意象也总是带有强烈的文化属性。长期以来，我们在谈论新诗的传统问题时，更多的是关注诗歌的形式、创作方法等外在元素，而较少关注新诗与传统文化（当然也包括民间传统）之间的精神联系。郭沫若的新诗创作，长期以来被认为是受到西方文化的影响更多，似乎较少民族文化的影响，他的诗歌似乎是与传统诗歌和民族文化彻底的决裂。其实不然，郭沫若作为一个历史学家、考古学家，其深厚的民族文化功底是显而易见的。郭沫若诗歌中关于古老的中国神话传说的再现，应该非常自然，也恰恰反映了他的诗歌与民族文化之间深厚的血脉联系。郭沫若在诗歌创作中利用神话与传说，可谓是信手拈来，如女娲神话、牛女神话、月亮神话，等等。无疑，这些具有浓厚民族色彩的神话传说为诗歌增添了浓厚的民族色彩。冯至和朱湘的叙事诗在民族气息上更加浓厚，真正具有一种古老的东方神韵。冯至的诗歌受到了西方文化的影响，这是毋庸置疑的，但它同时受到传统文化精神的影响也是不容忽视的。他继承了中国叙事诗的传统，在文体意识深处，与传统母体有着更亲近的联系。古代叙事诗在选材上多选用具有传奇色彩的民间传说，而且通过这些题材来探讨永恒的"人性"问题。所以，冯至的叙事诗虽然也具有一定的西方色彩，但它更具有深厚的民族文化内涵。朱湘叙事诗的传统意味更重，他虽然最推崇英国的浪漫主义文学，也受到了许多影响，但是它的表现形式和情感内涵也是充分民族化的。

最后，民间神话传说题材的新诗不仅表现出与民族性的密切关联，而且，在现代诗人的心理投射下，诗歌又具有一定的现代意识和文化意义。故事是古老的，氛围是传奇的、神秘的，而诗歌的内核却是强烈的现代意识。这些诗歌无一例外地在传统与现代之间取得了联系。郭沫若在诗歌中化用神话和传说，表现了"五四"时期狂飙突进的时代精神和对理想世界的向往和追求。与郭沫若的外向和张扬不同，冯至是一位善于思索而且低调内敛的诗人，他在诗歌中融入了自己独特的生命体验和精神探索。诗歌的题材和情节虽然古老，但诗歌却折射了现代人的生存困境，离奇而神秘的情节也象征了人类生存的怪圈和困境。朱湘的此类诗歌则有着强烈的现实关怀精神，看似远离现实的题材，却有着强烈的现实感，尤其是对古老民族人性的探寻具有一定的现实意义。王统照的诗歌《独行的歌者》则通过独行的歌者和海之女的形象，曲折反映了诗人在探求"人生之旅"时的复杂心理，也同样散发着时代生活的气息。

现代新诗中的神话传说，不仅显示了新诗所具有的鲜明的民族文化传统印记，也折射出了民间文化旺盛的生命力。尽管这些诗人所选取的有些材料并非直接来自口传文学，而已经是"典籍化"的民间文学，但也足以说明民间文化深远的影响。总之，民间文化虽然是一个民族的下层文化，但重视民间文化的传承和使用，将对整个文化的发展具有重要的意义。

第四章　民间文化影响下的新诗形式

现代新诗受到民间文化的影响,不仅在内容上有明显的民间性质,而且在表现形式上也充分体现出民间化的倾向。如果说,前者解决的是"写什么"的问题,那么,后者所关注的则是"如何写"的问题。诗歌形式是诗人抒情言志、写物叙事时所形成的外部形态和格局体式。诗歌形式并不是言语的简单叠加,而是要与内容能够融合成一个完整的统一体。民间化的主题选择必然要配以民间化的外在形式,如语言方面的白话运用,语言风格的大众化,诗歌体式的散文化或民谣化等,包括运用各种民间文学的表现手法等。内容与形式两者是相辅相成、密不可分的,所以,民间化的主题以及各种民间因素的影响直接带来了新诗形式的变革。

第一节　从民间语言到诗歌语言

文学作品是语言的艺术,而语言是形式中的第一要素。而诗歌对语言方面则有更高的要求。古典诗歌语言是以文言为基础的高度凝练的语言,长期的言文分离,使得古典诗歌成为文人圈里的贵族化艺术。从古典诗歌过渡到现代诗歌,语言的变革应是最首要的任务,所以,"文学革命"又被称为"白话文运动"。正如胡适所说:"历史上的'文学革命'全是文学工具的革命。"① 在

---

① 胡适.逼上梁山——文学革命的开始//胡适学术文集:新文学运动.北京:中华书局,1993:200.

这个过程中,民间语言发挥了巨大的作用。民间语言的运用带来了诗歌内容与形式上的相关变化,从而也改变了中国诗歌的观念与形态,也从此缩短了诗歌与普通民众的距离。在古代诗歌发展漫长的过程中,古代文人创作大多数情况下都是"贵族化"的创作,而且只能是越来越雅化,越来越脱离民众。诗人在创作中虽偶尔使用民间语言,但在民间文化受到排挤的环境下,那也只能是很有限的使用,而不可能成为诗人自觉的行为。所以,一方面,民间歌谣等民间文学不可能成为主流文学,只能处于边缘状态;另一方面,文人创作对白话语言的使用也只能限定在一定范围内。时间进入二十世纪,在整个社会变革的大背景下,在"民主"与"科学"思想的指导下,传统诗歌伴随着旧的社会制度一起成为历史,中国诗歌才真正有机会进行彻底的改变。轰轰烈烈的"文学革命"拉开了诗歌变革的大幕,现代新诗成功地实现了现代转型,从此,民间的白话语言真正由文学边缘走向了文学中心。

一、晚清以来对民间语言的认识

文学与白话的关系,从晚清时期就已成为开明知识分子关注的焦点。"诗界革命"的领袖黄遵宪最早提出了"言文合一"的主张,早在1887年,他就指出:"盖语言与文字离,则通文者少;语言与文字合,则通文者多……余又焉知夫他日者不更变一字体为适用于今、通行于俗者乎?嗟夫!欲令天下之农工商贾妇女幼稚皆能通文字之用,其不得不于此求一简易之法哉!"[①]之后的梁启超也把"言文合一"视为文界革命的理想之一。1896年,他在《论幼学》中主张应教授学童歌谣、俚语等通俗文体。他指出外国的教材,"多为歌谣,易于上口也;多为俗语,易于索解也"。他还指出:"今宜专用俚语,广著群书,上之可以借阐圣教,下之可以杂述史事……"1902年,他又在《小说丛话》中从文学进化的角度指出:"文学之进化有一大关键,即由古语之文学变为俗语之文学是也。各国文学史之开展,靡不循此轨道。"梁启超所说的"俚歌""俗语",都是指的白话和民间语言。此后的裘廷梁、刘师培等人也都从不同角度提出"言文合一"或"废文言倡白话"的主张。不可否认,晚清时期这些学者所提出的这些主张,为民间语言在文学中的存在找到了理论依据和合理性。由

---

① 黄遵宪.日本国志·学术志二·文学//日本国志.上海:上海古籍出版社,2001:347.

于时代的局限,这些主张并没有形成巨大到足以彻底废除文言的声势,但却为即将到来的五四"文学革命"铺垫了必要条件。

晚清时期就开始酝酿的"白话文运动",一直到了"五四"时期,由于主客观条件的成熟,才终于促成了轰轰烈烈的"文学革命"。在"文学革命"的大潮中,现代知识分子,从不同角度提出"废文言倡白话"主张,使民间语言在文学创作的存在获得合理性。从时代发展的要求出发,文字语言要随着时代的变迁而更新自己,也就是"逢新世界,新时代,新民族,当然同时要有新的舌头"①。日益丰富的现代生活也呼唤表达清晰、容量更大的语言文字。日益发展的科学技术,也要求语言精确与明白。总之,模糊、含混的旧的语言文字显然已经不符合时代发展的要求,取而代之的必然是清晰且富有活力的现代口语,这也是时代发展的必然。所以,这场语言革命对推动中国文化由旧向新的转换具有重要的意义。而文学作为文化的载体,它的革新自然事关重大。从文学的自身来说,文学的目的是为了表情达意。胡适就认为:"一切语言文字的作用在于达意表情。达意达得妙,表情表得好,便是文学。"②而旧的诗歌"文以载道"和"代圣贤立言"的传统严重束缚着诗歌的发展,并不能真正达"我"之意。所以,我们今天写诗,就是要用今天口语中的词汇和记录口语的文字,把诗歌写得明白如话,"努力造成一种近于说话的诗体"③,从而真实地表达自己的情绪。而且,以现代人日常口语作为文学的语言,可以保证文学用语的生命活力和现代性的品格。日常口语与人的生活密切相关,直接而且生动地承载了人的情感、意识和种种生活形态,并且随着社会的发展而变化。诗歌作为中国传统文化的重镇,一种最"资深"的文学样式,它在语言上的革新必将对整个文学创作和文化发展起到至关重要的作用。所以,使用白话进行诗歌创作成了一种历史的必然。

在这种情形下,白话语言开始正式登场。所谓的白话究竟具体指什么呢?如前所述,它就是指我们每天说话所使用的口语,也就是民间民众所使用的语

---

① 志希.书报评论·少年中国月刊.新潮.1919-10,2(1).见《新潮》(影印本),上海书店,1986年.

② 胡适.建设的文学革命论//胡适文集:第3卷.北京:人民文学出版社,1998:62.

③ 胡适.逼上梁山——文学革命的开始//姜义华.胡适学术文集·新文学运动.北京:中华书局,1993:198.

言。用陈独秀的话来说，就是"引车卖浆者之流"日常所使用的话。也许，许多人会小看这种语言，但是，民间的语言往往是最鲜活和最具生命力的。高尔基说过："接近民间语言吧，寻求朴素、简洁、健康的力量，这力量用两三个字就造成一个形象"，"你们在这里可以看到惊人的丰富的形象，比拟的确切，有迷人力量的朴素和形容的动人的美"①。这种明白如话而又充满活力的语言被运用到诗歌创作中，给新诗带来了从内容到形态上的根本性变化。新诗的内涵比古典诗歌更加丰富、宽广，这主要是由于解放了的诗歌语言能够容纳更加自由的情感和更多的生活形态。语言的解放带来了诗歌形式的大解放，而没有太多格律和篇幅限制的自由体诗歌形式也使得诗歌的容量空前增大。同时，新诗由于使用白话也带来了新诗的通俗化与平民化，在某种程度上拉近了与普通民众的距离，客观上也体现了一代启蒙者面向民间、走向民间的理想和追求。

　　运用白话创作诗歌，对许多诗人来说，都是处于实验阶段。胡适被称为"第一个'尝试'新诗的人"②。他从诗的内容到形式都做了大胆的尝试，所以诗集也取名为《尝试集》。在大胆实验的同时，他们不约而同地发现了民间文学的艺术价值和对自己的创作所具有的参考价值。民间文学是劳动人民口头创作、口耳相传的语言艺术，这也是用民间语言创作的现成的蓝本。为此，北京大学还开展了轰轰烈烈的征集歌谣的运动，还出版了《歌谣周刊》。在《歌谣周刊·发刊词》中就明确提出歌谣研究的目的之一是"可以供诗的变迁的研究，或作新诗创作的参考"。所以，从民间口语的使用到借鉴民间文学，现代新诗在民间化的道路上迈出了第一步。

　　二十年代后期到三十年代中期，革命文学的发展如火如荼。尤其是在"左联"时期，由于"民间"与"大众"的某种一致性，民间文化和民间文学又再次被提到重要的位置上。1930年"左联"成立时，在大会上通过了成立"文艺大众化研究会"的议案，把"大众化"作为无产阶级革命文学的中心口号提出来，并开展了数次"文艺大众化"的讨论。文艺大众化的首要问题就是语言的通

---

① 尼·皮克萨诺夫.高尔基与民间文学//钟敬文.民间文艺新论集.重庆:中外出版社,1950:102.

② 朱自清.中国新文学大系·诗集·导言//刘福春,杨匡汉.中国现代诗论:上.广州:花城出版社,1985:240.

俗化。"中国诗歌会"是在"左联"领导下的诗歌团体,他们对语言问题有着更为清醒的认识。在《新诗歌》创刊号的《发刊词》中,他们就明确指出在日益尖锐的民族矛盾和阶级矛盾面前,"我们要用俗言俚语,把这种矛盾写成民歌小调鼓词儿歌,我们要使我们的诗歌成为大众歌调,我们自己也成为大众的一个"。所谓"大众歌调",就是要与大众"懂"的审美需求相适应。蒲风说:"所谓大众化,是指识字的人看得懂,不识字的人也听得懂。"[1] 因此,"中国诗歌会"首先主张语言的通俗化,即"用现代语言,尤其是大众所能说的语言"[2],"避免一切死文字","用最有力最新鲜的词句,合乎大众的韵律","去表现大众的生活"[3]。所以,三十年代的"左翼"诗歌也是首先把语言的通俗化作为文艺大众化的突破口。

二三十年代的知识分子对民间语言的重视以及强调文艺大众化,总体来说,还只能局限于知识分子自上而下的启蒙模式。由于时代的局限,文学作品的作者和艺术家也没有太多的机会真正做到与民众结合,文艺作品的读者也还是局限在知识分子、文人等文化人内部。但在四十年代的解放区这个特殊的时代背景下,这种状态得到了根本的改变。应该说,在四十年代,文学的整个生态环境发生了很大的改变。首要问题就是读者群的改变,读者群由原先的知识分子等文化人群体,扩展到普通民众,甚至是不太识字的广大农民。这就对作家提出了更高的要求,首先就是文学作品的语言问题,一定要让文学作品的语言连普通的民众甚至是农民都能懂。所以,作家必须要向人民群众学习他们的语言,以适应他们的阅读和欣赏水平。毛泽东在这一时期发表的一系列文章对此有深刻的阐释,如他在《反对党八股》中强调学习群众的语言,"第一,要向人民群众学习语言。人民的语汇是很丰富的,生动活泼的,表现实际生活的,我们很多人没有学好语言,所以我们写文章做演说时没有几句生动活泼的切实有力的话,只有死板板的几条筋,像瘪三一样,瘦得难看,不像一个健康人"[4]。

---

[1] 蒲风.关于前线上的诗歌写作//蒲风选集.福州:海峡文艺出版社.1985:922.

[2] 蒲风.关于前线上的诗歌写作//蒲风选集.福州:海峡文艺出版社,1985:922.

[3] 王亚平.新诗歌的内容与形式//王训昭.一代诗风:中国诗歌会作品及评论选.上海:华东师范大学出版社,1996:355.

[4] 毛泽东.反对党八股//毛泽东选集:第三卷.北京:人民出版社,1991:794.

毛泽东在四十年代初,发表了著名的《在延安文艺座谈会上的讲话》,其中全面论述了革命文艺"为群众"和"如何为群众"的问题,这也是新文学诞生以来一直受到关注和试图解决的问题。"讲话"以一种卓越的政治家的眼光和高屋建瓴的政治智慧阐述了共产党的文艺政策,最终确立了文艺为工农兵服务的方向和路线。在如何为工农兵服务的问题上,毛泽东再次强调民间语言对于文艺工作者创作的重要性。他说:"我们的文艺工作者不熟悉工人,不熟悉农民,不熟悉士兵,也不熟悉他们的干部。什么是不懂?语言不懂,就是说,对于人民群众的丰富的生动的语言缺乏充分的知识。许多文艺工作者由于自己脱离群众,生活空虚,当然也就不熟悉人民的语言,因此他们的作品不但显得语言无味,而且里面常常夹着一些生造出来的和人民的语言相对立的不三不四的词句。许多同志爱说'大众化',但是什么叫做大众化呢?就是我们的文艺工作者的思想感情和工农兵大众的思想感情打成一片。而打成一片,就应当认真学习群众的语言。如果连群众的语言都有许多不懂,还讲什么文艺创造呢?"[①]毛泽东的这些关于重视民间语言的论述无疑为四十年代,以至相当长一段时间的革命文艺指明了方向,那就是向人民群众学习,向民歌、民间故事等民间文学学习,学习人民群众丰富生动的语言。

从晚清时期至新中国成立前后的这段时间,知识分子对民间语言的认识在不断深入。在这样一种背景下,新诗对民间语言的使用,从最初的探索和尝试,到后来大规模的使用,直至抗战时期终于形成了如火如荼的民间体文学潮流。如果仅从民间语言的使用和重视程度来说,不能不说是一种巨大的改变和历史的进步。

二、民间语言在新诗中的运用

纵观现代新诗史,其实就是一部白话诗歌史。从早期尝试阶段的白话诗一直到抗日战争时期、解放战争时期的诗歌,新诗在逐步走向成熟。新诗对民间语言的运用,在曲折中不断发展,这对新诗的审美风格也产生了极大的影响。这种通俗易懂的白话语言除了让新诗通俗易懂以外,还带来了其他的民

[①] 毛泽东.延安文艺座谈会上的讲话//毛泽东选集:第三卷.北京:人民出版社,1991:850.

间风味。笔者认为,它给新诗带来的变化中,首先是语言运用的自由。现代诗人彻底抛弃了艰涩的文言文,开始使用白话,甚至包括运用口语及方言;其次是语言风格的民间特性,如清新自然、明白晓畅,还有民间语言特有的诙谐幽默、讽刺等;此外还有富有民间韵律的曲调等。

早期白话诗人在白话诗歌的创作上进行了大胆的尝试。他们一方面从诗歌本身的创作着手,以通俗易懂、朴实真挚的诗歌作品向世人证明了白话诗的价值。他们用一系列的白话新诗作品显示了白话诗的可创作性,同时具有无可替代的价值。另一方面,由于文化启蒙的需要,他们创作的现代诗歌必须能让大多数的民众能够理解,这是最为重要的。不可否认,有些诗歌一开始只是在语言的"明白"和"懂得"上下功夫。尽管如此,早期白话诗中也仍然有一些朴实真挚或生动传神的作品,让人耳目一新。胡适的《尝试集》中大多数诗歌就是尽力运用"现在的白话",和接近民众口语的现代的活的语言,真正做到了他在《文学改良刍议》中所提倡的"不避俗字俗语,不用套语,不用典故"等倡议。他的诗歌《人力车夫》《威权》等诗,还把人物对话写入诗中,语言颇为口语化和个性化。他的《上山》《老鸦》《鸽子》等诗是用白话所作的较为成功的白话诗。胡适之后,还有一些新青年社的诗人如沈尹默、俞平伯、康白情、傅斯年等人都创作了白话诗。但这些诗人的作品中所使用的白话语言有些还处于新旧参半的状态,还没有完全脱离旧诗词的影响,诗歌还是属于过渡期的作品。当然,其中也不乏一些优秀的作品。刘半农是一位对使用民间语言更为自觉的诗人,他十分重视民间语言,尤其是歌谣中的语言,他认为歌谣中"往往可以见到情致很绵厚,风神很灵活,说话也恰到好处的歌词"[①]。诗集《扬鞭集》特别注重运用人民群众的口语,他的诗歌《卖萝卜人》,虽然是首无韵诗,但作者善于选用富有表现力的口头语言,使诗句流畅、通俗,诗意深入而浅出。诗中"他瞪着眼看,低着头想,撒撒手,踏踏脚……","几个红萝卜,滚在沟里,变成了黑色",其中所用词语"瞪""看""撒撒""踏踏""滚"等都是普通的口语,但却表现力很强,而且音节和谐自然,给人以生动传神之感。沈尹默的《三弦》是一首用口语写成,以节奏的音乐美闻名于诗坛的一首诗。在人

---

① 刘半农.《国外民歌译》自序// 鲍晶.刘半农研究资料.天津:天津人民出版社,1985:220.

们的印象中,白话诗很难作出韵律和谐的作品,但这首诗的音节却抑扬顿挫,字字有声,和谐自然。诗句"旁边有一段低低的土墙,挡住了个弹三弦的人,却不能隔断那三弦鼓荡的声浪",把"'挡''弹''断''荡'是四个阳声字,和七个阴声的双声字(段,低,低,的,土,的,的)参错使用,更显出三弦的抑扬顿挫"①,而且这首诗虽是白话诗,却没有给人言尽意止、直白浅近之感,而是颇有意境。难怪胡适称赞《三弦》,"从见解意境上和音节上看来,都可算是新诗中一首最完全的诗"②。周作人是"五四"新文化运动的倡导者之一,对现代新诗的创作一直非常关注,在创作上可以说是一位彻底打破了旧诗词镣铐的诗人。虽然周作人后来并没有一直被人称为诗人,但他在早期新诗中的创作却是颇受关注的。他的新诗《小河》就是一首用白话写成的诗,风格清新自然,虽然无韵,但音节自然好听,十分悦耳,语言通俗,节奏自然。"一条小河,稳稳地向前流动。/经过的地方,两面全是乌黑的土;/生满了红的花,碧绿的叶,黄的果实。/一个农夫背了锄来,在小河中间筑起一道堰。"诗歌中运用的语言是朴实而鲜活的,没有格律但节奏自然。这首诗曾被胡适评为"新诗中的第一首杰作"③。湖畔诗社的诗歌在白话语言的运用上也值得称道。诗人们竭力以明白晓畅的语言写出了真正的白话新诗。汪静之用纯正流畅的白话这样来描述爱情:"愿你用爱庇护一切,/愿你用美滋育万有,/愿你把世界所有的,/统统爱化了,美化了。/人们将怎样狂放地喜慰呵。"诗歌的语言自然流畅,虽不押韵,却给人一种内在的韵律和谐与节奏明快的感觉。

早期白话诗,刚刚冲破旧诗严谨的格律和文言的牢笼,在白话语言的运用上取得了一些开创性的成果,但整体上还是显得稚嫩。有些诗歌就是纯粹的口语,显得不够精练,还有一些诗歌由于反文言的不彻底和欧化的影响,在语言上则成了一种新文言文。随着新诗的起步并日渐走稳,在民间口语的运用上也出现了分化,一些诗人把白话口语逐渐"雅化",或是从古典诗歌中吸取

---

① 胡适.谈新诗——八年来一件大事//陈金淦.胡适研究资料.北京:十月文艺出版社,1989:380.

② 胡适.谈新诗——八年来一件大事//陈金淦.胡适研究资料.北京:十月文艺出版社,1989:380

③ 胡适.谈新诗——八年来一件大事//陈金淦.胡适研究资料.北京:十月文艺出版社,1989:372.

营养,如"新月派"的诗歌,或是借鉴西方文学表现手法,而使诗歌走上和普通民众越来越远的道路,如"现代派"的诗歌;而另一些诗人则为了革命和宣传,仍然在探索着新诗"走向民间"之路。

三十年代的"文艺大众化"的讨论,指出文艺必须为大众服务,拥有大众乐于接受的形式,尤其是使用工农兵所熟悉的语言。这一时期诗歌的"通俗化"更多地表现在形式的自由、韵律的自由以及一些民间文艺形式的运用上。在诗歌语言的运用上,虽然也极力追求语言的口语化和通俗易懂,但显然比早期白话诗要凝练、纯净得多,主要的特色是明白直快、自然洗练,没有过多的累赘。这种倾向显然与瞿秋白等人倡导的运用大众的普通话有关。瞿秋白认为:"'五四'式的新文言,是中国文言文法、欧洲文法、日本文法和现代白话以及古代白话杂凑起来的一种文字,根本是口头上读不出的文字。"他倡导"从运用最浅近的新兴阶级的普通话开始","在五方杂处的大都市里面,在现代化的工厂里面,他们的言语事实上已经在产生着一种中国的普通话(不是官僚的所谓国语),它容纳许多地方的土话,消磨各种土话的偏僻性质,并且接受外国的字眼,创造着现代的政治技术科学艺术等等的新的术语。……才是真正的现代中国话,这和知识分子的新文言不同"。①瞿秋白的这种对语言的倡议,虽然更适合于叙事类文学,但在客观上,对诗歌的创作也产生了重要的影响。"中国诗歌会"的诗人在诗歌语言运用上显然已经流畅、成熟、洗练得多。再看蒲风的《六月流火》,"王家庄里的 / 老老幼幼,大大小小 / 都起来了: / 铁黑的手要建造起铁黑的城墙, / 每一颗赤心, / 为着时代, / 共着时代 / '生存'或'死亡'!"语言较为通俗,但显然比口语要纯净一些。又如诗歌《农夫阿三》,"七月里, / 火般的太阳, / 田间早稻黄。/ 阿三,匆匆赶路忙, / 流着汗, / 汗珠闪闪露金光。/ 眼睁睁的看, / 别人割的割,担的担, / 男女老幼一样忙。想起家来, / 心在痛,手在痒。"这首诗的语言更为通俗,而且节奏明快、韵脚自然,没有刻意雕琢的痕迹,读来也朗朗上口。穆木天的后期诗歌追求大众化和通俗化,语言同样具有口语化的特点。诗歌《守堤者》中,诗人运用极其通俗的语言对日本侵略者大肆屠杀中国人民的罪行进行了具体而形象的揭

---

① 宋阳(瞿秋白).大众文艺的问题// 中国新文学大系:1927—1937:第二集.上海:上海文艺出版社,1987:349-352.

露与控诉,"啊! /是有多少男人! /是有多少女人! /那天,被扫射在帝国主义机关枪下! /是有多少的白发老人望着儿女! /是有多少孩子眼望着爹爹妈妈! /狂叫着:守堤! 守堤! /哀呼着! 狂叫着! /在炸一般的枪声中, /一个一个倒下!"。在另一首诗《秋风里的悲愤》中,其语言更加口语化,"现在, /在秋风中,你的坟头, /也许只剩了一团衰草, /现在, /已经没有人敢到你的坟头去凭吊; /现在,说不定, /强盗已经把你的坟铲平; /现在, /也许那两年半以前的枯萎的花枝, /腐烂在泥土中, /任凭着秋雨在淋浇。/在敌人的铁蹄的包围中, /鲁迅老人! /你是不是忧伤呢? /你是不是苦闷呢?"这些口语化的诗句,虽然通俗明白,意义却并不简陋,而且有着浓郁的诗意。白话诗既要写明白,还要蕴藏诗意,这显然非常难得。新月派和现代派的诗歌之所以有更浓的诗意,就是因为他们优化、精炼了现代白话,甚至于故意制造语言的颠倒和不连贯,从而给人更多的想象空间以营造意境。但在整体上,三十年代的这些带有革命色彩的诗歌,由于其创作目的大多是为了鼓动和宣传,还是普遍存在诗意不足的特点。总体来说,三十年代的左翼诗歌在语言的运用上,虽然有标语化、口号化的倾向,但在通俗化、大众化的前提下已日趋成熟。

在早期白话诗和三十年代的左翼诗歌创作中,现代诗人一直在努力"走向民间",努力使诗歌贴近大众,也在诗歌的语言运用上下过许多功夫,但由于种种条件的限制,这种"走向民间"在某种意义上只是诗人自上而下的启蒙模式。许多诗人并没有与普通民众接触的机会,他们所谓的通俗化的诗歌只是存在于他们的想象之中。实际上,他们并不了解普通民众的心理,也不会知道他们的接受程度究竟怎样,但不久以后抗日战争的爆发彻底改变了这种状况。

抗战爆发以后,特别是在解放区,诗歌读者的群体已由一般的知识分子、文人和市民,扩大到普通的民众,尤其是广大的农民。在这种特殊的环境下,重视和学习民间语言的任务再一次被摆在诗人们的面前,而且是那么实际和迫切。毛泽东在《反对党八股》中就强调学习人民群众语言的重要性,他说:"第一,要向人民群众学习语言。人民的语汇是很丰富的,生动活泼的,表现实际生活的……"①尤其是在毛泽东发表了《在延安文艺座谈会上的讲话》之后，在文艺为工农兵服务的根本方向和基本路线的基础上，文艺界对民间语言的重视达到了空前的程度，向民间百姓和民间文学学习语言已形成了一股巨大的潮流。广大作家尤其是诗人，他们开始真正认识到民间文艺的价值所在，同时也开始自觉或不自觉地从民间文化和民间文学中汲取营养。许多作家开始有意识地下乡搜集和整理民间歌谣。著名诗人李季就曾大量搜集陕北信天游歌谣并进行深入研究，为成功创作民歌体诗歌打下基础。从实际的创作情况来看，不管形式上是自由体还是半格律体的民歌体，诗歌的语言都是老百姓所熟悉的语言，有的甚至就是活生生的口头语。解放区出现的街头诗，几乎全用口语写成，这无疑使诗歌更易于接近民众，更利于宣传。诗人田间也率先抛弃了原先粗犷遒劲的诗风，创作了由民间口语写成的诗。如田间的诗歌《坚壁》中，"狗强盗，／你要问我么：／'枪，弹药，／埋在哪儿？'／来，我告诉你：／'枪，弹药，／统埋在我的心里！'"战地社诗人曼晴的街头诗《破路》，"敌人的汽车路，／像毒蛇似的，／缠绕着我们的村庄，／同志们，／半夜里把它破除！／像斩蛇似的，／一截一截的把它切断"。我们可以发现，此时的诗歌与普通民众的距离已经无限接近了。抗战中后期出现的民歌体是老百姓最喜闻乐见的形式，诗歌已经真正成了老百姓可以口头传唱的歌谣。阮章竞的诗歌《漳河水》中的语言就非常值得称道，"一锅要做两样饭，／婆婆骂硬，小姑嫌烂，／啪啪三巴掌！／人家端碗俺旁边看，／骂俺眼馋不洗衣裳，／张嘴败婆娘！"这些语言都是农村百姓口头上十分鲜活、形象的语言，其中的俗语更增加了诗歌的表现力。在语言风格上，四十年代解放区的各种民歌体新诗最大的特征就是积极乐观、爱憎分明、民歌韵味足，有强烈的艺术感染力。

　　同一时期出现在国统区的朗诵诗和讽刺诗也积极地发挥了宣传和战斗的作用。为了群众能够听得懂，朗诵诗自然要用口语。讽刺诗一般多用民歌体写成，不仅用口语，在形式上也与民间打油诗和顺口溜非常相似，这样十分有利于在民间的流传。国统区民歌体诗歌不仅多用民间口语写成，在语言风格上最主要的特征也是继承了民歌中讽刺、诙谐幽默等风格，这与国统区诗歌的暴露性题材有关。在民间歌谣中，带有讽刺色彩和批判、揭露性质的诗歌也是

---

① 毛泽东.反对党八股∥毛泽东选集：第3卷.北京：人民出版社，1991：794.

其重要诗歌类型。民间底层民众在面对统治者的残酷压迫以及不公平的社会现象时,大多时候是无力反抗的,有时只能以诙谐的讽刺歌谣来表达自己的不满,排遣心中的愤懑。《诗经》中著名的诗歌《伐檀》和《硕鼠》就是以"奴隶"的口吻写出了对"奴隶主"的反抗和讽刺。袁水拍是国统区最有代表性的讽刺诗人,他的许多诗歌往往能够紧紧把握小市民的情绪,把小市民日常的牢骚与反抗国民党政权相连。所以,《马凡陀的山歌》不仅在语言上通俗易懂,还有民歌特有的讽刺意味。如《人咬狗》,"忽听门外人咬狗,/拿起门来开开手。/拎起狗来打砖头,/反被砖头咬一口,/忽见脑袋打木棍,/木棍打伤几十根。/抓住脑袋上法庭,/气得木棍发了昏"。作者描述了警察把被特务打伤的学生送到法庭的过程,写法怪诞,充满讽刺。

在新诗发展的几十年中,新诗对民间语言的运用,从最初的僵化、不彻底,发展到新中国成立前后蔚然成风的民歌体新诗,并且前所未有地实现了新诗与民众的密切结合,这不能不说是中国文学史和诗歌史上的一个奇迹。

三、使用民间语言的意义

从宽泛的意义上说,一切新诗都是白话诗。回顾现代新诗史,一切新诗也都是利用民间语言创作的诗歌。但细细深究,却又发现在各阶段不同的诗歌群体中,以及具体的某位诗人,其使用白话的层次以及语言最后呈现的效果也是大不一样的。有些诗人虽然在使用白话写诗,但他们不是有意让自己的诗通俗易懂,而是已经在更高的层面上使用白话,他们的白话显然是精练而优美的,如"新月派""现代派""九叶派"等诗歌群体及其诗人。而另外一些诗人在使用民间语言时,他们往往有着较明确的意识,确切地说,是民间意识或大众意识,是在有意地想让自己的诗歌贴近民众,走向民间。早期白话诗人,由于平民思想和启蒙的目的,有意识地运用民间口语,甚至模仿民间文学创作诗歌;三十年代"左联"领导下的"中国诗歌会",为了革命和宣传,倡导"大众歌调";四十年代的国统区诗歌和解放区诗歌在使用民间语言上更是达到了空前普及的程度。所以,同是在使用白话创作,这里面也有一定的区别。但不管怎样,使用了白话的现代新诗无论是在内容上还是在形式上都已经和旧体诗大相径庭,呈现出全新的面目。无疑,现代新诗在现代化的道路上已经稳步向前了,这又印证了胡适当年在《文学改良刍议》中的"一时代有一时代之文学"

的论调。不可否认,在这场翻天覆地的文学变革中,语言从文言到白话的转变起到了巨大作用。语言虽然是个形式问题,但实际上带动了内容、审美等全方位的变革。在此,本书拟就民间语言在新诗创作中的运用进行深入分析,试图挖掘其中的意义。现代诗歌利用民间语言创作诗歌,至少有这样几方面的意义:

第一,民间语言的运用促成了中国诗歌的现代转型,使新诗发展成了具有"现代性"的诗歌。从外在形式上来看,诗歌是使用了白话在作诗,其实这不仅仅是一个形式变化的问题。古代诗人常把诗歌作品看成一个血肉完整的生命体,如胡应麟在《诗薮》中认为"诗之筋骨,犹木之根干也;肌肉,犹枝叶也;色泽神韵,犹花蕊也。筋骨立于中,肌肉荣于外,色泽神韵充溢其间,而后诗之美善备"。所谓牵一发而动全身,语言形式的解放必然带来诗体的相应变化,而诗歌所承载的思想和内容也将随之变化。胡适对此有深刻的认识,语言和诗体解放了,"所以丰富的材料,精密的观察,高深的思想,复杂的感情,方才能跑到诗里去"[①]。从中国古代的诗歌体式流变也可看出,从《诗经》到楚辞、汉赋、唐诗、宋词、元曲,诗歌的形式一直在变,而且一直都是形式先变,内容及其他再跟着变。现代阶段也不例外,还是变革了形式中最重要的语言。所以,现代新诗是由于民间语言的运用而推动了诗歌的发展,为已走到穷途末路的汉诗开辟了新的出路,从而使诗歌从旧诗变成了具有现代性的新诗。具体来看,这种现代性主要体现在这样几方面。首先,民间语言的运用和诗体的解放丰富了诗歌的内容,增加了诗歌的容量,尤其是具有现代性质的生活与思想。旧体诗有限的语言空间大大束缚了诗歌的内容表现。中国古代诗歌叙事诗不太发达,中长篇诗歌非常少,除耳熟能详的叙事诗,如《孔雀东南飞》《木兰诗》《长恨歌》《琵琶行》"三吏""三别"《圆圆曲》等,大多叙事诗并不为大家知晓。古代诗歌中大量存在的都是抒情短诗,五言、七言、五绝、七绝都是短小精悍的抒情诗,这显然对表现丰富的社会生活、自由抒发情感限制很多。反观现代新诗,由于采用了民间的白话口语,诗歌的社会生活容量大大增加,如许多新诗记录了重大的历史事件,如蒲风的《六月流火》、田间的《中国农村的故

[①] 胡适.谈新诗——八年来一件大事//陈金淦.胡适研究资料.北京:十月文艺出版社,1989:372.

事》、艾青的《火把》等。即使是抒情诗,由于摆脱了文言文和格律的限制,诗歌的情感容量也大大增加。其次,这种现代性还体现在诗人创作自由度的增加,这也是与现代社会追求个性自由和相对宽松的时代氛围有一定关系。古代诗人创作有着严格的限制,必须用文言在既定的框架里作诗,这无疑对诗人提出更高的要求,潇洒如李白者毕竟少数,但李白的浪漫主义诗歌,也不是完全自由的。所以,古代诗人中,常有"吟安一个字,捻断数茎须"的创作经历,也有"语不惊人死不休"的创作决心,这固然反映了他们严谨认真的创作态度,但同时也折射出古人作诗是很不自由的。而在现代阶段,诗人们体会了前所未有的创作自由,尽情地抒情,尽情地叙事,可以一口气连用数个排比句,如诗人艾青。再次,新诗的现代性还表现在由于语言的革新同时带来诗体的大解放,为现代诗歌建设多样化的诗体提供了可能。在文言格律的框架下,中国古代诗歌体式较为单调,诗歌体式总体不够丰富。但现代诗人却尝试了各种诗体如自由体、散文诗体、半格律体,甚至还尝试了外国的诗体,这些都与民间语言的运用密切相关。

第二,民间语言在新诗中的运用,增加了新诗的社会功能。中国古代诗论就十分强调诗歌的功用,早在秦汉时期就有浓厚的诗歌政治功用思想氛围,到魏晋以后,诗歌的审美功用才被重视。孔子是最早明确提出诗歌具有社会功用的理论家,《论语·阳货》云:"《诗》可以兴,可以观,可以群,可以怨;迩之事父,远之事君。"孔子认为诗歌的功用极为广泛,遍及社会生活的各个方面。通常认为,在国泰民安、百姓安居乐业的历史时期,也许更看重诗歌的审美作用。但即使是在太平盛世的唐代初期,一度形式主义诗风盛行,华而不实的宫体诗弥漫诗坛,与政教功用论格格不入,唐代诗论家以政教功用论为武器,对这种现象展开了尖锐的批评。当然,在动荡不安的年代,诗歌的社会功用会加倍显现。唐代"安史之乱"前后,社会动荡,民不聊生,杜甫的"三吏""三别"反映社会现实,写尽了底层百姓深受唐王朝大肆征兵之苦。他的诗之所以被称为"诗史",就是因为它们真实地反映了历史,有一定的社会功用。明末清初出现的大量遗民诗书写着亡国之恨,故国之思。实际上,历朝历代都不乏这些关心社会、关心民生,具有一定社会功能的诗歌。二十世纪上半期,动荡不安的社会和风起云涌的社会斗争,理所当然会要求诗歌能够发挥它的政教功用,甚至是成为宣传的工具和斗争的武器。不难发现,早期白话诗人写作白话诗,其中一个重要的原因就是为了开启民智,促使民众发现自身的价值。二三十年代的"革命"诗人和"左联"诗人利用民间语言创作,使得诗歌通俗化,就是为了唤起民间沉睡的力量。四十年代新诗的社会功用更加明显,在宣传鼓动上发挥了巨大的社会作用。不可否认,由于民间语言的运用,使得诗歌的社会作用得到了最大限度的发挥。

第三,现代新诗对民间语言的运用,对探索新诗"民族性"也有一定的贡献。民间语言的使用,在一定程度上起到维护新诗"民族性"的作用。何谓诗歌的"民族性"?它又和现代性有着怎样的关系?二十世纪初,倡导"文学革命"的先驱们就是在反帝反封建的国内革命背景下,以追求文学的"现代性"为其基本特征。这种"现代性"本身就意味着一种解放,对传统的抛弃。但在新诗重新建构的道路上,"民族性"和"现代性"从来就不是对立的,而且,失去"民族性"的诗歌也永远无法立足。可以从内容与形式两方面来理解"民族性":从内容上来说,民族性指的是民族精神和民族意识,这可以说是中国文学的核心和灵魂;从形式上来说,民族性的形式很难用一句话概括。仅从现代阶段,对新诗民族形式的探讨一直是现代阶段的一个重要课题。四十年代,解放区开展了"民族形式大讨论",毛泽东提出要创作"为中国老百姓所喜闻乐见的中国作风和中国气派"[①]。能够为老百姓喜闻乐见的文学作品,那必然是使用民间语言而且是通俗易懂的。所以,三四十年代,文学的大众化就是最大的"民族性",虽然现在看起来似乎稍有偏颇。在整个现代新诗阶段,不同群体的诗人在诗歌创作风格上也是各有追求,但白话的使用从未被怀疑过,只是偏口语和偏书面的区别。所以,不管是从内容还是从形式层面,民间语言都有维护新诗"民族性"的价值,不至于过分欧化,也不至于重新回到旧的藩篱中。

综上所述,民间语言在现代新诗的发展进程中,是诗歌形式中最重要的因素。我们理应继续重视民间语言的重要价值,让它在文学作品中成为最美的民族语言。

---

① 毛泽东.中国共产党在民族战争中的地位//毛泽东选集:第二卷.北京:人民出版社,1953:522.

第二节　诗体建设与民间文化

在诗歌的形式要素中，诗歌体式是诗的骨架，决定诗歌的基本形态。诗歌的语言固然重要，但语言和体式从来就不是独立存在的，而是相辅相成的。语言的变革，自然会带来体式的变革。中国古代诗歌中的"五言""七言""五律""七律"、宋词、元曲等各种体式就是传统旧诗词的框架。"五四"时期的"文学革命"，促使中国文学完成了从古典向现代的历史性过渡，表现在诗歌领域，则是白话诗取代了旧体诗从而登上了历史舞台。白话诗相对于旧体诗，最明显的变化是语言和体式上的变化，即白话语言的运用和诗体的大解放。这种"诗体大解放"用胡适的话来说就是，"把从前一切束缚自由的枷锁镣铐，一切打破：有什么话，说什么话；话怎么说，就怎么说。这样方才可有真正的白话诗，方才可以表现白话文学的可能性"①。胡适在这里强调了白话的运用和解放诗体两个重要因素。诗体解放相对容易些，它解决的是"破"的问题，而关于诗体建设的"立"的问题则复杂得多。解放了的诗体，面临着何去何从的选择，它究竟该以何种面目示人，这始终是现代新诗发展过程中的一个无法回避的问题。在西方诗歌艺术、中国传统诗歌、我国民间文艺形式等多种资源的背景下，现代新诗又该作何种选择或借鉴。无疑，在这个过程中，民间文学的资源起到了不容忽视的作用。

一、新诗诗体建设中的民间资源

"文章以体制为先"（吴讷《文章辨体序·文体明辨序说》），诗歌亦如此。古代诗体经历了一个不断发展、日趋完善的过程，历代诗论家对此都相当重视。胡应麟的《诗薮》中就指出："四言变而离骚，离骚变而五言，五言变而七言，七言变而律诗，律诗变而绝句，诗之体以代变也。"所以，不同朝代有不同的文体，而且诗体变化总的趋势是限制减少，逐步解放。新文学的先驱者胡适对此有着较为清醒、自觉的认识，他说："我们若用历史进化的眼光来看中国

---

① 胡适.《尝试集》自序//胡适文集：第3卷.北京：人民文学出版社，1998：127.

诗的变迁，方可看出自《三百篇》到现在，诗的进化没有一回不是跟着诗体的进化来的。"①胡适总结前几次的诗体解放规律，认为这第四次的诗体解放是自然进化的结果。

根据"一朝代有一朝代的文体"这一规律，新的时代也应该有一种不同于以往的文体。胡适给出的样本是白话自由诗体，他提出新诗应该运用"自然的音节"，他说，"若要作真正的白话诗，若要充分采用白话的字，白话的文法，和白话的自然音节，非做长短不一的白话诗不可"②。这种"自然音节"的主张成白话的文法，成为早期白话诗的诗体基础，它的核心内容是"诗的音节是不能离开诗的意思而独立的"，"凡能充分表现诗意的自然曲折，自然轻重、自然高下的，便是诗的最好音节"，古人所说的"天籁"，即自然的音节。这种"自然的音节"，实际就是一种散文体。胡适还在《谈新诗》中提出新诗声调的要求，"一是平仄要自然，二是用韵要自然"，"新诗的声调既在骨子里，——在自然的轻重高下，在语气的自然区分——故有无韵脚都不成问题"③。胡适的这种主张显然给许多人指出了路子，难怪朱自清说，胡适的诗论《谈新诗》，在那时"差不多成为诗的创造和批评的金科玉律了"④。同为白话诗"开路先驱"的刘半农也提出了相似的观点，从反对晚清的假诗世界出发，提出了"真"的诗学观，他指出"作诗本意，只须将思想中最真的一点，用自然音响节奏写将出来，便算了事，便算极好"⑤。所以，白话自由诗体成了新诗起步阶段的正宗诗体。

然而，随着新诗的起步走稳，新诗的诗体不可能永远停留在白话自由诗体的阶段，而且，早期新诗的这种体式并不能算是一种稳固的体式。许多人曾对白话自由诗体持怀疑态度，周作人就说过："诗的改造，到现在实在只能说到了一半，语体诗的真正长处，还不曾有人将它完全的表示出来，因此根基并不

---

① 胡适.谈新诗——八年来一件大事//陈金淦.胡适研究资料.北京：十月文艺出版社，1989：374.

② 胡适.《尝试集》自序//胡适文集：第3卷.北京：人民文学出版社，1998：127.

③ 胡适.谈新诗——八年来一件大事//陈金淦.胡适研究资料.北京：十月文艺出版社，1989：382-383.

④ 朱自清.《中国新文学大系·诗集》导言//杨匡汉，刘福春.中国现代诗论：上.广州：花城出版社，1985：241.

⑤ 刘半农.诗与小说精神上之革新//鲍晶.刘半农研究资料.天津：天津人民出版社，1985：126.

十分稳固。"① 所以,建设新诗诗体的任务还十分艰巨。于是,越来越多的诗人关注着新诗诗体的建设,也不断地在尝试着各种诗体。当然,现代诗人尝试各种各样的诗体,绝大多数都受到过古今中外的各种诗歌资源的启发。从整体上来看,一是受到域外诗歌的影响,二是受到我国传统诗歌的影响,还有就是受到本土民间资源的影响。当然,这种影响有时并不是单一的,可能同时会受到多种因素的共同作用。如"五四"时期出现的"小诗体",就是借鉴中外诗歌形式的结果。从纵向上考察,新诗中的小诗和《诗经》的部分作品、唐诗及其以后的绝句、散曲、小令和古代民歌中的子夜歌有明显的承继关系。从横向上考察,小诗一方面受到了日本的短歌和俳句的影响,另一方面则受到了印度诗人泰戈尔的小诗的影响。"新月诗派"的新格律诗体既受到我国古典格律诗歌的影响,同时也受到法国"巴那斯主义"②的影响。而冯至等人热心写作的十四行诗体则是纯粹的舶来品。四十年代出现在解放区的民歌体则是本土民间文学形式的运用。各种新诗体如雨后春笋般出现,尽管有些诗体并不是很成熟,但都为新诗的发展作出了重要贡献。

新诗诗体在曲折的发展过程中,广泛借鉴了包括民间资源在内的古今中外的各种资源。在过去的相当长一段时间里,评论者普遍重视域外资源和古典资源,而对民间资源有所轻视,但随着研究视角的多样化和民间文化日益得到重视,民间资源也得到了越来越多的重视。那么,在民间文化和民间文艺形式的影响下,新诗诗体发生了哪些变化?对诗体的构建起到什么样的作用?

从现代新诗的发展进程来看,出现过三次较大规模的民间文化思潮。第一次是1918年就开始的并持续了20年的北大"歌谣征集活动"。这项活动的主要倡导者是刘半农、沈尹默、周作人等人,他们倡导搜集、整理民间歌谣。1920年成立了"北京大学歌谣研究会",1922年还正式出版了《歌谣周刊》。与此同时,他们还采用民歌形式写作新诗,如刘半农、刘大白等人。这场"歌

---

① 周作人.新诗.晨报副刊,1921-6-9. 见《晨报副刊》(影印本),人民出版社,1981年影印.

② 巴那斯主义:巴那斯主义是十九世纪产生于法国,后来遍及欧洲各国的诗歌流派。它既是经典浪漫主义和唯美主义的延伸,又促成了后来的象征主义诗潮的崛起。它具有艺术至上的感觉,反对浪漫主义直接的抒情,提倡艺术形式的精巧完美,主张节制和格律,把主观的情感隐藏于唯美的形式中。

谣运动"后来被学术界视为中国现代歌谣运动和民俗学的开端,其实,当时主要是为了解决新诗尝试的困境。第二次民歌潮流是三十年代的"左翼"诗歌民间潮。为了诗歌的大众化,"中国诗歌会"的诗人们尝试用各种民间形式写作"大众歌调",提出"歌谣化"的主张,强调"诗歌应当与音乐结合在一起,而成为民众歌唱的东西"①。他们曾专门出版"歌谣专号""创作专号",希望能够"借着普遍的歌谣、时调诸类形态,接受他们普及、通俗、朗读、讽诵的长处,引渡到未来的诗歌"②。第三次民间诗歌潮流是在抗战爆发后,这一次的规模更大。在解放区,由于"文艺为工农兵服务"成为主流意识形态,并且得到了根据地政权的支持,于是"诗的歌谣化"发展到了极致。以民间歌谣的形式创作新诗,以达到普及和宣传的目的,这在解放区成为普遍性的现象。各种朗诵诗、枪杆诗、民谣体、小调等民间形式在解放区蔚然成风。在国统区,带有民谣特点的讽刺诗和政治抒情诗成为创作的主要潮流,最有代表性的当属臧克家的《宝贝儿》《生命的零度》以及袁水拍的《马凡陀的山歌》。

从三次较大的民间诗歌潮来分析,民间文学对新诗诗体建设的影响主要在两方面:一是直接借鉴民间文学形式,当然主要是民间歌谣、民间的山歌、小调等具有鲜明的民间特点的诗歌体式;二是从民众接受的角度,为了有效地宣传和普及而采用的诗体。这些形式并不一定直接出自民间文学,有的是民间歌谣的变形,如三十年代"中国诗歌会"尝试创作的街头诗、朗诵诗、合唱诗等,四十年代主要出现在国统区的朗诵诗和解放区的街头诗、枪杆诗、传单诗等。这几种诗歌体式最重要的特点是可以在公开场所以及集会的地方朗诵或表演,当然民歌中也的确有合唱的山歌等形式。本书拟把上述两个角度结合起来,以一种纵横交错的格局来探讨民间文化影响下的新诗诗体建设。

二、仿民歌体新诗的出现与繁荣

现代诗歌经历了"五四"时期的"诗体大解放"之后,踏上了诗体重建的道路。借鉴民间文学形式,尤其是民间歌谣的形式成为新诗诗体建设的一个

---

① 穆木天.关于歌谣之创作//蔡清富,穆立立.穆木天诗文集.长春:时代文艺出版社,1985:290.

② 我们底话.新诗歌.1934-6-1,2(1).

重要途径。民间歌谣在诸多方面吸引了现代诗人,从内容上看,主要是诗歌抒情的真实性和自然率真,这与五四时期的知识分子追求个性解放和精神自由等观念是一致的。从形式上来看,民间歌谣的体式总体上来看是一种松散的格律诗体,可以为诗歌体式的解放提供某种借鉴。正如有学者总结说:"普通民众重实用的生存方式决定了民间诗歌在诗体变革上的'实用性'——既求稳定又有适度的自由。诗体的相对稳定使作者可以坐享其成地使用已有诗体,已有诗体也有利于诗作的大众化传播。适度的自由又使作者不必受已有诗体的束缚。因此,中国民歌一般都以适当押韵却不求平仄的松散的格律诗为主要诗体。"[①]所以,民间歌谣的体式一方面没有传统诗歌那么高度严格的格律要求,另一方面又能做到适度押韵。这样的体式在一定程度上为新诗人们增加了范本,为新诗诗体的建设提供一些有益的借鉴。这也就不难理解肇始于"五四"时期的歌谣征集活动能够持续那么多年。除了民俗学上的作用外,就是为了给新诗创作提供资源,这也是他们的初衷。胡适一向是把研究歌谣当成是建设新文学的要素,他在1936年为《歌谣周刊》的复刊写《复刊词》中又再次强调:"我以为歌谣的收集与保存,最大的目的是要替中国文学扩大范围,增添范本。我当然不看轻歌谣在民俗学和方言研究上的重要,但我觉得这个文学的用途是最大的、最根本的。"[②]我国民间诗歌的体式多种多样,从古代民歌体式来看,有二言、三言、四言、五言、楚辞体、七言还有长短句的词曲等。我国近现代歌谣的体式与古代民歌体式既有承继关系,也表现出鲜明的地方特色。我国近现代较为流行的歌谣体式有:四句头、五句体、信天游、山歌、爬山歌、花儿、吴歌、鲁体、小调、客家山歌等。现代诗歌中有相当一部分诗歌曾借鉴过其中的一些形式,创作出大批仿民歌体新诗,这也应该算是借鉴民间资源产生的新诗体。客观上,这些民间文艺形式的运用,促进了新诗诗体的建设,增加了新诗诗体的多样化。

新文学初期,刘半农是较早有着自觉探索新诗诗体意识并身体力行试验诗体、利用民歌体写新诗的诗人。他早在《我之文学改良观》中就提出"增多

---

① 王珂,代绪宇.论民间诗歌是新诗重要的诗体建设资源.中州学刊,2004(1).
② 胡适.《歌谣周刊》复刊词//苑利.二十世纪中国民俗学经典:学术史卷.北京:社会科学文献出版社,2002:300.

诗体"。他从利于诗歌发展的角度出发，十分肯定地说："尝谓诗律愈严，诗体愈少，则诗的精神所受之束缚愈甚，诗学绝无发达之望"，"倘将来更能自造、或输入他种诗体，并于有韵之诗外，别增无韵之诗，则在形式一方面，即可添出无数门径，不复如前此之不自由"①。他不仅在理论上有这样的主张，而且身体力行地去试验诗体，创作了包括民歌体诗歌在内的多种形式的诗歌。他的诗集《扬鞭集》中就有民歌体诗歌，如《恁儿歌》《拟拟曲》等。诗集《瓦釜集》则是一本全部用家乡的一种四句头山歌写成的诗集。四句头是由整齐的五言、七言、八言或杂言组成四句一节或一首的民间歌谣形式，在我国南方最为流行。江南的"紫竹调""孟姜女调""茉莉花"都属于"四句头"山歌。来看《瓦釜集》中的第二歌《人家说摇船朋友苦连天》：

"人家说"摇船朋友苦连天，
我"噫嚯噫嚯"摇船也摇过十来年。
我看末看格青山绿水繁华地，
我吃末吃格青菜白米"勒"鱼虾垃圾也新鲜。

"人家说"打铁朋友苦连天，
我"钉钉当当"打铁也打过十来年。
我打出镰刀弯弯好比天边月，
我勿打锄头钉把你里那哼好种田？

这是比较典型的江阴一带的民间山歌体式，它的调式稳定有序，基本体式是四句一节，有一定的韵律。民歌的用韵并不严格，以自然顺口为上，但求不拗口、不晦涩便可，所以民歌的韵律只能算是半格律。刘半农的这些民歌体诗歌为早期新诗诗体的发展作出了开拓性的贡献，正如沈从文所说："他有长处，为中国十年来新文学作了一个最好的试验，是他用江阴方言，写那种方言山歌。用并不普遍的文字，并不普遍的组织，唱那为一切成人所能领会的山歌，他的成就是空前的……按歌谣平静从容的节拍，歌热情郁怫的心绪，刘半农

---

① 刘半农.我之文学改良观//鲍晶.刘半农研究资料.天津：天津人民出版社，1981：121.

的山歌,比他的其余诗歌美丽多了。"①

另一位诗人刘大白也非常善于写作民谣体诗歌,但和刘半农此类诗歌不同。他大多采用古代的民歌体,特别是《诗经》中的"国风体",这种体式大多以四言为主。刘大白的一系列反映民间疾苦的诗歌大多采用这种体式,如诗歌《驾犁》:

驾犁,驾犁!
老牛晦气!
带水拖泥,犁重难移。
犁重难移,鞭长难避;
打落牛毛,擦破牛皮!
驾犁,驾犁!
老牛呆气!
拉牛耕田,力尽筋疲。
稻熟租清,卖牛买米;
吃饱田主,饿杀自己!

显然,这首诗歌的体式和《诗经》中的《硕鼠》十分相似。全诗共两节,结构相似,只更换个别字,是典型的"诗经体"。再如《田主来》一诗(节选):

一声田主来,
爸爸眉头皱不开。
一声田主到,
妈妈心里毕剥跳。
爸爸忙扫地,
妈妈忙上灶:
"米在桶,酒在坛,
鱼在盆,肉在篮;

---

① 沈从文.论刘半农的《扬鞭集》// 鲍晶.刘半农研究资料.天津:天津人民出版社,1985:287.

照例要租鸡,
没有怎么办?
本来预备两只鸡,
一只被贼偷,一只遭狗咬;
另买又没钱,真正不得了!"

《田主来》这首诗采用民歌体,全诗41行,以五七言相间的形式作为诗的基础。全诗有五言句15行,七言句21行,交替运用五、七言,或单行相间,或双行相间,十分自然和谐。从整体上看,还运用了三言、九言与十一言的句子,与五七言相互融合,使诗的体式既具有民歌体的特色,又没有完全拘泥于旧的形式。同时,我们还应注意到刘大白的民歌体诗歌十分讲究韵律的和谐,如上面这首诗,每两句都押韵,而且两句一转韵,充分显示出诗人扎实的旧体诗功底。刘大白非常重视新诗的韵律,他说:"新诗人所应该反对而主张废除的,是旧诗中很繁重很谨严很板滞的足以斲丧诗篇底天然美的外形律;而在相当的场合,偶然采用一点旧诗底外形律,只消用得恰好,也依然不失其为新诗。"[①] 如前所述,所有的民歌体式几乎都有一定的韵律,只是不太严谨,而这恰恰非常符合刘大白对新诗韵律的要求,这就不难理解他为何对民歌体式如此青睐了。

在北京大学发起的"歌谣学运动"的影响下,许多诗人都尝试用民歌民谣写作新诗,就连写新诗不多的鲁迅先生也写过民谣体新诗,足见当时这场运动影响之大。这些民歌体诗歌虽然并不十分成熟,但还是为在艰难中行进的诗体建设提供了某种借鉴资源。

三十年代,由蒲风、穆木天、杨骚、任钧等发起成立的"中国诗歌会",倡导诗歌大众化,创作"大众歌调",在现代诗坛上再一次刮起了"民间风"。他们不仅在语言上、内容上贴近大众,在诗歌的体式上也力求大众化、通俗化。他们批判性、创造性地运用了小调、鼓词、儿歌等民间艺术形式,创作出具有时代特色的具有民间形式的大众歌调。同"五四"时期的民歌体诗歌不同,"中国诗歌会"对民间艺术形式的借鉴更注重诗歌的有韵和节调,要顺口好记。他们认为诗歌是听觉的艺术,因此采用歌调形式,要求诗不仅看得懂、听得懂,还

---

① 刘大白. 从旧诗到新诗//萧斌如. 刘大白研究资料. 天津:天津人民出版社,1986:179.

要能唱出来。鲁迅先生对这种主张非常支持,他在回复"中国诗歌会"会刊《新诗歌》编辑窦隐夫的信中,一方面批评了"五四"以来新诗形式上的特点,认为它们"没有节调,没有韵,它唱不来;唱不来,就记不住;记不住,就不能在人们的脑子里将旧诗挤出,占了它的地位";另一方面提出了民族化、大众化新诗的审美原则。他在信中还指出:诗歌虽有"眼看的"和"嘴唱的"两种,"但究以后一种为好","我以为内容且不说,新诗先要有节调,押大致相近的韵,给大家容易记,又顺口,唱得出来"。[①]

在鲁迅和"中国诗歌会"诸诗人的倡导下,诗人们创作了较多具有民歌体式且又朗朗上口的"大众歌调"。来看蒲风的一首童谣《小打铁》:

打铁!打铁!
爸爸打铁,
哥哥打铁,
我也来学
学打铁!
爸爸哥哥打铁火星多,
打出斧头并镰子
打了锄头又打刀。
我不比他们——
我来打好身体打好脑:
一手打出撑天柱,
一手打出通天道。

这是一首典型的童谣,押一定的韵脚,读来较为顺口。童谣是民间儿童口头传唱的民谣。童谣属民谣一类,完全口语化,是"说"出来的,不太讲究形式,俗称"顺口溜"。"中国诗歌会"主张写"大众歌调",所以注重利用民谣的表达方式。他们力主让诗歌成为可歌可唱的文体,具有音乐性,所以许多流利悦耳的诗歌被谱曲成为歌曲而被广为传唱,如蒲风的《摇篮歌》《打桩歌》,石灵的《码头工人歌》等都是曾经流传甚广的歌曲。

---

① 鲁迅.致窦隐夫//鲁迅全集:第十三卷.北京:人民文学出版社,2005:249.

"中国诗歌会"的诗人们在创作过程中,较多运用传统诗歌的赋、比、兴等表现手法和民间文学中的重叠、白描、排比等技巧。诗歌的句式大体整齐,但又活泼多变,不拘一格,具有浓郁的民歌风味。比较有代表性的诗歌有蒲风的《茫茫夜》《六月流火》,王亚平的《黄浦江》、穆木天的《江村之夜》等。"中国诗歌会"的诗人们自觉地借鉴民间艺术形式,创造大众诗歌,对现代新诗的建设起到了重要作用。尤其在诗体方面,开创了具有民族特色的半格律体的新诗,直接影响到抗战后诗歌体式的进一步发展。正如茅盾所说:"抗战以前,我们的优秀的诗人已经吸取了歌谣的特点,使新诗歌放一异彩。在这上面,蒲风的成就,我们尤其不能忘记。抗战时期,由于柯仲平、田间等等诗人的努力,运用民间形式遂蔚然成为风尚。"[①]

抗战以后,新诗诗体在民间化的道路上走得更远。早在1938年,毛泽东就提出过要创造"新鲜活泼的,为中国老百姓所喜闻乐见的中国作风和中国气派"[②]。在这里,所谓的"老百姓喜闻乐见的中国作风和中国气派"与存在于民间的艺术形式颇为相似。在解放区,对"民族形式"的讨论多数局限于正面阐述运用民间形式。而国统区的文艺界对民间形式的态度则出现了相反的态度,以向林冰为代表的一方重视民间形式,一再强调创造新民族形式的途径就是运用民间形式;以葛一虹为代表的另一方则完全否定民间形式中有可以批判继承的合理成分,认为"旧形式都是封建没落文化"。直到1942年,延安文艺座谈会以后,向人民群众学习,向民间文艺学习几乎成了一种主流,这对国统区的创作自然也会产生影响。

延安文艺座谈会以后,更多的诗人开始重视对民间形式的借鉴和运用,创作了大量民歌体诗歌,进一步推进了新诗诗体的民间化进程。这些民歌体诗歌吸收了各地民歌的体式特点,真正成了老百姓喜闻乐见的形式。李季的《王贵与李香香》是这一时期的杰作,这首诗运用了陕北的民歌信天游的形式创作而成。信天游又称顺天游,是流传于陕北、宁夏、甘肃等地的一种民间歌谣形式。信天游的韵律活泼、自由,可以随着内容和情节任意发展。一般是两句

---

① 茅盾.民间、民主诗人//茅盾文集:第十卷.北京:人民文学出版社,1961:198.
② 毛泽东.中国共产党在民族战争中的地位//毛泽东选集:第二卷.北京:人民出版社,1991:534.

为一节,每句字数不固定,常见的是以七个字为基本单位的句式。在韵律上一般是两句一韵,长歌可达数段。如《王贵与李香香》中:

> 山丹丹开花红姣姣,
> 香香人材长得好。
> 一对大眼水汪汪,
> 就像那露水珠在草上淌。
>
> 二道糜子碾三遍,
> 香香自小就爱庄稼汉。
> 地头上沙柳绿蓁蓁,
> 王贵是个好后生。
>
> 身高五尺浑身都是劲,
> 庄稼地里顶两人。
> 玉米开花半中腰,
> 王贵早把香香看中了。

这首诗其实就是一首民歌体的半格律诗,每一节两行,每两行是一韵,一节一韵。每行三四个音组,都以三字音组收尾,读起来朗朗上口,音节响亮,所以这样可吟可唱的诗歌在解放区十分受欢迎。阮章竞的《漳河水》以当地民歌中的各种抒情小调为基调。这些小调的名字有"开花调""梧桐树""绣荷包""四大恨调"等,这些格调感情色彩并不相同,有的适于抒发欢乐的心情,有的适合抒发悲苦的调子,全诗采用不同的调子组成。句式以七言为主,同时又富于变化,大多是四行一节,但也不固定,也有两行、三行、六行,还有十几行一节的。韵律上基本是两行一韵,在行数多的小节里,变换韵脚也很灵活。诗歌虽用多种小调写成,但却不给人一种拼凑之感,总体上能保持一种基调,有种杂采成章的感觉。诗人这种创作性地借用并融合多种民间小调创作出来的诗歌,显得丰富变幻,自由灵活。

国统区的诗歌创作也同样重视对民间形式的汲取和利用,表现出同解放区诗歌不一样的风格。民歌体的讽刺诗和政治抒情诗是这一时期诗歌创作的主要潮流。最具代表性的是诗人袁水拍,他利用民谣、儿歌、民间曲调等民间形式写作政治讽刺诗《马凡陀的山歌》。这些诗歌在体式上较为整齐,最大的特点是押韵、顺口,有些诗甚至类似于民间的打油诗,如诗歌《一只猫》:

军阀时代:水龙、刀,
还政于民:枪连炮。
镇压学生毒辣狠,
看见洋人一只猫:
妙呜妙呜,要要要!

诗人用了近乎戏谑的口气,采用类似打油诗似的体式写出了国民党政府血腥镇压人民,向帝国主义献媚的丑态与罪行。袁水拍创造性地运用民歌形式写成的政治讽刺诗已成为新诗中的一种新的诗体。在我国传统民间歌谣中,讽刺诗应是其中的一类。民间歌谣自古以来就有强烈的政治讽喻性,几乎所有的重大事件都逃不出群众雪亮的眼睛。普通民众在民谣中对事件往往有着一针见血的评价,有美有刺、有褒有贬,能抓住事物的特征作深刻概括,往往几句话就能刻画出"现世相的神髓"。袁水拍的这些政治讽刺诗中继承了讽刺性民谣的这种神韵,极好地发挥了诗歌在国统区的战斗作用。

三、注重宣传效果的民间诗体

在现代新诗中,还有一类非常特殊的民间性诗体,它在语言上更通俗,形式上更简洁,读起来更顺口。这类诗歌主要指的是朗诵诗,抗战时期的街头诗、枪杆诗和传单诗等诗体。上述仿民谣体诗歌在利用民间体式时往往有明显的民间资源痕迹可寻,如刘半农借用民谣,李季借用信天游等,但这类诗歌似乎并没有直接的民间资源,只是从它的表达效果来看,更容易普及,更容易被民众接受。从这种意义上来看,它们也是具有民间性的诗体。这几种诗体都是为了适应客观形势,达到快速、有效的宣传而产生的。

首先是朗诵诗。我国古代诗歌就有音乐性,适合于吟咏、唱和,而新诗用现代白话口语写成,体式相对自由,更适合于朗诵。早在三十年代,"中国诗歌会"为了推进诗歌的大众化,就开展过诗歌朗诵运动,但当时的这种运动并没有形成一定的规模,也没有造成太大的影响。直到抗战爆发以后,创作朗诵诗以及开展诗歌朗诵运动才真正变为一种大规模的潮流和运动。无论在解放区还是在国统区,朗诵诗运动都蔚然成风。这种面对面的宣传和鼓舞,对推进诗歌的大众化或民间化非常有效,客观上也鼓舞了民众和战士的抗战情绪。正如茅盾所说:"诗歌这东西,当其为民间的野生的艺术时,本来是'口头的',它的变为'非朗诵',是在承蒙骚人墨客赏识了以后。现在,我们要还它个本身,所以诗歌朗诵运动就是诗歌大众化的一个方式。"① 诗人们不仅把朗诵诗看作大众化的一种方式,而且还强调其发挥的战斗作用,诗人高兰说:"它应有明确的革命的功利目的,要以强烈的战斗思想唤起和组织教育广大人民大众为伟大的民族解放和抗日战争服务。"②

　　朗诵诗不仅是实现诗歌大众化,为革命斗争服务的重要途径之一,从诗歌建设角度的来说,对诗歌的本身发展也是极为有力的。李广田说:"朗诵诗是新诗中的新诗,是诗中的新生命。"③朱自清也说:"新诗不要唱,不要吟;它的生命在诵读,它得生活在诵读里。我们该从这里努力,才可以加速它的进展。"④朗诵诗是一种全新的体式,它使诗歌从以往的视觉艺术变为听觉艺术,因此在内容和形式上都有很大的不同。由于朗诵诗大众化的特性和服务于革命的使命,而且需要与听众进行面对面的接触,所以对内容和形式的要求更高。高兰说朗诵诗"在表现方法上应力求明朗通俗、深入浅出,语言朴实易懂,音韵响亮优美,读之爽口,听之悦耳。这是最低的要求"⑤。朗诵诗要能在现场与群众迅速取得沟通和共鸣,这就要求诗歌的抒情方式坦率诚恳,富有激情,爱憎分明,达到一呼百应的效果。来看高兰的一首朗诵诗《我的家在黑龙江》中的一段:

---

① 茅盾.时调//茅盾全集:第21卷.北京:人民文学出版社,1991:385.
② 高兰.高兰朗诵诗选·前言//高兰朗诵诗选.济南:山东文艺出版社,1987:前言4.
③ 李广田.诗与朗诵诗//李广田文学评论选.昆明:云南人民出版社,1983:311.
④ 朱自清.新诗杂话·朗诵与诗//朱自清全集:第二卷.南京:江苏教育出版社,1988:391.
⑤ 高兰.高兰朗诵诗集·前言//高兰朗诵诗集.济南:山东文艺出版社,1987:前言3-4.

抬起了头!
挺起了胸膛!
放下了锄头犁耙,
拿起了所有的刀枪!
卷起了沙漠的狂涛,
卷起了雪海的巨浪,
燃烧起反抗的野火,
燃烧起争生存的火光!
把奴隶的命运,
把奴隶的枷锁,
一齐都交付给了抵抗!
他们流血,
他们死亡!
但是他们,
父亲死了,
儿子补上!
丈夫死了,
妻子填上!
他们要用血,
他们要用肉,
筑起铁壁铜墙,
保卫自己的家乡。

这首诗的诗句简短、不押韵,但读起来铿锵有力、抑扬顿挫。诗歌的语气中充满着悲愤与誓死的抗争,能够与现场观众迅速取得共鸣,这的确是一首让听众热血沸腾、备受鼓舞的作品。

柯仲平和光未然也都是朗诵诗的开拓者,柯仲平的许多诗歌如《平汉路工人破坏大队》《边区自卫军》等最初都是以朗诵的形式问世的。他的创作实践有力地证明,诗产生于朗诵之中,又在朗诵中成长。他一生所追求的就是把诗从"眼看的"变为"嘴唱的"。他的朗诵诗以火一样的激情、大气磅礴的气势,激发了无数人的斗争意志和力量。光未然的《黄河大合唱》《屈原》等诗也都是著名的朗诵诗篇,它们以沸腾的热情和雄壮的气势感染和鼓舞了无数人。在那个时代的诗人,几乎都有为朗诵而写的诗,而且凡是优秀的战斗诗篇也没有不被朗诵的。所以,在整个四十年代,朗诵诗运动几乎成了一个席卷全国的运动。

朗诵诗作为一种特殊的诗体,有着自己的特征。首先语言上要十分口语化,语句要适于朗诵,读之顺口,而不能拗口。其次,诗歌要押韵,除了押脚韵以外,句子中间还要有内在的韵律,使之读起来有节奏。最后则是要求朗诵诗要有现场感,要有感染力。朗诵诗抒发的是"大我"的共鸣,而不是"小我"的个人情怀,而且与群众面对面,这就特别要求诗歌能有极强的感染力。总之,朗诵诗在新诗中作为一种诗体,它开创了新诗发展的新路径,也是与民众最接近的一种诗体,正如诗人穆木天说,"朗读诗的内容,应当切实于民众的生活,朗读诗的话语,应当是民众的口语,朗读诗的情感,应当是抗战总动员中的民众的感情"①。所以,朗诵诗从内容到形式都是民间化的。李广田在《诗与朗诵诗》中对它有这样的评价"一、从个人的,到群众的;二、从主观的,到客观的;三、从温柔的,到强烈的;四、从细致的到粗犷的;五、从低吟的,到朗诵的"②。所以,朗诵诗体尽管不一定全用民歌体式写成,但它所要求的与普通民众零距离的接触,不更是民间化的吗?

街头诗、枪杆诗、传单诗,其实都是一类的诗,它们的共同点都是要让诗歌迅速、有效地走进普通民众中间。它们和朗诵诗存在一些不同之处,朗诵诗要在群众集会的场合才能朗诵,而街头诗是要让诗歌遍及群众所能到过的地方。这就要求,诗人们要在大街的墙壁上写诗,在山坡的岩石上写诗,用发传单的方式普及诗,这是一种最方便、最快捷的宣传方式。三十年代的"中国诗歌会"就倡导和创作过街头诗,但那也只是停留在尝试阶段,也只有到了抗战以后,街头诗才真正走上了街头,拉近了与普通百姓的距离。

抗战时期的街头诗主要出现在解放区,无论是在延安还是在晋察冀边区,处处都活跃着街头诗。街头诗在内容上以宣传鼓动为主,在形式上大多呈现出小型、短小精悍的特点,语言上则是活生生的民间语言,句子也是朴实、干

---

① 穆木天.诗歌朗读与诗歌大众化//穆木天诗文集.长春:时代文艺出版社,1985:362.
② 李广田.诗与朗诵诗//李广田文学评论选.昆明:云南人民出版社,1983:310.

脆、坚实而有力的。为了适应战争期间的快节奏和普通民众的接受程度,这种体式对于革命宣传是极为有力的。来看一首田间的街头诗《坚壁》:

狗强盗,
你要问我么:
"枪,弹药,
埋在哪里?"
来,我告诉你:
"枪,弹药,
统统埋在我的心里。"

这首诗具有很强的鼓动性,句式简短有力,像一声声鼓点,正如闻一多评价田间的街头诗所说的那样:"这里没有'弦外之音',没有'绕梁三日'的余韵,没有半音,没有玩任何'花头',只是一句句朴质,干脆,真诚的话,(多么有斤两的话!)简短而坚实的句子,就是一声声的'鼓点',单调,但是响亮而沉重,打入你耳中,打在你心上。"① 解放区的其他诗人的街头诗也具有类似的特点,如战地社诗人曼晴的街头诗《匕首》:

你的诗,
像匕首,
闪闪发光。
写吧!
让所有墙壁,
都披上武装。

街头诗是一种新型的诗体,是抗战时期为了配合宣传应运而生的诗歌。严格地说,这一类诗歌的艺术性普遍都不足,但它在抗战的宣传中发挥了巨大作用,它在体式上的特点非常值得关注。街头诗的语言大多是纯粹的口语,句

---

① 闻一多.时代的鼓手——读田间的诗//闻一多选集:第一卷.成都:四川文艺出版社,1987:356.

式简短,三言、四言、五言都有,有一定韵律,更重要的是有节奏,读起来简洁有力。它对时事的快速反应,对百姓生活的贴近,以及简洁通俗的表达方式,都使它成为普通百姓喜闻乐见的形式。正如艾青所说,从街头诗中可以清楚地"感到大众生活的脉搏"[①]。所以,无论在表达形式上,还是在诗歌的接受效果上,街头诗都是民间化的。

这些特殊的新诗体成为新诗实现"文艺大众化"的主要途径和方式。中国现代诗歌从二十年代倡导平民主义,到三十年代倡导"大众化",知识分子们曾尝试过各种民歌体、方言诗,但新诗与民众的结合并没有真正地实现。也只有到了抗战时期,民歌体、朗诵诗、街头诗、传单诗这些诗歌形式真正实现了走向民间,融入民间。

四、民间资源对诗体建设的意义

现代新诗在诗体重建的过程中,曾广泛借鉴吸收古今中外的各种资源,民间文化与其中的民间资源只是其中的一股力量。尽管如此,民间资源在特定的历史阶段,影响了诗歌的体式建设,也推进了新诗诗体的建设,具有多方面的意义。

首先,民间资源的吸收和运用促进了诗歌体式的"现代化"进程,同时又维护了新诗的"民族性"。所谓的诗歌"现代化"其实就是要求诗歌能够适应现代社会,能够表现现代人的生活和思想。经历了"五四"时期的诗体大解放,新诗在一步一步地向现代转型。在此过程中,民间资源的吸收在一定程度上促进了这种转型。现代诗歌就应该是一种能够表现纷繁复杂的现代生活和丰富的现代情感,而且形式灵活多样的文体。民间诗歌相对宽松的诗歌体式为新诗提供了可供模仿的范式,在一段时期内,写作具有民歌体式的诗歌似乎已成为新诗发展的一种方向。所谓的"民族性"就是指具有一定的民族传统。现代新诗虽然打破了旧诗词的镣铐,把传统诗词彻底推翻,但并不意味着要彻底抛弃民族传统。而且,几千年的民族文化传统融进骨髓、血脉相连,也是不可能轻易抛弃的。此时,对民间诗歌的借鉴或许可以有效地防止诗歌走向两个极端,一个是抛弃传统的彻底的"全盘西化",另一个是向绝对自由的自由

---

① 艾青.开展街头诗运动∥艾青选集:第三卷.成都:四川文艺出版社,1986:128.

体诗、散文体诗等方向发展。民间诗歌受到民族文化中底层文化的影响,保留有一定的民族传统。在艺术形式上,民间诗歌往往具有一定韵律,但又很灵活,保存有诗歌的特性。所以,对民间资源的吸收和借鉴对维护诗歌的民族传统以及对本土诗歌的重视起了促进作用。

其次,现代新诗由于借鉴吸收了民间资源而促进了诗体的多样化。早在"五四"时期,刘半农先生就提出要"增多诗体"。现代新诗经过一批又一批诗人的努力,的确是出现了各种新的诗体,如自由体诗、格律体诗、散文体诗,还有借鉴西方的十四行诗等。虽然现代诗歌中的诸多诗体的出现,不能全部归功于民间资源,但是,仅从借鉴民间资源来看,现代诗人就创造出诸多带有民间风格的新诗体,如民歌体叙事诗、民歌体抒情诗、朗诵诗、街头诗、枪杆诗、传单诗等。而且值得注意的是,仿照民歌形式创作的诗歌几乎贯穿整个现代新诗史,到四十年代发展到顶峰。从早期的刘半农、刘大白的民歌体创作,到四十年代国统区袁水拍的《马凡陀的山歌》、解放区阮章竞的《漳河水》、李季的《王贵与李香香》等都是民歌体的重要收获。总之,民间资源在新诗诗体的建设方面的确发挥了巨大作用。

最后,现代新诗由于受到民间形式的影响,增多了易于普及的诗歌体式,可以有效地为现实服务,大大增强了诗歌的社会功能。众所周知,现代诗歌的发展阶段正是中国社会实现现代转型,经历"血与火"的洗礼从而走向新生的过程。在这个过程中,中国社会经历了无数的磨难和考验,而诗歌作为一种文学体式,理应发挥其应有的社会功能。要想让诗歌能够快速、有效地发挥社会功能,必须使其内容和形式都适于广泛传播。显然,诗歌的体式直接影响到诗歌内容的表达和语言的运用。古代文人诗歌体式比较严谨,内容具有高度的严肃性、道德性和伦理性,语言则要求高度凝练,诗歌的容量也相对有限。所以,古代文人诗歌也只能在小范围内传播,成为贵族化的诗歌。民间化的诗体用民间口语写作,而且体式相对自由,诗歌内容也相对通俗易懂,这将十分有利于诗歌的普及和大众化,进而可以有效地发挥诗歌的社会功能。三十年代,"中国诗歌会"的诗人积极地向民间歌谣汲取资源,提出了诗歌"歌谣化"的主张,专门出版"歌谣专号",使诗歌成为"群众的听觉艺术",还提倡诗歌朗诵运动等,以使诗歌普及工农大众中去。四十年代,解放区各种民间诗体的盛行,更是把诗歌的社会功能发挥到了极致。

总之,现代新诗由于借鉴了民间资源,一方面丰富了诗体,促进了现代新诗的发展,另一方面也大大增强了诗歌的社会功能,使得新诗在特殊时期发挥了巨大作用。

第三节 艺术表现手法与民间文化

现代新诗在生成和发展的过程中,不断地吸收传统和外来的资源以丰富自己的形式。这种形式的变化与丰富不仅表现在语言、体式上,同时也表现在艺术表现手法上。诗歌的艺术表现手法极为丰富,如果从表现内容的角度来分,可分为叙述、抒情、描写、议论等,从修辞学的角度来分,可有隐喻、转喻、夸张、对偶、重复、反语、讽刺等,从作者使用表现手法的动机区分为象征、意识流等手法。诸多艺术表现手法存在于古今中外各类诗歌中,只不过各有侧重,而有些手法几乎是都会用到的,如叙述、抒情、描写、议论等。我国传统古典诗歌常用的表现手法有比喻、夸张、对偶等。民间诗歌常用赋比兴、重复、夸张等手法。西方诗歌多用隐喻、象征、意识流等。"五四"以来,现代的新诗人们广泛吸收各类表现手法,当然也包括民间诗歌中的表现方法,从而使新诗具有更加丰富的表现力。

一、从关注语言到关注诗歌表现手法

现代文学的先驱者和诗人们,最早是从关注民间语言开始关注民间文化,进而再从关注民间文化、民间文学到关注民间艺术表现手法。中国现代文学从诞生之日起就彻底否定了文言的"正宗"地位,提出了以"白话"为中国文学"正宗"的主张。在这个过程中,胡适和陈独秀显然是开山功臣,而且他们都率先提出了语言改革的建议。胡适在1917年1月的《新青年》杂志上发表了《文学改良刍议》,文章中提出的"八事"主张,即须言之有物,不模仿古人,须讲究文法,不作无病之呻吟,务去滥调套语,不用典,不讲对仗,不避俗字俗语。胡适的这种主张即是公开宣扬自己的文学主张和白话主张。同年2月,陈独秀的《文学革命论》措辞更加激烈,提出著名的"三大主义",即"曰,推倒雕琢的阿谀的贵族文学,建设平易的抒情的国民文学;曰,推倒陈腐的铺张的

古典文学,建设新鲜的立诚的写实文学;曰,推倒迂晦的艰涩的山林文学,建设明了的通俗的社会文学。"陈独秀的"三大主义"的主要宗旨就是"反对旧文学,提倡新文学",既反对旧文学中迂腐的思想内容,也反对其雕琢的语言形式。在提倡"新文学"过程中,既提倡包含各种"新鲜""平易"等的思想内容,同时也包括提倡以白话作为文学的正宗用语。陈独秀后来又特别强调,"独至改良中国文学,当以白话为文学正宗之说,其是非甚明,必不容反对者有讨论余地;必以吾辈所主张者为绝对之是,而不容他人之匡正也"[1]。由此可见,在胡适和陈独秀的文学改革意见中,语言的变革是其中的核心。所以,"文学革命"的首要目的就是以文学为根据地,推广一种妇孺皆知的白话文。众所周知,白话就是老百姓日常口头所用语言,就是存在于民间社会的民间语言,这种语言甚至包括各地方的方言。在这样一种大背景下,民间语言的文学意义和价值也得到了前所未有的发现和重视。

对民间语言的关注自然会过渡到对民间文学的青睐,而其主要目的则是希望为新诗的发展提供借鉴。"五四"前后的"征集歌谣运动"就是一场声势浩大的民间文艺运动。征集民间歌谣的目的就是为了寻找歌谣中的价值,以供各方研究和借鉴。或者说,他们一开始的目的主要是希望借歌谣的形式为新诗发展服务。在刘半农撰写的《北京大学征集全国近世歌谣简章》中曾这样阐明他们搜集歌谣的目的:"本会搜集歌谣的目的共有两种:一是学术的,一是文艺的。……从这学术的资料之中,再由文艺批评的眼光加以选择,编成一部国民心声的选集。意大利的卫太尔曾说'根据在这些歌谣之上,根据在人民的真感情之上,一种新的"民族的诗"也许能够产生出来'。所以,这种工作不仅是在表彰现在隐藏着的光辉,还在引起将来的民族的诗的发展:这是第二个目的。"[2] 由此可见,歌谣征集的一个重要目的就是为新诗创作提供参考。中国诗歌在抛弃传统诗歌的基础上开始重建,新的诗歌体式尚在探索之中,一切有益的资源都将被吸纳进来,当然也包括本土的民间资源。

"五四"时期的"歌谣征集运动"拉开了现代诗人关注民间歌谣的大幕。

---

[1] 陈独秀.再答胡适之:文学的革命//陈独秀著作选:第一卷.上海:上海人民出版社 1993:302.

[2] 刘半农.北京大学征集全国近世歌谣简章.北京大学日刊,1918-2-1.

这个一向被文人士大夫视为不能登大雅之堂,形式"粗鄙简陋"的民间歌谣,却被胡适、刘半农等人视为"真诗"而从此进入现代知识分子的关注视野。无论是民间诗歌中朴实清新、率真明朗的内容,还是通俗天然的民间语言,以及自由随性的表现形式都令现代诗人们向往。现代诗人在对民间文学向往的同时,也相继开始新诗创作上的民间实践。在此后的几十年间,创作各种极富民间色彩的新诗始终是许多诗人的追求。二十年代初,现代诗坛就涌现出一批自觉与不自觉地运用民间曲调、民间文学表现手法的现代诗人,他们率先创作出具有民间歌谣特点的作品,如刘半农、刘大白等人。刘半农的《扬鞭集》中的部分作品和《瓦釜集》就是这方面的成绩,刘半农甚至还用家乡的江阴方言和"四句头山歌"来写诗。三十年代的"左翼"诗人群自觉站在人民大众的立场上,在诗歌中表现民众的生活及斗争,创作出具有民间写实特征的长诗,在诗歌体式上则采用易于被民众接受的歌谣、鼓词、小调、儿歌等形式。四十年代的抗日救亡时期,为了抗日宣传,诗人们创作出民间体叙事诗、朗诵诗、街头诗、传单诗等诗歌形式,把诗歌的民间化推向深入。从二十年代到四十年代,从早期白话诗到解放区民歌体诗歌,诗人们在运用民间形式创作诗歌的过程中,大量运用民间艺术的表现手法和技法。这些艺术手法大多是民间文学常用的手法,如赋比兴、重复、夸张、排比、拟人等。民间表现手法已经成为现代诗人不自觉的选择,即便是一些没有明确标榜自己是模仿民间创作的诗人,他们也在诗歌创作中不自觉地在使用民间文学的各种表现手法。

二、民间表现手法的传承

我国民间诗歌的表现手法非常丰富,在漫长的历史进程中逐渐形成了适应老百姓欣赏习惯的各种手法和技法。我国最早的诗歌总集《诗经》其实就是一部民歌集,其主要表现手法"赋比兴"也是后世诗歌继承的重要表现手法,尤其是民歌。民间歌谣的创作者和欣赏者普遍都是文化程度不高的底层民众,这就决定了民间歌谣的内容和形式都要适应底层民众的欣赏习惯。在内容上,民歌离不开老百姓日常的生活和生产,以及他们的情感需求,所以也产生了不同的民间歌谣类型,如劳动歌、生活歌、时政歌、情歌、仪式歌、儿歌等。在艺术形式上,民间歌谣的表现方法同样也是要适应于底层民众的接受习惯,创作上重铺叙,语言上擅长白描。此外,民间歌谣还善用比兴手法,在句式上多用排比、复沓等手法。民间歌谣为了便于流传,也总具有一定的音乐性。

　　民间歌谣大多表现日常的生产生活及情感,所谓歌谣"皆感于哀乐,缘事而发"《汉书·艺文志》。民歌的情感真挚朴实而不抽象,叙述平实而不雕琢,易于被普通民众接受。民歌的这种特点显然不同于文人诗歌中的精致细腻、委婉曲折。我国古代叙事诗大多是出自民间或是具有民间色彩的作品。汉代叙事诗《木兰诗》《孔雀东南飞》就是在民间广为流传的诗歌。唐代杜甫的《兵车行》《石壕吏》,白居易的《观刈麦》《卖炭翁》等叙事诗也都是描写民间疾苦的作品。现代新诗在探索新的发展模式下,不断借鉴中外资源,其中也自然包括借鉴民间叙事诗的写法。我国古代叙事诗都有重叙事铺排的特点,其实这就是"赋"这种手法的运用。《木兰诗》以木兰替父从军的前前后后作为依托,循序推进,铺排有序而且细致,如"东市买骏马,西市买鞍鞯,南市买辔头,北市买长鞭。旦辞爷娘去,暮宿黄河边,不闻爷娘唤女声,但闻黄河流水鸣溅溅"。现代诗歌中也不乏善用铺排叙事的诗人,艾青就是这样一位典型的诗人。艾青是一位自觉为农民歌唱的诗人,他的诗歌从内容到形式都表现出明显的民间风格。艾青的诗在形式上具有一种散文美,他认为"散文是先天的比韵文美","新鲜而单纯","富有人间味,它使我们感到无比的亲切"。① 这里所说的"人间味"其实就是指符合人民大众的口味。艾青的诗大多是抒情诗,诗句是散文体的自由句式,却又有叙事诗的铺排叙事和细致刻画的特点。如《大堰河,我的保姆》一诗中,诗人用一连串的排比句来刻画大堰河日常的辛劳以及对我的关爱,"你用你厚大的手掌把我抱在怀里,抚摸我;/在你搭好了灶火之后,/在你拍去了围裙上的炭灰之后,/在你尝到饭已煮熟了之后,/在你把乌黑的酱碗放到乌黑的桌子上之后,/在你补好了儿子们的为山腰的荆棘扯破的衣服之后,/在你把小儿被柴刀砍伤了的手包好之后,/在你把夫儿们的衬衣上的虱子一颗颗地掐死之后,/在你拿起了今天的第一颗鸡蛋之后,/你用你厚大的手掌把我抱在怀里,抚摸我。"语言单纯质朴,娓娓道来,一个个场景既像是一幅幅连环画,又像是由叙事串起的一个个感人的故事。艾青写于抗战时期的抒情长诗《火把》更是在抒情中夹有多段叙事,"四个中国兵走拢来走拢来/用枪瞄准他们/瞄准那个日本军官瞄准奸商汉奸/瞄准汪精卫/在四个兵一起

---

① 艾青.诗的散文美//艾青全集:第三卷.石家庄:花山文艺出版社,1991:65.

的/是工人农人学生/他们一齐拥上去/把那些东西扭打在地上/连那个女人都伸出了拳头/那个农夫又给那个跪着求饶的汪精卫猛烈的一脚/那个学生向着街旁的群众举起了播音筒……"用朴实的语言在诗歌中叙事其实就是一种"赋"的手法,这种写法在现代新诗中非常普遍。艾青的诗主要是抒情诗,还有更多诗人就是用叙事的方法直接创作叙事诗,而叙事诗本身就具有民间特性。从三十年代的"左翼"诗人的创作,如蒲风、温流、田间等人的长篇叙事诗,到四十年代解放区民歌体叙事诗的蔚然成风,这种颇具民间色彩的现代诗体已逐渐成熟。

民间歌谣善用比兴,从《诗经》时代便如此。比兴包含"比"和"兴","比"即我们通常所说的比喻,而"兴"则复杂一些。"凡兴者,所见在此,所得在彼,不可以事类推,不可以理义求也"(郑樵《六经奥论》)。"兴者,先言他物,以引起所咏之词也。"(朱熹《诗集传》)。民间歌谣之所以善用比兴,多是因为诗歌创作于生产劳动之时,创作时多取眼前之景,表心中之情,注重给欣赏者以形象的感受,摹声状形,给人以浓郁的乡土文化的感受。虽然从古代诗歌的创作来看,比兴已成为传统诗歌创作的常用手法,不再是民间文学独有,但这两种起源于民间的表现手法依然有着鲜明的民间特色。"比"这种手法较为常见,易于理解,不管是在民间文学还是文人作品中都是常用手法。现代诗人对"兴"的使用其实已经成为一种不自觉的选择,并不限于解放区民歌体对比兴手法的成功运用。现代新诗在经历了早期白话诗的"直言其事""直抒其情"之后,逐渐开始进入"借物抒情"和"以物起情"阶段。其实,这种"以物起情"就是回归到传统诗歌的"兴"的运用上。徐志摩的《再别康桥》中,诗人由"河畔的金柳"生发出故人的情怀,由"榆荫下的一潭"联想起往日的幻梦。林徽因的《深夜里听到乐声》中,由深夜里的乐声进而生发出忧伤的情怀。方玮德的《风暴》由自然界的风暴联想到自己内心的风暴。这些用法都可以视为"兴"的用法,但似乎较为隐蔽。现代新诗中,大规模运用比兴手法的还应该算是解放区的民间体叙事长诗。这些叙事长诗中的比兴手法往往来自对民歌形式的改造,最具代表性的当是李季的《王贵与李香香》和阮章竞的《漳河水》。李季的《王贵与李香香》运用了陕北信天游的形式并加以合理改造。"信天游"本来就是两句为一小节,灵活多变,即兴抒情,并表达一个完整的意思,多以对唱、联唱为主要形式。现在,诗人仍以两句为一节,把数十节连缀起来。

"信天游"本来就是以"比兴"为主要手法的民歌体,《王贵与李香香》的创作成功首先要得益于对传统民间资源的成功借鉴。"山丹丹开花红姣姣,香香人材长得好",前一句是既是"比",又是"兴",启发读者想象,同时创造出一种诗的意境,为赞美主人公做了铺垫。"地头上沙柳绿蓁蓁,王贵是个好后生","羊羔子落地咩咩叫,王贵虽小啥事都知道",也都是精彩的比兴用法。所以,综观现代新诗,"兴"这种艺术表现方法其实有着非常广泛的影响力,但长期以来对此认识不足。

民间歌谣是一种口头艺术,为了便于传播,往往重视诗歌的音乐性。这种音乐性不仅体现在善用一些双声叠韵的词,还表现在音韵自然,朗朗上口,有一定的押韵。我国民族众多,不同民族的民歌的押韵情况并不一致。"一般押脚韵,在句末押韵,也有押头韵的(如蒙古族民歌),在句子的第一个音节押韵,还有押腰韵和腰脚韵的……有些民族的民歌不押韵而以句式的整齐节奏与对偶形成格律。当然,还有些民族的民歌是自由体的长短句,有的也不押韵。"[①] 所以,民间歌谣的押韵较为灵活,不似多数古代文人诗歌的固定韵律。现代诗人受到民间诗歌韵律的启发,试图去创造一种既有押韵的音乐美感,又没有僵化的格律束缚却又韵律灵活的诗歌体式。综观现代新诗的韵律,总体来说都非常灵活,并无严格限制。二十年代的"新月诗派"应该是最为讲究新诗格律的,但新月派诗歌中大部分诗歌所使用的格律也是较为灵活的。有些诗歌的创作则不太注重诗句的押韵,而是有诗歌的内在韵律,如艾青的诗歌。现代诗歌的这种灵活用韵的方式,既保留了诗歌的固有特性,也有了更多自由创作的空间。

总之,不管是赋比兴的手法,还是民歌的音韵等各种艺术表现方法,在现代诗歌中都得到了广泛的运用。现代诗歌在自觉与不自觉中借鉴了这些手法,不仅丰富了诗歌的表现形式,也增添了浓郁的民间色彩。

三、常见民间修辞的运用

民间文学在创作和传播的过程中,为了能更加易于被大众理解和接受,内容往往是通俗化、大众化的,艺术形式上也总是老百姓喜闻乐见的。此外,民

[①] 段宝林. 中国民间文艺学. 北京:文化艺术出版社,2006:118.

间文学为了增强艺术表现力,还有一些常用的修辞手法,如对比、夸张、排比、重复、设问等。当然,这些修辞也会用于其他的文学中,但是却被更广泛地用于民间文学中。之所以如此,是因为这些修辞无一例外地会突出艺术效果,强化艺术感染力,这对于文化层次不高的创作者和接受者都是非常重要的。

对比、夸张经常会出现在一些民间歌谣中,以表达强烈的感情或达到某种艺术效果。普通民众的艺术感受力相对薄弱,曲折委婉的方式不易被接受,而对比、夸张等方式较为直接,显然被接受效果较好。《诗经》中《硕鼠》一诗就用对比的手法刻画了贪婪凶残的奴隶主和悲惨的奴隶形象。一面是"三岁贯汝",一面是"莫我肯顾",表达了强烈的愤慨之情。这种对比手法也被广泛用于现代民歌体新诗中,"中国诗歌会"诗人石灵曾创作过多首民歌体诗歌,有一首诗的名字就叫《现代民歌》,其中"月亮弯弯高又高,/弯来弯去像镰刀,/多少人丰衣足食不卖力/多少人吃辛受苦没柴烧"。诗歌具有典型的民歌风味,其中的对比透露着不满和讽刺。对比时常与夸张结合在一起,夸张的对比更能突出艺术效果。类似的写法在四十年代国统区的山歌体诗歌中更为常见。马凡陀的诗歌以揭露国统区的各种黑暗腐败为主要内容,带有一定的批判性和讽刺性。《"外汇放长"后的上海》以讽刺性的口吻描述上海疯狂的物价,"这也涨,/那也涨,/东也涨,/西也涨,/是东西涨,/不是东西也涨",一切都在涨,只有薪水不涨反跌,"你们涨得凶,/薪水阶级跌得重,/你们涨得脸儿红,/薪水阶级跌得青又肿"。这种既对比又夸张的写法深得民歌的精髓,既带有讽刺,又诙谐,是一种典型的"嬉笑怒骂皆文章"的民歌体。

民间歌谣在句式上善用排比、复沓手法,一方面是为了语气上的加强,另一方面也是为了易于传播。民间歌谣的内涵普遍并不复杂,但针对文化层次不高的民众,为了易于被接受,朗朗上口且便于流传,采用排比、复沓等方法就非常必要。这种复沓的手法同时也是劳动节奏重复的艺术表现。从《诗经》的体式就可看出,大多诗歌的结构都是由相似的几个单元组成,只是更换几个字,句式也是相似的,后世的乐府、词曲都有类似的特点。现代新诗中这种复沓式的结构不在少数,有的是相似的字句在诗歌中反复出现,构成了诗歌的主旋律,如艾青的《雪落在中国的土地上》这首诗,其中"雪落在中国的土地上,寒冷在封锁着中国呀"两句诗在全诗中反复出现了几次,成为全诗的基调。他的《大堰河——我的保姆》一诗中,诗人几次深情地呼唤"大堰河,我的保姆",构成了全诗抒情的基调。冯至的长篇《蚕马》中,诗歌的三大部分,从"父亲远离,骏马为女孩寻父",到"寻回父亲,骏马被拒绝",到最后一部分"骏马被杀,与女共化蚕",有着极为相似的结构。徐志摩的《再别康桥》,它的首尾两段也是相似的重复,形成一种回环往复的音乐效果。现代新诗中除了有这种结构重复的特点,还存在相邻语句相似构成排比的现象,这种排比主要是为了强调语气、强化情感。现代诗人中艾青最擅长用排比,往往一口气连续多个排比。虽然在民间诗歌中也很难见到这样的排比,但这种特点多少来自民间资源。艾青在一九三四年,还在狱中的时候,创作了诗歌《铁窗里》,这首诗最有特点的地方,就是通篇大段的相似语句的排比。诗歌描写了狱中的作者透过唯一的窗去回忆和怀念,"看见熔铁般红热的奔流着的朝霞;/看见潮退后星散在平沙上的贝壳般的云朵;/看见如浓墨倾泻在素绢上的阴霾;/看见如披挂在贵妇人裸体上的绯色薄纱的霓彩;/看见去拜访我的故乡的南流的云;/看见拥上火的太阳的东海的云;/看见法兰西绘画里的塞纳河上的晴空;/看见微风款步过海面时掀起鱼鳞样银浪般的天"。这种大段的排比句往往最能给人以强烈的感染力。

设问这种修辞方法在民间诗歌中也有广泛的运用,这种有问有答的方式可以引起读者对重要内容的关注,尤其对阅读欣赏力不高的普通民众来说,显得尤为重要。《诗经》中的这种设问修辞就有运用,如《卫风·河广》中:"谁谓河广?一苇杭之。谁谓宋远?跂予望之。"《齐风·南山》中:"娶妻如之何?必告父母","娶妻如之何?匪媒不得"。后世文人诗歌中也有这种运用,如贺知章的《咏柳》中:"不知细叶谁裁出?二月春风似剪刀。"现代新诗中,诗人为了表达需要,也有设问修辞的运用,如刘半农的《游香山纪事诗》中,"问农犯何罪?欠租才五斗"。艾青的《雪落在中国的土地上》中,"那破烂的乌篷船里/映着灯光,垂着头/坐着的是谁呀?/——啊,你/蓬发垢面的少妇"。设问手法的使用无疑使得诗歌趋于口语化和通俗化,也更有生活气息。

这些艺术表现手法和修辞用法虽然不是仅仅用于民间文学,却是民间文学最喜用和多用的。这些表现手法被现代诗人移植到新诗创作中,无疑丰富了诗歌的表现方法。在打破传统旧诗词的格局下,借鉴、移植以及继承都是现代诗人不断尝试的路径。由于民间资源的介入,现代新诗虽"推翻"了旧诗,却又不至于割裂传统。在保护新诗的民族性上,民间资源的介入起到了重要的作用。除此以外,民间表现手法的使用,也使得新诗在一定程度上与普通大众更近了一步,也更接近了"平民"文学,这与新文学之初,胡适、陈独秀等人的提倡和号召也是一致的。

第四节　现代叙事诗的民间形态

　　叙事诗自古以来就与民间世界有着千丝万缕的联系。现代叙事诗作为新诗中重要的一种诗歌体式,其与民间文化传统也同样有着深刻而复杂的联系。无论在题材、语言还是在表达方式上,现代叙事诗都刻有鲜明的"民间"烙印。从"五四"时期,历经二三十年代,一直到四十年代,随着时代的发展,叙事诗的数量逐渐增多,其民间形态也呈现出种种不同。这种民间形态不仅表现在叙事诗的取材特点上,也表现在民间形式以及民间手法的运用上。

一、一脉相承的民间传统

　　叙事诗这种文体,自古以来就有着深厚的民间传统。可以说,民间性几乎是叙事诗的特性。中外文学史也证明,世界各民族的史诗和叙事诗无不起源于民间,流传于民间。古希腊时期的长篇史诗《荷马史诗》中的《伊利亚特》和《奥德赛》最早就是流行于民间的短歌,后经盲诗人荷马整理而成。所以,《荷马史诗》是一部了解当时社会状况的重要作品。印度史诗《摩诃婆罗多》和《罗摩衍那》最早也都是在民间口口相传的诗歌。我国古代叙事诗最早见于《诗经》,其中就有不少描写民间百姓生活和情感的作品。《卫风·氓》《豳风·七月》等就是《诗经》中较有代表性的叙事诗。《诗经》中的叙事诗开了"我国的汉语诗的'叙事'之先河"[①]。两汉及魏晋南北朝时期的乐府民歌是这一时期的重要诗歌,其中影响最大的就是叙事诗。汉代著名的叙事诗《东门行》《孤儿行》《陌上桑》《孔雀东南飞》《木兰诗》等都是下层民间百姓通过歌唱叙说自己的喜怒哀乐和生活遭遇的作品。诗歌不仅在题材上表现民间疾苦,表现形式上也具有民间色彩。唐代也是叙事诗大繁荣的时期,我们所熟知的杜甫

---

① 高永年.中国叙事诗研究.南京:江苏教育出版社,2002:8.

的《兵车行》和"三吏""三别",白居易的《卖炭翁》《琵琶行》都是民间社会的写照。唐以后的叙事诗虽然少有广为流传的经典之作,但依然在曲折中取得了一些令人瞩目的成就。总之,历朝历代的叙事诗都摆脱不掉与民间世界的关联。首先,取材于民间的题材占大多数;其次,由于叙事诗的通俗性和故事性,即便不是民间的题材,也会在民间广为流传,带有一定的民间色彩,如白居易的《长恨歌》、吴梅村的《圆圆曲》等。所以,无论在何种意义上,叙事诗都与民间文化形态有着密不可分的联系。现代叙事诗当然也不例外。

现代文学史中,普遍认为发表于1920年12月沈玄庐的《十五娘》是现代叙事诗的开端,朱自清曾将其称为中国现代文学史上的"第一首叙事诗"。朱自清甚至认为新诗走了一条现代化的路,"只向抒情方向发展,无须叙事的体裁"[①]。朱自清这么认为,大概也是觉得"完整的叙事"才是真正的叙事诗。因为有许多研究者将新文学初期的白话叙事小诗也都看作是叙事诗,如胡适的《人力车夫》、何值三的《晚年》、刘半农的《相隔一层纸》、刘大白的《卖布谣》和《田主来》等。这样一来,似乎现代叙事诗的起步也很早,但仔细分析,这些早期"白话叙事诗"往往只是描写生活中的某个场景或片段,并没有完整叙事的特点。而且,新文学初期的诗人们也并没有把这种诗当作是叙事诗来写,他们更多的是让解放了的新诗去表现更广阔的社会画面,尤其是在"启蒙""民主"等意识中对民间疾苦的关注。

尽管将早期叙事诗的范围扩大,但真正意义上的叙事诗相对于当时的抒情诗还是起步较晚。"五四"时期的"文学革命",大家把关注的焦点主要集中在抒情诗上,似乎没有太多的人去革"叙事诗"的命。之所以会出现这种状况,主要是因为叙事诗在我国古代诗歌中就不是很普遍,较之抒情诗,总体作品数量要相对偏少。所以,多数现代诗人还没有来得及去关注叙事诗的问题,即便是创作了一些简短的"白话叙事诗",但他们自己也不认为是真正的叙事诗。"文学革命"以后,当抒情白话诗已经取得相当的成就之后,叙事诗坛还相当冷寂。直到第一首叙事长诗《十五娘》的创作发表,才打破了这种沉寂。随后,冯至和朱湘的叙事诗的出现成为早期叙事诗中最令人瞩目的作品,奠定了现代叙事诗的基础。总体上,早期叙事诗的数量还不是太多。多数诗人在新诗

---

① 朱自清.新诗杂话.北京:生活·读书·新知三联书店,1984:86.

草创时期以写作抒情诗为主,写叙事诗也只是偶尔为之,如郭沫若、闻一多、王统照、冯至、朱湘等都创作过大量抒情诗,而叙事诗则相对较少。所以,郭沫若的《洪水时代》,闻一多的《李白之死》《渔阳曲》,王统照的《独行的歌者》等叙事诗,在他们的全部作品中都是少数。尽管如此,我们仍然可以从这些为数不多的作品中看到一些共性的东西,那就是包含一定的民间元素,呈现出一定的民间形态。这种民间形态主要表现在诗歌的题材、主题、表现方法等方面与传统叙事诗有一定的承继关系。

现代叙事诗的真正繁荣时期是从二十年代后期开始,一直到四十年代中后期,这一阶段的叙事诗创作已经确立了现代叙事诗独立的诗体地位。现代叙事诗之所以能在这一阶段得到长足的发展,有其必然的原因。二十年代后期开始,社会矛盾和社会斗争日益加剧,每天都有惊心动魄的事件发生,这就要求诗歌能够反映广阔的现实生活。后期"创造社""太阳社"和"中国诗歌会"等诗人创作的"革命"叙事诗就反映了那个时代的许多重大事件,如殷夫的长篇叙事诗《在死神未到之前》《一九二九年的五月一日》,钱杏邨的《暴风雨的前夜》,柔石的《血在沸》都直接或间接反映了"四·一二政变"这一重大历史事件。此外,还有相当数量的叙事诗在表现民间的苦难以及顽强的抗争,如蒲风的一系列叙事诗《六月流火》《茫茫夜》等诗就反映了农民革命意识的觉醒。与此同时,左翼诗人们还能自觉运用通俗易懂的民间语言以及民间形式进行创作。所以,三十年代的叙事诗的民间形态一方面表现在对民间社会的描述上,另一面则是表现在民间形式的运用上。抗战时期,尤其是进入到相持阶段,抗战初期的兴奋和激昂逐渐被理性和冷静代替,战争初期的利于宣传的短小诗歌也逐渐被叙事诗代替。诗人们也开始深入生活,冷静思索,创作出大量叙事诗。这一时期的叙事诗继承了三十年代叙事诗民间写真的传统,而且在更大范围内、更深的层次上利用了民间资源,从而形成了抗战后期民歌体叙事诗的繁荣。

二、民间传奇与民间写实

现代叙事诗的民间形态首先表现在题材的选择上。综观现代阶段的叙事诗题材,其民间形态主要表现在这样两方面:一是取材于民间故事或神话传说,或是对历史故事的演绎;二是对民间社会的描绘。而且这两大类不同的民间题材大部分出现在不同的时代,前者大多出现在二十年代,而后者主要出现在三四十年代。二十年代的叙事诗在题材上直接取材于现实生活的并不多,除却早期少数的白话叙事短诗和现实题材长篇叙事诗,多数有着浓厚的民间气息或者是旧的传统气息。"诗体大解放"之后,正当抒情诗在朝着现代化的方向快速转型的时候,现代叙事诗则似乎慢了半拍,在创作上仍取法于传统。二十年代叙事诗题材的这种特点,的确是一个十分值得关注的现象。究其原因,一方面是由于新诗与传统母体仍保持着深刻的精神联系;另一方面可能是由于二十年代的文化气氛相对还算宽松,政治斗争和阶级斗争形势还远没有三四十年代那样严峻,叙事诗的选材也就没有完全局限于现实,而更多了一些想象的空间。叙事诗题材到了三四十年代,由于复杂的时代背景,则更倾向于反映民间社会的苦难与斗争。

首先来看第一类叙事诗,他们的取材或者是具有传统民间色彩的民间故事与传奇故事,或者是神话传说,还有就是对历史故事的演绎。这部分叙事诗有个共同的特点,就是带有虚构性、传奇性甚至是神秘性,即便是历史故事也带有一定传奇色彩。沈玄卢的《十五娘》,仅从题材上来看,虽然是一个现代故事,但却有着古老的原型。我国古代诗歌中,甚至是民间故事中,就有许多类似的故事。由于丈夫被迫去服劳役或兵役而一去数年,留下妻子长年守候,最后,却等来了丈夫客死他乡的悲惨消息,如我们熟知的民间传说故事《孟姜女》,还有一些"思妇"一类的诗歌。《十五娘》的故事是现代的,丈夫"十五"由于贫困而外出做工,最后不幸被掘路的机器轧死,而老板还隐瞒了死讯。这和古代的许多故事有着雷同的故事情节,不仅表现了女性对爱情的忠贞,也控诉了残酷的黑暗社会。朱湘的叙事诗的民间意味更重,《王娇》取材于《今古传奇》中收录的话本小说《王娇鸾百年长恨》,是一个传统的"痴心女子负心汉"的故事。情节曲折生动,颇能扣人心弦,有些类似于民间说唱一类的故事形式。

冯至的几首叙事诗大多取材于民间传奇故事,民间色彩颇为浓厚。《帷幔》是一个让人感慨唏嘘的古老民间传说,是一对男女青年因误会而引发的悲剧故事。故事发生在不知道什么年代的太行余脉的一个尼姑庵里,十七岁的少女因为听说要嫁给一个丑陋愚蠢的男子,毅然决然地选择逃婚,来到尼姑庵出家为尼。然而后来,由于偶然的机会,她见到了那位男子。原来他并非丑陋愚蠢的男子，而是一位英俊青年。这位青年也因为未婚妻抛弃他，也抱定终身不婚的念头，最后在僧院出家。少女在痛苦悔恨中一病不起，"她不知病了多少时，嫩绿的林中又听见了鹧鸪。山巅的积雪被暖风融化，金甲的虫儿在春光里飞翔；她的头儿总是低沉着，漫说升天成佛，早都无望。只希望将来有那么一天，被葬入三尺的孤坟。"最后，把全部情感寄托在绣帷幔上，帷幔上绣着她对人间的向往。这是多么令人无奈的"阴差阳错"的故事，命运的无常与残忍有时是无法抗拒的。

在《吹箫人的故事》中，诗人为我们讲述了一个发生在遥远的中古时期的传说故事，整个故事充满了神秘的气氛。那个生活在世外、擅长吹箫的青年，偶然的机会，终于寻到了理想的爱情，寻到了能与他合奏的女郎。但是，门不当户不对的婚姻不为世俗所容，女郎一病不起。为了治好女郎的病，青年不得不以洞箫下药，治好了女郎的病。父母因感动同意了婚事，然而，"月下的人儿一双，／箫却有一枝消亡"。青年也因思念洞箫而重病不起……女郎也"最后把她的箫，／也当作惟一的灵药；完成了她的爱情，／拯救了他的生命"。这仿佛是一种宿命，这对相爱的男女必须牺牲自己最宝贵的洞箫才能结合，然而失去了美妙箫声的生活又是多么空虚。诗歌的结尾唱道："剩给他们的是空虚，／还有那空虚的惆怅——／缕缕的箫的余音，／引他们向着深山逃往。"这人世间互相牺牲的爱情固然可贵，但那远离人世的理想世界也实在令人无限向往。理想与现实的矛盾是多么难以协调！这也正是人类时常面临的生存困境。诗人在具有民间传奇色彩的故事中蕴含着对人生的独特思索。

冯至的《蚕马》也是一首奇异的叙事诗，整首诗仍然是带着中古时期的神秘氛围。诗歌根据干宝《搜神记》中的《马皮蚕女》改编成了一个凄美动人的爱情故事。那匹马儿替姑娘寻回了父亲，但姑娘却不肯兑现诺言嫁给马儿。痴情的马儿等来杀身之祸，却"用马皮裹住了她的身体，／月光中变成了雪白的蚕茧"。马儿的痴情和执着令人动容。现实生活中无法实现的愿望，却用"暴力"如愿以偿，这也正是许多民间故事常有的相似情节。

现代叙事诗中，还有部分神话色彩极其浓厚的作品。郭沫若的诗剧《女神之再生》取材于我国远古时期的女娲炼石补天的神话。带有抒情意味的叙事诗《凤凰涅槃》取材于古老的阿拉伯神话和我国的凤凰传说。王统照的《独行的歌者》也是一篇带有神话色彩的长诗，其中的"海之女"是一个带有神性的形象,整首长诗笼罩在神话气氛中。早期叙事诗还有一部分是取材于历史人物或历史故事,如郭沫若的《洪水时代》取材于传说中大禹治水的故事,尤其是民间流传的大禹妻子"望夫归"的感人情节。诗中写道:"等待行人呵不归,滔滔洪水呵几时消退?不见净土呵已满十年,不见行人呵已满周岁。儿生在抱呵儿爱号咷,不见行人呵我心寂寥。夜不能寐呵在此徘徊,行人何处呵今宵?——唉,消去吧,洪水呀!归来吧,我的爱人呀!你若不肯早归来,我愿成为那水底的鱼虾!"诗人也是借助这样的民间传说歌颂古代的英雄,进而联想起近代的劳工。闻一多的《李白之死》也是一篇神奇的叙事诗。千百年来,民间流传着各种关于李白之死的传说。闻一多在这里生动地叙述了李白醉酒后,扑入水中捞月的民间传说。闻一多的《渔阳曲》更是一篇利用民间曲艺中的"渔阳鼓曲"进行创作的一首叙事诗。历史上,曾经有祢衡击鼓骂曹的故事,这也是我国传统的故事和戏曲题材。诗歌中,鼓手借着震撼人心的鼓声去痛斥那些国贼、奸雄,听得这些人个个面如土色,达到了"祢衡骂曹"的效果,这在主题思想上甚至也借鉴了历史或戏曲故事。总体来说,早期的现代叙事诗在取材上表现出较明显的民间性质,较多地继承了传统叙事诗的取材特点。

另一类关于民间写实的叙事诗,主要出现在三四十年代。与二十年代的叙事诗不同,三四十年代的叙事诗不再是带有旧的传统印记的传奇故事了,而是民间现实社会的写真。古代叙事诗中就一直有着这种传统,尤其是在社会动荡、民不聊生的时代。叙事诗总会自觉地去描写民间的疾苦、悲愤与抗争,如杜甫的《石壕吏》《兵车行》,白居易的《卖炭翁》《观刈麦》都是此类叙事诗。与抒情诗相比,叙事诗在表现民生疾苦上显然有着明显的优势,诗歌容量相对增大,不管是写人还是叙事,都能够更为深入和细致。三十年代的"中国诗歌会"在长篇叙事诗的创作上作出了重要贡献。蒲风的《六月流火》《可怜虫》、王亚平的《十二月的风》、杨骚的《乡曲》、穆木天的《守堤者》、温流的《我们的堡》等长篇叙事诗都是这一时期的叙事诗代表作。这些叙事诗均取材于那个时代的民间社会,不仅表现了普通百姓的悲欢离合,还能注意捕捉现实中的重大题材。这些诗歌不仅内容充实,而且故事性强,颇受人民大众喜爱。"这些作品用叙事的体式对三十年代的社会生活作了动态的整体的反映,它们在题材的现实性,思想的先进性和表现形式的规模上都超越了此前的新诗叙事诗的创作。"①蒲风的《六月流火》是"中国诗歌会"叙事诗的一篇力作,诗歌围绕着农民反抗修筑公路事件为中心,描绘了军事上"围剿"与"反围剿"的斗争。国民党反动派为了进攻革命根据地,要在王家庄筑路,农民们掀起了斗争狂潮,如"决堤的滚滚黄河水,/谁有力量去堵住?/呵呵!原始的武器在挥,在舞,/田野里今天伸出了反抗的手!","王家庄里/老老幼幼,大大小小/都起来了:/铁黑的手/要建造起铁黑的城墙,/每一颗赤心,/为着时代,/共着时代/'共存'或'死亡'!"最后,终于在红军的配合下,斗争取得了胜利,建立了人民政权。这首诗揭露了反动统治者的罪行,较为真切地反映了国民党反动派的反革命围剿和共产党领导的工农革命的深入。杨骚的《乡曲》则真切地反映了三十年代农村的破产和骚动,表达了农民革命意识的觉醒。田间的《中国农村底故事》以一千四百多行的诗句以及"三部曲"的形式,叙写了中国农村社会在三座大山的压迫下的贫困景象。三十年代的长篇叙事诗以关注现实为主,正如蒲风所说:"我们必须了解诗歌是现实生活之反映。"②蒲风还盛赞诗人温流的诗歌:"温流的伟大的贡献是:描写现实,表现现实,歌唱现实,而且尤其重要的是针对现实而愤怒,而诋毁,而诅咒,而鼓荡歌唱。"③这种现实主义创作追求可以看成是对三十年代,乃至四十年代叙事诗民间写实的最好注脚。

  抗战时期的叙事诗继续了三十年代叙事诗的民间写实传统,叙述着当时社会的方方面面。这里有叙写战争与战士的诗篇,也有写农民翻身求解放的诗篇。艾青的叙事诗《他死在第二次》和《吹号者》塑造了两位为了保卫祖国而英勇战斗,最后壮烈牺牲的战士形象。《他死在第二次》写了一个农民出身的英勇战士伤愈后走出医院,换上"几个月之前的草绿的军装",重返抗日前线,在勇敢挺进中被"在燃烧着的子弹/第二次——也是最后一次呵——/穿过他的身体的时候/他的生命/曾经算是在世界上生活过来的/终于像一株/被大斧所砍伐的树似的倒下了"。《吹号者》中的那位"吹号者","他被

---

① 龙泉明.中国新诗流变论.北京:人民文学出版社,1999:204-205.

② 蒲风.怎样写"国防诗歌"//黄安榕、陈松溪.蒲风选集(上).福州:海峡文艺出版社,1985:684.

③ 蒲风.几个诗人的研究·温流的诗//黄安榕、陈松溪.蒲风选集(下).福州:海峡文艺出版社,1985:887.

一颗旋转过他的心胸的子弹打中了！／……然而,他的手／却依然紧紧地握着那号角……"这些诗歌是对抗日先烈们的伟大牺牲精神的礼赞,这种现实性的叙事诗要比单纯的抒情诗具有更强大的感染力。柯仲平的长篇叙事诗《边区自卫军》以类似小说的叙事功能为我们讲述了边区农民武装痛击汉奸的故事,谱写了一曲边区自卫军保卫边区的颂歌。臧克家的叙事诗《古树的花朵》为我们塑造了抗日英雄范筑先的形象,讲述了范筑先从发动群众、组织群众到顽强斗争、壮烈牺牲的英雄事迹。

解放区的叙事诗大多数与农民参加革命和翻身求解放有关。最著名的叙事诗《王贵与李香香》抒写了王贵与李香香这一对青年农民的革命和爱情的故事,非常生动地反映了陕北三边劳苦农民在第二次国内革命战争时期,在党的领导下所进行的革命斗争的史实。阮章竞的《漳河水》则反映了太行山区妇女在封建传统习俗的野蛮压迫下遭受的苦难以及她们在共产党领导下获得了解放和新生。还有张志民的《王九诉苦》《死不着》《野女儿》等诗都是写解放区农民反霸诉苦,翻身后的喜悦以及踊跃参军等故事。晋察冀边区的现代叙事诗创作虽然风格上和延安解放区有所不同,多数是一种抒情写实的风格,但仍然以叙事诗的长处去书写民间社会的方方面面。如孙犁的叙事诗《儿童团长》《梨花湾的故事》《白洋淀之曲》《春耕曲》等,劭子南的《大石湖》、曼晴的《巧袭》、丹辉的《红羊角》等诗歌,它们或是写平凡的故事,或是写战争中的风云际会,均具有深广的社会容量。

所以,三四十年代的叙事诗主要是对现实世界的描绘,从这种意义上来说,这些诗歌也是具有民间性的。二十年代和三四十年代的叙事诗分别以不同的民间特性折射了它们与民间文化之间的深刻渊源。

三、民间形式与民间韵味

现代叙事诗的民间性还表现在诗歌的艺术形式上面。二十年代的叙事诗在内容上与传统接近,在艺术形式上也呈现出较多传统的民间色彩,而且,这种民间色彩是一种"旧"的民间色彩。新诗中第一首叙事诗《十五娘》从内到外都浸染着浓郁的民间味。先从诗歌的题目来看,已经有着明显的民间标志了。"长篇叙事吴歌多有此类称谓,如《五姑娘》《沈七哥》《薛六郎》等,以主人公的名字为题,叙说其性情遭际,悲欢离合。"① 从诗歌的语言风格和形式上来看,更有着明显的民间特征。《十五娘》在语言上很有民谣的风味,诗句长短错落,而且一韵到底,在尾韵上全部押"ang"韵,读来十分好听上口,如:"月光照着纺车响,/门前河水微风漾,/一缕情丝依着棉纱不断地纺。/邻家嫂嫂太多情,/说道'十五娘,你也太辛苦了。/明朝再作有何妨?'/伊便停住车,但是这从来不断过的情丝,/一直牵伊到枕上。/梦中还是呜呜,接着纺。"诗人沈玄庐的旧诗词造诣颇深,在诗词曲赋上有很好的修养,从这首一韵到底的诗歌就能见出其功底之深。

朱湘的叙事诗《王娇》在形式上的民间性更加突出。诗歌的开头就是一个颇具民俗色彩的"上元节看灯"的场景,一下子把读者带进了故事的民间氛围中,这也体现了诗人匠心独具的构思。尤其值得注意的是,诗歌的语言形式及其所形成的诗歌风格也都是具有民间风味的。沈从文认为朱湘的诗,"承受了词曲的文字,也同时还承受了词曲的风格",并对他在诗歌创作上的试验大加肯定,"其中《王娇》那种写述的方法,那种使诗在'弹词'与'曲'的大众的风格上发展,采用的也全是那稍古旧一时代所习惯的文字,这个试验是尤其需要勇敢与才情的"②。显然,这里的"曲"和"弹词"都是古代在民间流行的文学形式,如"弹词"是民间说唱文学的一种形式,至清代发展为一种独立的艺术形式。诗歌借用弹词的形式,形式整齐、押韵而富有变化,韵律和谐自然,有着鲜明的民间说唱风格。闻一多的《渔阳曲》在形式上利用一种情绪激昂的民间鼓曲,又叫"渔阳参(掺)挝"。《世说新语·言语》中,"祢衡被魏武谪为鼓吏,正月半试鼓,衡扬枹为《渔阳掺挝》,渊渊有金石声,四座为之改容"。所以,这种曲调形式古已有之。闻一多借此早已在民间流传的形式,以击鼓者的鼓声来怒斥国贼奸雄。诗歌用语言来模拟鼓点的节奏和韵律,"叮东,叮东","不同,与众不同","真个与众不同"等语句在全诗中不断地有差异地重复出现,既表示节奏的不断推进,同时又表示曲调的变化。所以,整首诗看起来像一首用鼓曲来伴奏的民歌。

---

① 普丽华.早期现代长篇叙事诗的民间情结.华中师范大学学报(人文社会科学版),2001(2).

② 沈从文.论朱湘的诗//抽象的抒情.上海:复旦大学出版社,2004:219-220.

二十年代的叙事诗对民间形式的借用与传统取材融为一体，整体上是一种怀旧的风格。虽然这些诗歌一律承载着诗人的现代意识，但是它的"旧"形成了早期叙事诗的独特风格。而三四十年代的叙事诗虽然也有许多民歌体，甚至也有利用民间说唱形式创作的诗歌，但已不似先前叙事诗那样具有浓厚的传统气息了。

三四十年代的叙事诗的民间形态，往往同时具有鲜明的现代性。诗人所采用的民间形式，比如民间歌谣，也是现代口语的民谣，是俚俗的民谣，都是老百姓喜闻乐见的。为了诗歌的"大众化"，从语言到形式，再到具体的表现方法，都尽可能采用大众容易接受的"民间方式"。叙事诗不同于一般抒情诗，它有具体的人物或完整的事件，这对于普及有一定益处。但是，由于叙事诗篇幅较长，要想使得诗歌通俗上口，易于大众接受，在表达方式上的要求更高。"中国诗歌会"的诗人在这方面做出了努力，他们的叙事诗在整体上属于自由诗，但在具体的写法上，如在词语、句式的选择，韵脚的使用和民歌技巧的使用上融入了较多的民歌因子。如蒲风的《六月流火》中一些句式的使用："铁流哟，到头人们压迫你滚滚西吐，／铁流哟，如今，翻过高山，流过大地的胸脯，／铁的旋风卷起了塞北沙土！／铁流哟，逆暑披风，／无限的艰难，无限的险阻！／咽下更多数量的苦楚里的愤怒，／铁流的到处哟，建造起铁的基础！"这一段采用了排比句式，这是民歌里常用的技巧，一系列的铺排增强了诗歌的表达效果。而且，诗歌的句式虽不整齐，却押尾韵，如句末的"吐""脯""土""阻""怒""础"。排比句式加上句末押韵，很有歌谣意味，而且增强了诗歌的抒情意味。优秀的叙事诗总是能把"抒情"与"叙事"完美地结合，叙事诗也不就是单纯地讲故事，而是要通过叙事来"展义"和"骋情"。所以，叙事诗中的这些民歌似的段落，往往是诗中的精华。

四十年代是叙事诗大繁荣的时期，也是全方位有目的地向民间文艺形式学习的一段时期。现代新诗从"五四"期间对民间歌谣"自然""率真"等特质的肯定和青睐，经由三十年代"大众化"诗歌的倡导与创作，直至抗战时期发展成"民族化"艺术形式为主的方向或道路。对于叙事诗来说，利用民歌、民谣以及鼓词唱本写出的通俗叙事诗已经成为一种潮流。实际上，在某种程度上，那时的"民间形式"几乎已经成了"民族形式"。正如朱自清所说："抗战以来，大家注意文艺的宣传，努力文艺的通俗化。尝试各种民间文艺的形式多起来了。民间形式渐渐变为"民族形式"[①]。所以,无论是解放区还是国统区,利用民间形式和民间手法创作的叙事诗都得到了长足发展。

此外,现代叙事诗的民间形态还表现在对一些民间文学常用手法的运用。现代叙事诗对一些民间化的表达方式的使用,是很普遍的现象。艾青的叙事诗较多使用了排比、复沓等用法,形成了具有散文美的叙事风格。艾青的诗歌不太讲究韵律,而重视诗歌内在的韵律,而这些技巧的运用会有效地增加诗歌的内在韵律。诗人根据内在旋律节奏的需要,运用叠词叠句或排比,以造成某种气势。如《吹号者》中"在震撼天地的冲杀声里 / 在绝不回头的一致的步伐里 / 在狂流般奔涌着的人群里 / 在紧密的连续的爆炸声里 / 我们的吹号者 / 以生命所给予他的鼓舞 / 一面奔跑,一面吹出了那 / 短促的、急迫的、激昂的, / 在死亡之前决不中止的冲锋号。"前四句连用了四个以"在……里"为句式的排比句,既充分写出了吹号者所在的场合与背景,同时也形成了诗歌的内在韵律。艾青还常在诗歌中使用反复的技巧。在句式上采用前后照应、往复回旋的复沓手法,使诗歌的语气呈现出回肠荡气、一唱三叹的效果,这种相同句式反复的方法是民歌中常用的技巧。艾青十分重视对民间文学的学习,他在自己的《诗论》一书中抄了几首信天游,并评价说"这就是纯真的诗",他认为它与其他优秀的民歌一样,是"应该属于文学中最好的作品之列的"。艾青也的确在自己的实际创作中表现出对民间社会和民间文化的关注和青睐。

民歌善用比兴,这也是中国民歌的一个特点。比兴手法往往与劳动人民的生活密切相关。如果对人民的劳动生活不了解,往往不容易体味它的奥妙。在李季的《王贵与李香香》中,诗人借用陕北民歌信天游的体式,熟练地运用比兴手法,大大增强了诗歌的表现力。诗句"大河里涨水清混不分,死羊湾有财主也有穷人","羊肚子手巾包冰糖,虽然人穷好心肠","玉米结子颗颗鲜,李老汉年老心肠软"。这些两句为一节的诗句,后一句才是要表达的真正含义,而前一句是用作起兴的诗句,其所涉及的事物都是老百姓日常熟知的,甚至是极具地方色彩。上下两句看似没有关联的人和物,却因某些共同的特性被联系在了一起。所以,比兴这种方法是最具民间色彩的。

总之,现代叙事诗与民间文化有着极深的渊源,其民间性形态也表现在方

[①] 朱自清.新诗杂话·真诗 // 朱自清全集:第二卷.南京:江苏教育出版社,1988:380.

方面面,从题材选择、语言运用到民间艺术手法的化用。在现代文学阶段的几十年中,从"五四"时期一直到四十年代的抗战时期,任何一个时段中的叙事诗都没有摆脱与民间文化的深刻联系,而且在发展中不断深入,纠缠更深。

第五章 现代新诗与民间文化之关系的反思和影响

现代新诗受到民间文化的影响,从主流上看,是一种正面影响。由于民间文化的介入,促进了新诗本身的发展,既丰富了诗歌的内容,也促进了诗歌体式的多样化发展。此外,在民间文化影响下的新诗还适应了时代的要求,甚至还发挥了积极的社会功能。但是,事物往往有两面性,民间文化的过分介入也对新诗产生了一定程度的不利影响,这是值得深思的一个问题。而且,现代新诗的这种民间化潮流一直延续到当代诗歌中,对当代诗歌也产生了重要影响。所以,如何正确看待和把握新诗与民间文化之间的关系,对推进新诗的建设和发展是十分有益的。

第一节 深刻的历史反思与启示

在现代新诗的发展过程中,民间文化对现代新诗建设所起的促进作用以及新诗民间化所发挥的巨大社会功能,是值得肯定的。但是,对新诗民间化带来的相关弊端和不利影响,我们也不得不正视并进行深刻反思。适度地利用民间资源无疑对诗歌的创作十分有利,古今中外的诗歌史无不印证着这一判断。诗歌过度的高雅化、贵族化、精致化固然不利于诗歌的传播和大众化,但因此"矫枉过正"滑向另一极端或不合理地使用民间资源同样不可取,而且还会给新诗的发展带来弊端和不利影响。实际上,在现代新诗的发展过程中,新诗民间化、大众化的弊端时有出现，这也一直是许多诗人和诗论家关注的焦点。在此需要强调的是，本书对新诗民间化弊端的分析和反思，均是在前文承认其价值的基础上进行的，只是对前文的补充，而不是反驳或自相矛盾。

一、"非诗化"现象的反思

诗歌过度民间化或不合理的民间资源利用直接导致的就是诗歌艺术性的降低，也就是"非诗化"的倾向，这几乎是贯穿整个现代新诗史的一个问题。诗歌这种文体在长期的发展中形成一种具有韵律美、语言美、结构美的文学形式。高度凝练的语言，跳跃的结构往往给人以回味无穷的艺术美感。而现代阶段的部分新诗在吸收民间资源时，或者是由于短时间内急于追求白话诗的创作，或者是由于客观上诗歌功能的考虑，往往忽略了诗歌的艺术美，甚至出现了"非诗化"的倾向。

这种"非诗化"倾向在"五四"时期的早期白话新诗中就已初露端倪。现代诗歌以对民间白话的运用开始了中国诗歌的现代化进程，这种历史性的作用自然功不可没，也代表着中国诗歌的历史性进步。民间白话语言的运用带来了诗歌全方位的革命，从另外一种角度来看，新诗的白话化也是对普通民众启蒙的需要，也体现了当时的知识分子努力接近民间的愿望。所以，从这两种意义上来说，早期白话诗与民间文化有一定程度的关联。草创期的白话诗不仅抒发了诗人们的真实感情，也体现了由语言的变革所带来的对诗歌新形式、新技巧的自由开拓精神，同时还体现了鲜明的时代精神。但是，在新诗取得这些令人瞩目的成果背后，也不可避免地存在许多弊病，其中最主要的是"非诗化"的倾向。我们可以发现，早期白话新诗存在只重"白话"不重"诗"的倾向。这种现象也是早期白话诗人对民间白话的极端或不合理地使用造成的，他们往往是为了写白话诗而写白话诗，正如梁实秋所说："新诗运动最早的几年，大家注重的是'白话'，不是'诗'，大家努力的是如何摆脱旧诗的藩篱，不是如何建设新诗的根基。"[1]梁实秋的话虽有些偏激，但也有合理的成分。另一位诗人俞平伯对此也有清醒的认识，"所以白话诗的难处，不在白话上面，

---

[1] 梁实秋.新诗的格调及其他//杨匡汉,刘福春.中国现代诗论:上.广州:花城出版社,1985:142.

是在诗上面;我们要谨记,做白话的诗,不是专说白话。"①所以,片面地追求诗歌的白话化,不加选择地利用民间白话创作诗歌,而忽略了诗歌的艺术性是造成这种问题的根本原因。有些人奉行"有什么话,说什么话,该怎么说,就怎么说",即如胡适提出的"作诗如作文"的原则,让粗糙、自然的生活语言不加选择地进入诗歌,最终造成了诗歌的直白与浅露以及艺术性的缺失。这样的诗歌固然通俗易懂,对靠近广大普通民众有积极意义,但却把诗引向了"低俗化"的危险境地,这是值得警惕的。当时的许多诗论家都提出过严厉的批评,如梁宗岱指出,"所谓'有什么话说什么话',——不仅是反旧诗的,简直是反诗的;不仅是对于旧诗和旧诗体底流弊之洗刷和革除,简直是把一切纯粹永久诗底真元全盘误解与抹煞了。"②

  对早期白话诗出现的种种缺陷,我们固然可以因其刚刚起步或有开拓之功而少一些责难,但由此而引发的思考应是值得关注的。诗歌毕竟要有诗歌的特点才能称其为诗,如果诗歌的语言失去韵律美,失去了凝练的特点,就会失去了最根本的诗歌特性和诗美。同样的问题出现在二三十年代的革命诗歌中。从二十年代中后期开始,早期无产阶级诗歌逐渐兴起。这部分被称为"普罗诗派"的诗人,为了宣传革命,为了靠近普通大众,他们努力地把诗贴近现实,去描写民间的苦难与反抗,以期能激发民众起来革命。这些"普罗诗歌"的历史功用和价值,自不待言,但它们普遍"非诗化"的倾向却是一个严重的问题。早期白话诗注重的是"民间白话"而不是"诗",而普罗诗人重视的是对民众的宣传效果,而不是诗歌本身的艺术感染力,后者的"非诗化"倾向更加严重。普罗诗歌的"非诗化"倾向主要表现在标语化、口语化、公式化和概念化上。郭沫若就表示要当政治的传声筒,"我要充分地写出些为高雅文士所不喜欢的粗暴的口号和标语。我高兴做个'标语人''口号人',而不必一定要做'诗人'"③。从这样的要求出发,普罗诗派的大多作品缺乏冷静思考和艺术构思,诗歌形象性和情感性都很薄弱,艺术性较差,根本就谈不上"诗美"了。普罗诗派的"非诗化"倾向对诗坛的影响更加深远,留给人们的教训和反

---

① 俞平伯.社会上对于新诗的各种心理观//杨匡汉,刘福春.中国现代诗论:上.广州:花城出版社,1985:25.
② 梁宗岱.新诗底纷歧路口//诗与真.北京:中央编译出版社,2006:175.
③ 郭沫若.我的作诗的经过//郭沫若论创作.上海:上海文艺出版社,1983:209.

思也是沉重而深刻的。

　　三十年代的"中国诗歌会"诗人倡导诗歌大众化,为了能让普通百姓能懂他们的诗歌,对内容和形式都做出了种种努力。他们在致力于诗歌大众化的同时,也同样放逐了诗美。他们片面追求诗歌的通俗易懂,而排斥诗歌的自我表现和心灵探索,从而造成诗意消失、诗味淡薄。他们借鉴民间歌谣作为诗歌的形式,而且几乎把它当成唯一的诗歌形式,并对一切其他形式作简单否定。民间歌谣固然有许多长处,但它较固定的句式和较简单的表现手法,难以表现复杂的现代生活和现代人的复杂情感。他们有意排斥文人传统,仅仅取法于民间一途,而不去扩大视野,必然造成诗歌的单调无力,诗美丧失。他们还在积极进行新诗新形式的各种试验,如创作"大众合唱诗",提倡新诗朗诵运动等。历史证明,这些新诗试验大多不尽如人意,也并未产生太大影响。

　　四十年代的新诗民间化潮流,也同样是成就与缺憾并存。四十年代的解放区,由于特殊的时代背景和地理环境,民歌体新诗和各种利于宣传的诗歌体式得到了极大的发展,但也都普遍存在一些缺陷。它们同样表现为"非诗化"倾向和诗意的放逐,而且这比前几次规模更大、更普遍。这一时期的新诗创作,有着广泛的群众基础,不仅有李季、田间、阮章竞、艾青等专业诗人,还有一批较有影响的民间诗人,但声势浩大的民歌运动并没有产生多少优秀的作品。解放区新诗普遍存在的问题在于:一方面表现在形式上比较单调。文学创作本应丰富多彩,应该容纳各种文体样式、表现技巧和风格流派,即便是民间文学也是相当丰富的,而实际上的解放区文学却是极为单调的。总体看来,解放区的民歌体诗歌只有陕北的信天游最突出。有些新诗只是为了通俗易懂,也看不出是什么民歌,普遍给人一种单调、缺少变化之感。那些随处可见的街头诗、枪杆诗能够称得上是诗的就更少,有的也仅仅是标语和口号而已。另一方面,新诗的情感普遍弱化。叙事诗中的人物形象普遍缺乏丰富的情感世界,就是诗人自己也缺乏情感表现力,诗歌中的情感只是停留在政治情感或公众情感上,这样的诗歌艺术性就可想而知。

　　众所周知,衡量一个时期文学的优劣,不仅要看它在当时的民众接受度和历史贡献,还要看是否能经得起历史的考验,给后世的读者留下了什么创新和启示。实事求是地说,这一部分作品能够为后世读者喜爱的作品并不多,这就不能不令人深思了。

二、现代诗人的自我迷失

如前所述,现代诗人进入民间的理念不同,既有从"文化启蒙"的角度,也有从"革命"的角度,还有从"抗日救亡"的角度。特殊的历史时期和时代要求,使诗人们选择了"民间"这个避难所,这也正合乎中国历史上的"礼失求诸野"的规律。但是现代诗人在寻求民间资源、紧跟时代的过程中,他们的自我迷失以及尴尬的处境,也是一个非常值得关注和深思的现象。

现代诗人从一开始就努力追求诗歌平民化,就是要将诗歌从"贵族化"降到普通民众能够接受的程度,也就是如周作人所说"夺之一人,公诸万姓",这就要求诗人无限缩短与普通民众的距离。虽然这在早期新诗人那里难以真正做到,但随着时代的发展,革命形势的严峻,现代诗人与普通大众的距离越来越近,直到抗战时期与"工农兵"融为一体。而随着现代诗人在"民间"中的不断深入,他们"自我迷失"的情况愈来愈重。为了让诗歌通俗易懂,接近民众,有利于革命宣传,现代诗人普遍把个性消融在集体性中间。蒋光慈曾赞赏苏联早期诗人基里洛夫等的诗作"只看见'我们',而很少看见'我'来,而抒写'自我'就是'资产阶级'诗人以'我'为中心的个人主义"[①]。诗歌应该是一种长于抒情的文体,而诗人自我的迷失,必然会导致诗歌情感单薄,存在概念化、公式化的倾向从而丧失艺术性。"中国诗歌会"的大多诗人在倡导诗歌"大众化"的同时,放弃了诗人的自我和个性,把注意力放在现实生活的事件上,而缺乏有思想深度的开掘,导致诗歌作品普遍缺乏艺术感染力。

抗战以后的诗人更是如此,尤其是在解放区,他们的诗歌表现出明显的趋众特征。首先表现在诗歌选材和表现形式上,主要是选取人民大众感兴趣的题材,表现大众的思想情绪,采用大众喜闻乐见的形式,运用大众明白晓畅的语言。总之,当时诗歌的创作宗旨就是一切为了人民大众。在这样一种形势下,诗人只有一个选择,那就是从诗作中消失或退隐。他们能做的只是众口一词地弘扬群体意识,随声附和地赞美现实生活。诗歌中根本就没有诗人个性的表现,甚至有时在不同诗人的作品之间,都看不出明显的风格差异。更为严重的是,有些诗人盲目地以农民的观念作为自己的创作标准,甚至包括其中本应

---

① 柯文博. 中国新诗流派史. 福州:海峡文艺出版社,1993:229.

剔除的落后因素。为了能够写出受农民读者喜爱的作品，诗人们就完全以农民的视角来考察世界，从而失去了创作主体的个性。这种刻意"迎合大众"的做法是不可取的，甚至是有害的。田间在抗战期间为了配合宣传，主动降低自己的创作标准，写作了大量浅显明白、妇孺皆知的作品。胡风曾评价他在新中国成立前创作的长篇叙事诗《亲爱的土地》，"读了多次，都读不下去"[①]，这也正是田间迎合大众进行创作的结果。鲁迅先生对此早有清醒的认识，他曾针对"诗是贵族的"这种心理，同意诗歌创作的民间化、大众化的倾向。他说："不识字的作家虽然不及文人的细腻，但他却刚健、清新。"但是，鲁迅先生的高明之处就在于，他还指出了"'迎合大众'的新帮闲，是绝对要不得的"，因为这样就丢失了作为文化人应有的认识水平。他认为"不能听大众的自然，因为有些见识，他们究竟还在觉悟的读书人之下，如果不给他们随时拣选，也许会误拿了无益的，甚至于有害的东西"[②]。所以，诗人适当贴近民间大众，利用民间资源是有益的，但如果诗人在贴近民间时，已到迷失自我的程度，那就很危险了。

其次，诗人在创作民歌体诗歌时，由于缺乏民间体验，情感上往往处于疏离的状态。现代诗人中，除了部分诗人，如李季、阮章竞、张志民等有较长时间的深入民间的生活体验外，许多诗人来自国统区，并没有太多的民间体验。诗人要想创作出真正的民歌作品，必须要与民间文学赖以生存的环境有水乳交融的状态，要能够全身心投入民歌作品的创作情境中。遗憾的是，大多诗人只能模仿其中的形式，并没有创作出具有民间神韵的作品。他们在主观上努力贴近民间大众，但在情感上却是疏离的，处于一种十分尴尬的境地。解放区民间体诗歌存在的一个普遍性的问题就是情感弱化，形象单薄，这都与诗人在创作时没有丰富的情感体验有很大关系。

还有，诗人在面对民间资源时，无论在认识上，还是在实际的创作使用上，也都存在着一定的偏颇，这不能不让他们时常处于尴尬的境地。不可否认，现代诗人中有较好地利用民间资源创作诗歌的诗人，但同时也应看到有些诗人在面临民间资源问题上的片面性。现代新诗几次比较大的民间潮流中，往往

---

① 胡风. 胡风评论集·后记//胡风评论集：下. 北京：人民文学出版社，1985：394.
② 鲁迅. 门外闲谈//鲁迅全集：第6卷. 北京：人民文学出版社，1981：101-102.

都有类似的问题出现。有些诗人在对待民间文化或民间文学时,盲目认为民间文学是新文学产生的唯一途径,而且优于一切文学。早在新文学初期,胡适在对几千年的中国文学经过认真考察以后得出结论,"中国三千年的文学史上,哪一样新文学不是从民间来的"[①]。胡适的论断当然是正确的,我们甚至把中国文学史中的这种现象作为新诗民间化的历史渊源,但胡适的这个结论却忽略了一个重要方面。那就是,现代中国已经处在一个开放的环境中了,不再是以前的那个封闭的小农经济社会。现代社会的复杂与开放决定了新诗的变革绝不会是对历史的简单重复。

学习民间文学当然是创作新诗的一个重要途径,但绝不是唯一的途径。一种文学体裁的产生与成长,必须从其他文学体裁中汲取精华,但如果仅仅取法一种创作模式,则很难产生独特的艺术风格。"五四"时期的白话诗人把民间歌谣作为重要的模仿对象,而到了三十年代的"中国诗歌会"那里,几乎是把借鉴民间歌谣作为新诗形式的唯一途径。在抗战以后的解放区诗歌创作中,特别在1942年毛泽东的"讲话"发表以后,向民歌学习更加普遍和狂热。这种把民间资源作为唯一榜样的做法,必然会对新诗创作产生十分有害的影响。

此外,现代诗人在创作民歌体诗歌时,有时并不能得其真味。这种作品往往会给人一种不伦不类的感觉,既不是民歌,也不是作为书面语言艺术的诗歌。朱光潜就说过,"不过学民间文学与学西诗同样地需要聪慧的眼光与灵活的手腕,呆板的模仿是误事的。同时我们也不要忘记民间文学有它的特长,也有它的限制"[②]。在解放区的民歌体诗歌中就有这种呆板模仿的现象,他们往往只是停留于对旧形式的利用,而不能上升到改造与创新的层次。老舍也曾评价自己对民间形式利用得并不成功,存在的"旧诗的气息"[③]太强,何其芳也评价柯仲平的这类诗不够"现代化"[④]。胡风曾提出研究与吸收民间歌谣的艺术质素,"来补救诗人语言的不够,来补救诗的贫乏",同时还强调"对于民歌和童谣,诗作者应能批判地加以改造,吸收到我们的形式上来,因为,要真

---

① 胡适.白话文学史//胡适文集:第4卷.北京:人民文学出版社,1998:34.
② 朱光潜.给一位写新诗的青年朋友//朱光潜全集:第三卷.合肥:安徽教育出版社,1987:274.
③ 老舍.三年写作自述.抗战文艺,1941-1,7(1).
④ 何其芳.论文学上的民族形式.文艺战线,1939-11,1(5).

正充分表现我们所要表现的复杂生活,原来的形式则不可能,非改造提高不可"①。所以,现代诗人要想利用民间形式创作,不能停留在低层次上,而是要有眼光,把利用提升到改造和创新的层次,才能尽可能避免民间化创作的种种弊端。

三、深刻的启示

现代新诗由于对民间资源的不当使用或极端使用所带来的弊端,在引起我们深刻反思的同时,也给人以深刻的启示。虽然特定的时代背景也是形成这些偏颇的重要原因,但在认真反思的同时,仍期望历史的偏颇能给未来以深刻的启示。

首先,诗人在创作诗歌时,应把民间资源作为一种重要的资源,而不是唯一的资源。前文已经论述了民间文化在诸多方面对现代新诗产生的有益影响,如民间文化中自由自在的审美精神会为诗歌带来充满生机的生命活力;民间世界鲜活生动的语言会为诗歌带来语言上的丰富多彩;民间文学中艺术形式也会给诗歌以有益的借鉴等等。但即便是民间文化资源的优势再多,它毕竟也只是一种文化资源,更何况它还有自身的局限性。如果只取法于一种资源,必然会造成艺术形式单调、枯燥,艺术性较低,对诗歌创作不利的情况。三十年代的"中国诗歌会"和抗战时期解放区的一些民歌体诗歌都有这种缺陷。相反,那种受到民间文化影响而又不拘泥于民间文化,并能博采众长的诗人,往往能取得较大的创作成就。如诗人艾青从小生活在农村,不能不受到民间文化的熏染。他的诗歌有着浓郁的土地情结,与苦难中国里的百姓有着血肉相连的感情,他所主张的诗歌形式散文化也是诗歌形式民间化的结果。另外,他在诗歌中多用排比和复沓,可能也是受了民间诗歌的影响。但同时,艾青的诗歌艺术又是博采众长的,既有民间文化影响的元素,又受到西方象征主义诗歌和中国古典诗歌传统的影响。这种中西融合的创作方法使得艾青的诗歌取得了巨大的艺术成就。现代诗人冯至巧妙地将民间神话传说与叙事诗结合,诗歌中洋溢着浓厚神秘的中古气息。诗歌吸收民间资源时又融入现代人的思想和困惑,也取得了创作上的成功。可以肯定,大凡能取得较大创作成就的现

---

① 胡风.略观抗战以来的诗//胡风评论集:中.北京:人民文学出版社,1984:57.

代诗人,几乎都是博采众长且能融会贯通的诗人。

其次,在对待民间资源的方法上,最好是借鉴与学习,而不是生硬的模仿。民间文学产生于民间社会,它作为民间文化的重要载体,传达的是民间文化的神韵。现代诗人如果不是生活在民间,就很难得其神韵,也很难学得民间文学的真谛。所以,我们所见到的仿民歌体诗歌多数与真正的民间歌谣是貌合神离的。民间文学的创作主体与它赖以存在的民间生活处于一种水乳交融的状态,不是我们的诗人在书斋里可以想象出来的。诗人也不是短暂地深入民间就可以成为一个真正的民间写手。既没有创作的环境,也没有创作的心境和状态,而是出于功利性的要求,诗人怎么能创作出优秀的民歌体诗歌呢? 再以艾青为例,他在四十年代放弃了在三十年代就已形成的成熟的艺术风格,开始学写民歌体新诗,这种单一化的而且并不能得其真味的创作最后带来的只能是失败。事实证明,他的叙事诗《吴满有》以及新中国成立后创作的《藏枪记》并没有取得令人满意的效果。因此,只有对民间资源进行有选择的合理借鉴才能对新诗大有裨益。茅盾在对"旧瓶装新酒",即文学创作利用旧形式方面有深刻的见解,"既说是'利用',当然不是无条件的接受。此时切要之务,应该是研究旧形式究竟可以被利用到何种程度,应该是研究并试验如何翻旧出新"[①],他还认为,"'翻旧出新'和'牵新合旧'汇流的结果,将是民族的新的文艺形式,这才是'利用旧形式'的最高的目标"[②]。由此,现代诗人在对待民间资源时,一定要有谨慎的态度,既要尽力去体验这种民间资源所处的特定环境,又要在具体创作中注意灵活借鉴,而绝不能生搬硬套。

最后,应警惕让诗歌在民间化的过程中承担过多的社会功能。由于诗歌这种文体本身就具有一定的社会功能,所以导致对新诗的民间化往往寄予过高的期望,总是希望诗歌可以承载更多的社会功能。尤其是在特殊年代,诗人们赋予诗歌过多的功利化要求,甚至通过新诗向民间文学靠拢而导致新诗工具化、意识形态化。这种对民间文化资源的不正确使用和极端使用,最后只能使新诗创作的路子越走越窄。不可否认,文学作品的大众化、民间化在特定时期,如战争革命时期发挥了巨大的作用,但如果因此而把民间文化抬高到不恰

---

① 茅盾.大众化与利用旧形式//茅盾全集:第21卷.北京:人民文学出版社,1991:410.
② 茅盾.利用旧形式的两个意义//茅盾全集:第21卷.北京:人民文学出版社,1991:414.

当的位置,同样是有害的。如果知识分子丧失起码的独立精神,文学作品沦为宣传工具,创作也只是为了迎合大众,那将不仅对诗歌的创作不利,还将对社会的进步产生恶劣的影响。这种弊端在新中国成立以前就已经初露端倪,遗憾的是,新中国成立以后的当代新诗一直没有做出及时调整,而是在这条路上越走越远。比如1958年的"新民歌运动",这种弊端就已经发展到了极致。

第二节 对当代新诗的影响

本书在前面分析了现代新诗与民间文化错综复杂的关系,既发现了民间文化对新诗创作的建设性作用,同时也指出了对民间资源的不当使用带来的不利影响。这些正反两方面的经验和教训不可避免地会影响到当代新诗的创作。在此,本书并不打算以大量篇幅去深入探究当代新诗与民间文化之间的关系,只是期望去探究现代新诗民间化究竟对当代新诗产生了怎样的影响。

一、新诗民间化在当代的延续

四十年代的文坛,呈现出多元并进的局面,既有共产党领导下的以延安为核心的解放区文学,又有以重庆为中心的进步的国统区文学,此外,还有在上海等地发展成熟的现代都市文学和市民文学。新中国成立以后,尤其经过1955年整肃"胡风反革命集团"和1957年"反右"之后,当代文学基本上成为解放区文学在新的历史条件下的继续。把民间资源作为建构人民文艺的重要资源是在延安时期就确立的文艺方针。当代新诗作为其中重要的文艺样式,在对民间资源的利用、借鉴、创造上均取得一定成果。

进入当代阶段以后,诗歌界对待民间文化也一直非常重视,基本延续了延安时期的态度。首先,我们必须承认民间文化在当代新诗的创作中依然发挥了一定的建设作用。一提到当代文学与民间文化的关系,许多人首先想到的是民间文化对小说创作的巨大作用。至于提及当代新诗与民间文化的关系,往往是"谈虎色变"。但本书重点并不是在探究当代新诗的道路选择的问题,也不是谈论当代新诗与民间文化之间的关系,而是希望发现现代新诗民间化在当代新诗中的延续和影响。新中国成立以后,尤其是五十年代初期,新诗继续发扬解放区诗歌与民间文化密切结合的传统。许多来自解放区的诗人在新中国成立以后继续深入民间，热情歌颂各行各业的劳动和建设，如四十年代就取得创作实绩的李季、阮章竞、张志民、田间等。他们在四十年代的诗歌中主要表现当时的战争和战争背景下根据地农民命运的变化。他们的诗歌大多为叙事诗，主要以北方民歌为基础。新中国成立以后，他们纷纷把目光投向新的生活领域，如诗人李季深入油田，在诗歌中描写石油工人的劳动和生活，被誉为"石油诗人"，并继续作为实践"诗与劳动人民相结合"的榜样[①]而得到表彰；诗人阮章竞在内蒙古草原的钢铁工业基地建立生活"据点"，创作出一系列具有边塞风情的诗歌；诗人张志民继续用民歌形式创作反映农民生活的诗歌。一些进入当代诗坛的"老诗人"们，也在适应了时代的要求以后，积极为新的世界歌唱。部分诗人仍在积极探索能够为广大工农兵易于接受的诗歌形式，其中就包括民歌等形式。卞之琳在江浙参加农业合作化试点时，创作了《采菱》《搓草绳》等带有江南田园诗风味的诗歌。老诗人徐迟在五十年代去过许多地方，创作出许多带有地方色彩的诗篇，他的《山林之歌》分为五个部分，其中记述了阿细人、撒尼人的古老习俗和一些"梦一样幻异"的歌舞。他的叙事长诗《望夫云》也是根据民间传说的再创作。还有一些诗人在四十年代缺乏有影响力的作品，但在五十年代却成为诗坛的"中坚"，如贺敬之、郭小川、闻捷等。诗人贺敬之在五十年代利用陕北信天游的形式创作了一系列较为优秀的作品，如《回延安》《桂林山水歌》《又回南泥湾》等。闻捷在五十年代书写了一系列有关新疆少数民族风情和风俗的作品，如诗集《天山牧歌》就具有一种单纯、明朗的牧歌风格。

五十年代的诗坛中还有一批青年诗人，他们原是军中的知识青年，后随部队进驻云贵川和康藏高原，这些诗人主要有公刘、白桦、顾工、高平等人。他们在实际的生活和工作中开始写诗，他们的诗歌借鉴了少数民族民间诗歌的资源，具有鲜明的地域特点。他们这样描述这块给予他们创作灵感的土地："这是一片诗的土壤，孕育着无数动人的诗篇。这里的云南山水，一草一木和一朵朵的云影，都有他们自己的诗歌和传统"[②]。公刘的《佧佤山组诗》《西双版纳

[①] 安旗.沿着和劳动人民结合的道路探索前进.文艺报.1960(5).
[②] 周良沛.云彩深处的歌声.诗刊,1957(2).

组诗》《西盟的早晨》就是这类诗歌中的代表作,诗歌中既有岩可、岩角的舞蹈和赞哈的诵诗,又有撒尼人的军号声和佧佤人的木鼓声,俨然一幅幅富有异域风情的画面。此外,还有一些改编自民间传说的诗歌作品,如白桦的《孔雀》就是改编自傣族的爱情故事。高平的《紫丁香》也是改编自藏族的民间传说。

  当代新诗对民间资源进行有益的借鉴还体现在诗歌类型的继承和变化上。这一时期出现了几类重要的诗歌类型,在一定程度上与民间资源以及现代阶段民间化传统有一定关系。这几种诗歌主要是叙事诗、政治抒情诗、朗诵诗等。叙事诗在新中国成立以后的流行,一方面与新诗在现代阶段的传统有关,另一方面则是与当时的时代氛围有关。在现代阶段,叙事诗的兴起与三十年代初期新诗的"大众化"和关注现实的要求密切相关。抗战时期,尤其是解放区的叙事诗得到了极大的发展。新中国成立以后,"歌颂"主题的盛行也要求诗歌的创作从"内心"转向外在的生活现实。加之,五六十年代各行各业建设发展也需要"叙事"进行表达,所以,当代叙事诗的热潮也就随之而起。据粗略统计,五六十年代的长篇叙事诗至少有百部以上。

  当代新诗顺应时代表现新生活的要求,出现了"叙事"的热潮,但时代的要求同时也推动了另一种诗歌的流行,这就是"政治抒情诗"。这种"政治抒情诗"在某种意义上是一种"广场诗歌",其主要目的并不是指向个人阅读,而是指向在"广场"朗诵以激发集体的感情。从传播效果上来看,这也是新诗在民间的传播形式,它也是民间的。这种诗体继承了二三十年代的革命诗歌,以及抗战时期宣传鼓动诗的创作特点,如蒋光慈的《血祭》、殷夫的《我们》、田间的《给战斗者》、高兰的《我的家在黑龙江》等,以及"七月派"诗人的自由体诗。为了强化情感效果,这种政治抒情诗经常使用反复渲染、铺陈的句式和章法,并讲究强烈的节奏。在"政治抒情诗"兴盛的同时,在大中城市出现了朗诵诗的热潮,这种热潮也承继了抗战时期兴起的朗诵诗风。朗诵诗在现代新诗中早就存在,尤其在抗战以后,发挥了巨大的宣传作用。正如朱自清先生所说,这种"朗诵诗"是一种"听的诗","是群众的诗,集体的诗",它表达的是"大家的憎恨、喜爱、需要和愿望","不是在平静的回忆之中,而是在紧张的集中的现场","它不止表示态度,却进一步要求行动或者工作"。[①]新中国成立以后浓厚的政治氛围,群众的积极参与,为朗诵诗体的盛行创造了一定的条件。朗诵诗体的民间影响较大,往往有"一呼百应"的效果,从六十年代到"文革",甚至八十年代初,一直都有朗诵运动的开展。

五六十年代,当代新诗对民间文化资源的重视还体现在对民间诗歌的搜集和整理上。对民间文艺资源的重视,归根到底还是为了给新诗提供资源借鉴。现代新诗阶段就出现两次较大规模的民歌搜集整理运动:一是1918年由北京大学刘半农、沈尹默、周作人等人倡导发起的"歌谣征集运动";另一则是抗战时期解放区诗人对民间歌谣的搜集整理。尤其是在解放区,当时的文艺创作对民间资源的借鉴、改造和创新都取得了显著的成绩。把民间文艺资源作为建构人民文艺的重要资源,是延安时期就确立的方针。新中国成立以后,在新诗和民间资源的关系上,虽然有段时间不太明确,但对民歌的搜集整理,仍然是积极的态度。1958年以后,由于毛泽东主席的提倡,民歌搜集和整理工作得到极大的重视。文艺家们往往是一面原样搜集供研究借鉴使用,一面对部分民歌进行加工整理,使其符合时代思想和审美规范。值得注意的是,这一时期的少数民族民间诗歌的搜集整理工作也取得了重要成就。

所以,当代新诗,尤其是五十年代前期的新诗与民间文化的关系虽然不及在解放区那么密切,但在诗歌内容、体式、艺术方法上还是受到了民间文化资源的影响。从整体上来看,当代新诗的民间化也是在现代新诗民间化过程中的延续,民间资源在一定程度上参与了当代新诗的建设。

二、新诗民间化在当代的消极影响

新诗民间化在当代的影响既有积极的一面,更有其消极的一面。本书在前面已提及现代新诗民间化存在的隐患。新中国成立以后,随着一次次政治运动的开展,权利意识的干预,这种隐患也急剧放大。新中国成立以后,新的人民政权建立了,国家进入经济建设阶段,文化政策和文化路线却没有得到调整,而是保持着战争时期的文化政策和文艺路线。随着知识分子在一次次运

---

① 朱自清.论雅俗共赏·论朗诵诗//朱自清全集:第三卷.南京:江苏教育出版社,1988:256.

动中的纷纷落马,民间文化和民间文艺被视为一尊,终于在1958年,出现了全国范围的声势浩大的"大跃进"新民歌运动。

1958年的"新民歌"运动与现代阶段一直倡导诗歌民间化和大众化有一定联系,同时也与当代阶段的社会形势和政治要求有关。从"五四"时期倡导诗歌的平民化开始,诗歌的大众化、民间化就一直是部分知识分子的心结。随着革命和政治因素的加入,新诗民间化也逐步走向深入。到了四十年代,这种民间化潮流已具有相当的影响力,而且此时,民间化也已成为部分领导者的心结。当代新诗不仅延续了这种趋势,而且放大化了,并且有了更加适宜的土壤。新中国成立之前的普通百姓还是处于被启蒙、被发动的对象,而新中国成立以后则不同,劳苦大众真正当家做主了,民间文化自然得到高度重视。领导者和执政党也要帮助广大民众建立一套自己的话语系统,这更主要是出于政治的需要。所以,新诗的民间化实质上已被政治化取代,最终形成了这次登峰造极的民间化运动。

很显然,新民歌运动从诗歌建设的角度来说,无疑是一次失败的诗歌运动。本书在前面曾论及现代新诗在利用民间资源上的弊端和偏颇,在这里都是愈演愈烈,变本加厉。部分现代新诗由于对民间资源的片面使用,导致诗美放逐,而新民歌在这方面更是发展到了极致。对民间文化的单一推崇和对民间诗歌的全盘接受,完全放弃对世界优秀诗歌艺术和"五四"新诗成功经验的借鉴,最终导致诗歌道路越走越窄。单调的民间形式使得诗歌表现手法单一,诗体变得程式化,新诗的水准也越来越差,令人不忍卒读。

现代新诗的民间化在很大程度上是由于功利性的作用,而新民歌在这条路上走得更远,诗歌已彻底沦落为政治的工具。到处充斥的政治观念和政治话语,无限膨胀的主观意志和浮夸思想都使诗歌完全成了政治的附庸。抗战时期,为了抗日宣传,出现过到处是诗的现象,街头诗、传单诗、枪杆诗等随处可见,而且还出现了许多农民诗人。如果说,抗战时期的诗人还主要是以知识分子为主体的话,那么,新民歌运动中的"工农大众"已真正成为创作的主体,而新民歌也成了当时新诗创作的主流。正如郭沫若所说:"新民歌都是从生产和劳动实践出发的,它表现了劳动人民的革命乐观主义和共产主义的风格。……它不仅是今天的主流,同时也是今后的主流。"①于是,我们看到,从工农大众中走出了一大批民间歌手和工农诗人。全国上下一起动手写诗,到处都成了诗海,这种"盛况"是抗战时期也远远不及的。而且,新民歌的创作数量也极为惊人,和人们浮夸的粮食产量一样,都严重脱离实际。

在抗战时期,朗诵诗一度十分盛行,这种类似广场艺术的形式曾对鼓舞士气、宣传抗战发挥了巨大作用。在新民歌运动中,这些类似的集体和公众性质的活动更加普遍。当时,各种赛诗会、民歌演唱会、诗歌展览会、诗擂台、诗街会等,主要以口头演唱、诵读为主,它们的规模有时可以是大到几万人参加的"广播赛诗会"。那是一个个激动人心的场面,处处彩旗飘飘、锣鼓喧天、人潮涌动、欢声笑语。然而,在这种歌舞升平背后的实质,却只是一个美丽的乌托邦神话,具有极其荒谬的性质。

现代新诗在二十年代就提倡建立诗的共和国,提倡平民文学;三十年代就倡导诗歌的"大众化";四十年代的解放区诗歌确立了工农兵方向。在1958年的中国,过去的理想似乎终于实现了,的确是人人会写诗了,而且也全是通俗的平民诗歌了。然而,这是一种怎样的实现呢?新民歌已经失去了民歌所特有的"刚健、质朴、清新"的特点,已经不是真正意义上的民歌创作。它只是一种宣传,一种鼓动和教育,而不是情不自禁的情感抒发。它所表达的只是无限膨胀的权利话语,而不是普通百姓的心声,也不是各地的民风民俗。在新诗不是新诗,民歌不是民歌的新民歌运动中,诗歌已走到了荒唐的顶点。

新民歌运动对新诗的建设作用,总体上是破坏性大于建设性。当然,这种破坏性不能简单地归咎于当代新诗的民间化,主要的问题是诗歌的民间化被政治利用而演变成了诗歌政治化。新诗进入当代以后,现代阶段出现的新诗民间化所造成的偏颇和弊端,不仅没有及时得到纠偏而是变本加厉,最后只能是愈演愈烈,直至无以复加。而且,这种权力话语对文学创作的干预贯穿着此后近二十年的文坛,尤其是"文革"时期的公开诗坛,是"假大空"文艺充斥的文坛,它对文学创作产生了极坏的影响。

新民歌运动不仅破坏了新诗本身的建设与发展,也破坏了新诗与民间文化之间的关系。古典诗歌对民间资源的借鉴传统源远流长,曾发挥过巨大的

---

① 郭沫若.就当前诗歌中的主要问题答《诗刊》社问.诗刊,1959(1).

作用,就是在新中国成立以前的新诗中,民间资源对新诗的建设作用在总体上也是积极的。然而,经历了新民歌运动,多数诗人对民间文化以及民歌心存畏惧。即便是到了新时期以后,也几乎无人再去尝试民歌方向了。新民歌运动以极端的方式推进了新诗的民间化,但效果适得其反,它在更深处伤害了新诗与民间文化之间的关系,这的确是令人深思的。

三、弊端分析及新诗道路探索

当代新诗在民间资源的利用上,总体上是破坏性大于建设性的,给历史留下了深深的遗憾。新诗在创作过程中从民间文化或民间文学中汲取资源本身值得肯定,之所以会出现这种破坏性大于建设性的局面,还是因为错误地利用或者是极端利用了而已。归纳起来,这种错误一方面表现在具体的利用方式上,另一方面则表现在利用民间资源的主观态度上。在分析这种错误的同时,也引发我们对新诗发展道路的思索:新诗究竟该走一条什么样的道路?

如前所述,民间文化可以在诗歌的主题精神、审美形态、诗歌形式等方面为新诗提供了有益的借鉴。从现代新诗到当代新诗,能够较好地利用民间资源的诗人往往能取得一定的艺术成就。基于功利需要的借鉴,往往不是从诗歌创作本身的要求出发,而是由于一些外在因素的介入,这样也必然会导致这种借鉴只是流于形式。民间文化和民间歌谣中最值得借鉴之处就是其自由自在的精神形态和自然的艺术形式,而当代新诗中的民间借鉴整体上已经偏离了轨道。诗歌在形式上似乎是民间化的,而内容上却是空洞无物,充满政治化和标语化的。在这种情形下,即便诗歌形式用得再好,这种诗歌也早已失去民间真味。新民歌运动中的诗歌就是最好的例证,大量速成的"大跃进诗歌"毫无艺术价值可言。所以,在艺术创作中,当功利追求大于艺术追求时,当艺术个性消失于艺术共性中时,任何资源的利用都会偏离方向。

在对待民间资源上,应该持一种理性谨慎的态度,最重要的是不应把它神化。民间资源对于文学创作,只是一种重要的资源,并不是一种全能的文化资源。民间资源究竟对新诗有怎样的作用?新诗的发展道路又在哪里?如何评价新民歌?在1958至1959年的诗歌道路大讨论中,针对这些问题,都有过激烈的讨论。当时的主流文艺界对新民歌运动是持肯定态度的,甚至是高度赞扬这一社会主义的新生事物,并预言其将成为诗歌发展的主流。甚至有人这样盛赞新民歌:"大跃进民歌的出现,及它在整个诗歌创作上的影响,已经使我们看到,前无古人的诗的黄金时代揭幕了。这个诗的时代,将会使'风''骚'失色,'建安'低头,使'盛唐'诸公不能望其项背,'五四'光辉不能比美。"①今天看来,这种评价不仅言过其实,甚至是荒唐可笑。不仅如此,主流文艺界还对"五四"以来的新诗提出了批评,尤其指出它们脱离大众,丢失民族风格。至于新诗发展的基础,当时主流观点是在民歌和古典诗歌基础上发展新诗,这也是毛泽东提出的观点。但是,对于"古典诗歌"这个基础,尤其是古典诗歌如何成为新诗创作的艺术基础,大多语焉不详。所以,在当时的情形下,相当多的讨论者实际上就是主张新诗民间化的道路。这种独尊"民间"的观点还是引起了一些诗人的警觉,如何其芳、卞之琳、力扬等现代著名诗人。关于新诗创作的民间资源借鉴问题,他们有着清醒的认识,如何其芳就提出,"民歌虽然可能成为新诗的一种重要形式,未必就可以用它来统一新诗的形式,也不一定就会成为支配的形式,因为民歌有限制"②,另一位诗人卞之琳也在肯定学习民歌的同时提出要吸收多种文学资源,"我们学习民歌,并不是要我们依样画葫芦来学'写'民歌",主要是学习它的风格、表现方式、语言,"以便拿它们作为基础,结合旧诗词的优良传统,'五四'以来新诗的优良传统,以至外国诗歌可吸取的长处,来创作更新的更丰富多彩的诗篇"。③很可惜,何其芳和卞之琳这些有益的建议不仅没有得到足够的重视,而且还遭到了来自各方面的批评。新民歌运动以后,当代新诗依然是在民歌和古典诗歌的基础上寻找诗歌的发展道路,而对其他资源基本也是放弃的态度。总体上来说,新民歌运动以后的当代新诗在创作道路上是越走越窄,最后带着严重的思想和艺术危机走进了"文革"时期。

时过境迁,历史的烟云早已散去,现在再去讨论这些新诗道路问题,再也没有先前的迷惑。关于新诗的发展基础和道路问题,当年的那些争论如今都不辩自明。文学创作的资源借鉴理应是多元化的,而不是独尊一方。新诗既可以借鉴我国古典诗歌和民歌资源,同时也可以吸收"五四"以来的新诗传统

---

① 贺敬之. 关于民歌和"开一代诗风". 处女地,1958(7).
② 何其芳. 关于新诗的"百花齐放"的问题. 处女地,1958(7).
③ 卞之琳. 对于新诗发展的几点看法. 处女地,1958(7).

和外国文学诗歌资源。虽然,本书的核心内容是探讨新诗与民间文化的关系,但在肯定民间资源的建设性作用时,还是期望新诗能够在多元背景上健康发展。

结　语

　　本书通过对现代新诗与民间文化之关系的梳理，重点从渊源、背景、诗人的民间理念、新诗主题、新诗形式等几方面进行了分析。在此，笔者将对已经论及的内容进行总结，并对没有深入挖掘部分进行展望。

　　民间文化对中国现代新诗的影响是一个不容忽视的现实。现代新诗诞生于一个开放、复杂的文化环境中，受到包括西方文化资源、我国传统文化和本土民间资源的共同影响。可以说，这是一个立体化的影响。之所以选取从民间文化这个角度切入现代新诗研究，是因为发现在有关新诗的研究中，对新诗的民间化研究尚缺乏系统、全面的梳理和分析。更为重要的是，通过对这一现象的深入探讨，将会给新诗的发展带来有益的启示。

　　现代新诗与民间文化的关系错综复杂，既有历史的渊源，又有现实的背景和特殊的时代要求。中国古典诗歌与民间文化就有较为密切的关联，无论从诗歌的发生、诗体的变迁，还是从诗歌主题中的民本意识等方面都无法摆脱与民间文化之间的联系。中国传统文化自古以来就有"礼失求诸野"的规律，当正统文化"礼崩乐坏"时，就会自然地从民间文化的"野"中汲取丰富的营养以更新自救，从而回到健康发展的轨道上来。现代新诗承接了传统文化、传统诗歌与民间文化的渊源，但又不是一脉相承式地简单重复。因为现代新诗所处的环境，相比古代诗歌来说，是一种开放的环境，而开放的环境导致新诗民间化必然受到多种因素的影响。二十世纪是中国社会由传统走向现代的改革世纪，也是极为重视大众生活的一个特殊的世纪，这几乎也是世界范围内的民主化和平民化潮流泛滥的世纪。此外，诗歌的"入世"传统以及国内政治运动和战争的此起彼伏，都要求新诗要积极发挥重要的社会功能，承担起历史的重任。因此,多种因素和特殊的环境都促使新诗民间化成为一种很自然的选择。

现代新诗与民间文化的关系非常复杂,虽同以"民间化"名之,但具体到某一时期、某一流派或某一位诗人,其民间理念、创作倾向并不相同,这是在研究现代新诗与民间文化之关系时必须要注意到的问题。"五四"时期的胡适、刘半农、周作人等人重视民间文化,倡导新诗取法民间歌谣,带有文化启蒙的目的,当然也有新诗建设的设想。三十年代的"中国诗歌会"倡导诗歌"大众化",创作"大众歌调",其目的是为了革命的宣传。四十年代抗战期间的诗歌民间化,其目的则是为了救亡宣传。当然,还有一些诗人借鉴民间资源主要是从诗歌创作本身出发。总之,分析不同诗人的民间理念,能够更加深入理解现代新诗与民间文化的深刻关联。

现代新诗受到民间文化的影响,归根到底要落实在诗歌本体的变化上。具体来说,诗歌的主题、内容、形式、审美特点等方面都不同程度地受到民间文化的影响并产生一定的变化。诗歌内容上对民间生活的关注,折射出诗人对民间苦难的同情和对劳动人民的赞美;新诗对民间形式的借鉴为新诗体的建设发挥了重要作用;民间自由自在的审美特征也为新诗增添了新的审美活力。当然,由于文化或政治等非文学因素的影响,新诗的民间化也存在一些缺憾,并对当代新诗产生了恶劣的影响,在新诗史中也留下了深刻的历史教训。不管怎样,民间文化促进了现代新诗的发展,具体来说,至少发挥了这样一些促进作用:

首先,新诗的民间化推进了新诗的大众化。新文学在建立之初就以倡导"平民文学"为宗旨,无论是胡适的《文学改良刍议》、陈独秀的《文学革命论》,还是周作人的《平民的文学》,无不贯穿着这一主张。民间文化正是平民、大众的文化。重视民间文化,从民间文化中吸取营养,也正符合这些主张。反映在诗歌创作中,普通民众的生活和斗争进入了诗人的视野。从"五四"时期刘半农、刘大白等人仿民间歌谣创作新诗开始,到三十年代的"中国诗歌会"的创作,再到四十年代风靡解放区的民歌体叙事诗,普通民众的生活都受到了前所未有的关注和重视。这在客观上也促进了新诗在民众中的传播,推进了新诗的大众化。

其次,新诗的民间化促进了诗歌本身的建设。受到民间文化的影响,新诗在内容上变得更加丰富,容纳了更多的平民生活,除此以外,最值得关注的是民间文化对诗体建设方面的影响。具体来说,诗歌的平民化、民间化一方面促进了诗体的大解放;另一方面,在新诗诗体建设中发挥了重要作用。不可否认,现代新诗受到民间诗歌影响大大增多了诗体。更为重要的是,对民间歌谣的重视和运用,在一定程度上,阻止了新诗诗体的过度散文化倾向,起到了维护汉诗传统的作用。正如有学者指出:"由于民间诗歌实际上是古代汉诗平民化的结果,甚至可以说是古代汉诗的重要组成部分,古代汉诗的诗体形式及诗体资源总是或多或少地渗透进民间诗歌中,特别是民间诗歌继承了古代诗歌格律传统,并适当地解放了原诗体,不讲究平仄,只求相对押韵上口。因此,二十世纪任何时期对民间诗歌的重视,都为保存古代汉诗传统,使古典诗歌渗透进新诗作出了一定的贡献。"[①]所以,现代新诗受到民间资源的影响,既促进了诗体解放,也增多了诗体,在一定程度上还维护了汉诗的传统。

第三,新诗的民间化促使新诗增强了社会功能。二十世纪上半叶,革命和战争的主旋律要求新诗承担起时代的重任,要求通过宣传去发动和团结最广大的基层民众。新诗在内容和形式上的民间化,促进了新诗的通俗化和普及化,从而积极地发挥了诗歌的社会政治功能,尤其是在抗战时期。抗战时期的诗歌借鉴民间资源,适应了广大群众的文化心理和审美趣味,适应了救亡和革命的需要,从而使诗歌得到了极大发展,取得了一定成就。

第四,新诗受到民间文化影响,在一定程度上起到了维护新诗民族性的作用。新诗诞生在一个开放的文化环境中,以彻底打破古典诗歌传统为起点。在这种情形下,对民间诗歌的重视,一定程度上阻止了新诗的全盘西化。民间诗歌实际上是古代汉诗的重要组成部分,民间文学是传统文学的重要组成部分。民间文化作为民族文化的下层文化,保持着本民族的文化特性。现代新诗借鉴民间资源,如在诗歌中运用民间口语甚至方言,运用具有民族特色的民歌形式和神话传说。这些都使诗歌带上了一定的民族印记,起到了维护诗歌民族性的作用。

从民间文化的角度进入新诗本体的研究,是本书最初的设想和目标。通过以上的梳理和分析,笔者依然觉得还有许多未尽之处。民间文化是一个多维度、多层次的复杂概念。尽管笔者在绪论中对本书所涉及的民间文化概念

---

① 王珂.百年新诗诗体建设研究.上海:上海三联书店,2004:195-196.

已加以限定,但由于本人精力和水平有限,还是有许多侧面未能充分展开或未能涉及,深感遗憾。笔者认为,至少还有以下这些方面有待于进一步挖掘:一是在论述一些诗歌流派的民间特性时,没有能够做到全面和深入,如与民间文化关联较大的"七月诗派""延安诗派"涉及较少或不充分。二是在对民间语言的运用和分析上,尤其是在方言的运用上论述不充分。在新诗史上,土白或方言入诗也是一个非常值得关注的现象。由于方言的运用,诗歌具有了鲜明的地域特色。三是在关于新诗对民间文化精神汲取的论述上,还有较大的论述空间。此外,在对新诗借鉴民间形式的探讨上,有些形式还值得进一步探讨。

总之,"中国新诗与民间文化"是一个未尽的课题。即便是在当代新诗衰落的今天,探讨这一课题,也仍有着非同寻常的意义。许多论者在探讨"新诗的出路"这一问题时,往往会再次想到明代李梦阳"真诗在民间"这一命题。但是,在当代文学的环境下,这其中又有多少合理性和可操作性?这又是一个值得深入探讨的课题。笔者在此衷心期待在"中国新诗与民间文化"这一课题中能有更多卓有建树的成果出现。

参考文献

著作

[1] 阿兰·邓迪斯.世界民俗学[M].陈建宪,彭海斌,译.上海:上海文艺出版社,1990.

[2] 维柯.新科学[M].朱光潜,译.北京:人民文学出版社,1986.

[3] 绫部恒雄.文化人类学的十五种理论[M].中国社会科学院日本研究所社会文化室,译.北京:国际文化出版公司,1988.

[4] 马林诺夫斯基.文化论[M].费孝通,等译.北京:中国民间文艺出版社,1987.

[5] 韦勒克,沃伦.文学理论[M].刘象愚,邢培明,陈圣生,等译.北京:生活·读书·新知三联书店,1984.

[6] 波德莱尔.波德莱尔美学论文选[M].郭宏安,译.北京:人民文学出版社,1987.

[7] 皮克萨诺夫.高尔基与民间文学[M].林陵,水夫,刘锡诚,译.北京:中国民间文艺出版社,1981.

* * *

[8] 阿英.中国新文学大系:史料索引[M].上海:上海良友图书印刷公司,1936.

[9] 艾青.艾青选集[M].成都:四川文艺出版社,1986.

[10] 艾青.诗论[M].北京:人民文学出版社,1980.

[11] 鲍晶.刘半农研究资料[M].天津:天津人民出版社,1985.

[12] 北京图书馆书目编辑组.中国现代作家著译书目:续编[M].北京:书目文献出版社,1986.

[13] 北京图书馆书目编辑组.中国现代作家著译书目[M].北京:书目文献出版社,1982.

[14] 碧野.中国抗日战争时期大后方文学书系:第一编:文学运动[M].重庆:重庆文化出版社,1989.

[15] 蔡仪.中国抗日战争时期大后方文学书系:第二编:理论·论争[M].重庆:重庆出版社,1989.

[16] 曹聚仁.文坛五十年[M].上海:东方出版中心,1997.

[17] 陈金淦.胡适研究资料[M].北京:北京十月文艺出版社,1989.

[18] 陈绍伟.中国新诗集序跋选:一九一八——一九四九[M].长沙:湖南文艺出版社,1986.

[19] 陈寿立.中国现代文学运动史料摘编:上、下[M].北京:北京出版社,1985.

[20] 陈思和.中国新文学整体观[M].上海:上海文艺出版社,2001.

[21] 段宝林,王树村,耿生廉.中国民间文艺学[M].北京:文化艺术出版社,2006.

[22] 冯文炳.谈新诗[M].北京:人民文学出版社,1984.

[23] 冯至.冯至选集[M].成都:四川文艺出版社,1985.

[24] 高永年.中国叙事诗研究[M].南京:江苏教育出版社,2002.

[25] 高有鹏.中国民间文学史:插图本[M].开封:河南大学出版社,2001.

[26] 郭英德,过常宝.中国古代文学史:上、下[M].成都:四川人民出版社,2003.

[27] 洪长泰.到民间去:1918～1937年的中国知识分子与民间文学运动[M].董晓萍,译.上海:上海文艺出版社,1993.

[28] 洪子诚,刘登翰.中国当代新诗史[M].修订版.北京:北京大学出版社,2005.

[29] 胡风.胡风评论集[M].北京:人民文学出版社,1984.

[30] 胡适.胡适说文学变迁[M].上海:上海古籍出版社,1999.

[31] 胡适.胡适文集[M].北京:人民文学出版社,1998.

[32] 胡适.中国新文学大系:建设理论集[M].上海:上海良友图书印刷公

司,1935.

[33] 黄安榕,陈松溪.蒲风选集:上、下[M].福州:海峡文艺出版社,1985.

[34] 黄永林.大众视野与民间立场[M].北京:新华出版社,2005.

[35] 黄永林.中国民间文化与新时期小说[M].北京:人民出版社,2007.

[36] 贾植芳,俞元桂.中国现代文学总书目[M].福州:福建教育出版社,1993.

[37] 姜涛."新诗集"与中国新诗的发生[M].北京:北京大学出版社,2005.

[38] 李季.李季文集[M].上海:上海文艺出版社,1982.

[39] 李怡.中国现代新诗与古典诗歌传统[M].重庆:西南师范大学出版社,1994.

[40] 梁宗岱.诗与真[M].卫建民,校注.北京:中央编译出版社,2006.

[41] 刘锡诚.二十世纪中国民间文学学术史[M].开封:河南大学出版社,2006.

[42] 刘增杰.中国解放区文学史[M].开封:河南大学出版社,1988.

[43] 龙泉明.诗歌研究史料选[M].成都:四川教育出版社,1989.

[44] 龙泉明.中国新诗流变论:1917—1949[M].北京:人民文学出版社,1999.

[45] 陆耀东.中国现代文学大辞典[Z].北京:高等教育出版社,1998.

[46] 吕进.文化转型与中国新诗[M].重庆:重庆出版社,2000.

[47] 吕进.中国现代诗学[M].重庆:重庆出版社,1991.

[48] 茅盾.茅盾全集[M].北京:人民文学出版社,1991.

[49] 潘漠华.湖畔:春的歌集[M].北京:人民文学出版社,1983.

[50] 潘颂德.中国现代诗论40家[M].重庆:重庆出版社,1991.

[51] 潘颂德.中国现代新诗理论批评史[M].上海:学林出版社,2002.

[52] 钱理群.中国沦陷区文学大系:诗歌卷[M].南宁:广西教育出版社,1998.

[53] 钱理群,温儒敏,吴福辉.中国现代文学三十年[M].北京:北京大学出版社,1998.

[54] 阮章竞.中国解放区文学书系:诗歌编[M].重庆:重庆出版社,1992.

[55] 沈用大.中国新诗史(1918—1949)[M].福州:福建人民出版社,2006.

[56] 唐沅,韩之友,封世娜,等.中国现代文学期刊目录汇编[M].天津:天

津人民出版社,1988.

［57］田间.田间诗文集［M］.石家庄:花山文艺出版社,1989.

［58］万建中.民间文学引论［M］.北京:北京大学出版社,2006.

［59］王光东,等.20世纪中国文学与民间文化［M］.上海:复旦大学出版社,2007.

［60］王剑清,冯健男.晋察冀文艺史［M］.北京:中国文联出版公司,1989.

［61］王金铻.抗战时期的中国知识分子［M］.北京:中国社会出版社,1986.

［62］王珂.百年新诗诗体建设研究［M］.上海:上海三联书店,2004.

［63］王珂.新诗诗体生成史论［M］.北京:九州出版社,2007.

［64］王琳.柯仲平诗文集［M］.北京:文化艺术出版社,1984.

［65］王训昭.湖畔诗社评论资料选［M］.上海:华东师范大学出版社,1986.

［66］文振庭.文艺大众化问题讨论资料［M］.上海:上海文艺出版社,1987.

［67］吴嘉.克家论诗［M］.北京:文化艺术出版社,1985.

［68］吴建民.中国古代诗学原理［M］.北京:人民文学出版社,2001.

［69］吴立昌.文学的消解与反消解:中国现代文学派别论争史论［M］.上海:复旦大学出版社,2004.

［70］吴振清.黄遵宪集［M］.天津:天津人民出版社,2003.

［71］伍蠡甫,胡经之.西方文艺理论名著选编:上、中、下［M］.北京:北京大学出版社,1987.

［72］萧斌如.刘大白研究资料［M］.天津:天津人民出版社,1986.

［73］徐瑞从.刘半农文选［M］.北京.人民文学出版社,1986.

［74］许道明.中国现代文学批评史新编［M］.上海:复旦大学出版社,2002.

［75］杨洪承.现象与视阈:20世纪中国文学研究纵横［M］.长春:吉林教育出版社,2003.

［76］杨匡汉,刘福春.中国现代诗论:上、下［M］.广州:花城出版社,1985.

［77］叶维廉.中国诗学［M］.北京:生活·读书·新知三联书店,1992.

［78］袁国兴.1898—1948中国文学场态［M］.广州:广东人民出版社,2005.

［79］袁行霈.中国诗歌艺术研究［M］.北京:北京大学出版社,1987.

［80］臧克家.臧克家文集［M］.济南:山东文艺出版社,1985.

［81］章培恒,骆玉明.中国文学史:上、中、下［M］.上海:复旦大学出版社,2004.

[82] 章亚昕.中国新诗史论[M].济南:山东教育出版社,2006.

[83] 郑振铎.中国俗文学史[M].北京:商务印书馆,2005.

[84] 郑振铎.中国新文学大系:文学论争集[M].上海:上海良友图书印刷公司,1935.

[85] 中国李大钊研究会.李大钊文集[M].北京:人民出版社,1999.

[86] 中国社会科学院近代史研究所中华民国史研究室.胡适的日记[M].北京:中华书局,1985.

[87] 中国社会科学院文学研究所现代文学研究室."革命文学"论争资料编选[M].北京:人民文学出版社,1981.

[88] 钟军红.胡适新诗理论批评[M].北京:人民文学出版社,2005.

[89] 朱光灿.中国现代诗歌史[M].济南:山东大学出版社,2000.

[90] 朱光潜.诗论[M].北京:北京出版社,2011.

[91] 朱乔森.朱自清全集[M].南京:江苏教育出版社,1988.

[92] 朱晓进.政治文化与中国二十世纪三十年代文学[M].北京:人民出版社,2006.

[93] 朱自清.新诗杂话[M].北京:生活·读书·新知三联书店,1984.

[94] 朱自清.中国新文学大系:诗集[M].上海:上海良友图书印刷公司,1935.

[95] 诸孝正,陈卓团.康白情新诗全编[M].广州:花城出版社,1990.

主要参考论文(按发表时间先后顺序)

[1] 李怡.论中国现代新诗的歌谣化运动:兼说《国风》《乐府》的现代意义[J].西南师范大学学报(哲学社会科学版),1994,20(3):97-102.

[2] 周正举.一切新文学的来源都在民间:胡适论民歌[J].四川大学学报(哲学社会科学版),1995(1):56-62.

[3] 许霆.三四十年代新诗形式演变轨迹[J].洛阳师专学报(社会科学版),1997(4):24-30.

[4] 刘俐俐,张筱林.民间之于真诗:新诗的思考——由"今真诗乃在民间"谈开去[J].兰州学刊,1998(3):50-52.

[5] 李建东.论四十年代民歌体诗歌的发展[J].河南师范大学学报(哲学社会科学版),1998(1).

[6] 王锺陵.20世纪新诗大众化民族化的历程[J].社会科学战线,1999(2):128-139.

[7] 李扬.周作人早期歌谣活动及理论述评[J].中国海洋大学学报(社会科学版),2000(4):58-64.

[8] 高有鹏.论二十世纪中国文学发展中的民间文化思潮[J].文学评论,2001(4):58-64.

[9] 陈泳超.刘半农对民歌俗曲的借鉴与研究[J].中国现代文学研究丛刊,2001(1):240-253.

[10] 普丽华.早期现代长篇叙事诗的民间情结[J].华中师范大学学报(人文社会科学版),2001(2):113-118.

[11] 陈文新."真诗在民间":明代诗学对同一命题的多重阐释[J].杭州师范学院学报(社会科学版),2001(5):78-82.

[12] 龙泉明.中国现代诗学历史发展论[J].文学评论,2002(1):51-61.

[13] 朱爱东.双重视角下的歌谣学研究:北大《歌谣周刊》对中国歌谣学研究的贡献[J].思想战线,2002,28(2):105-108.

[14] 谢冕.论中国新诗[J].文学评论,2002(3):100-111.

[15] 乌尔沁.刘半农与中国现代的民歌研究[J].民族文学研究,2002(4):70-73.

[16] 燕世超.批判的武器难以创新:论"五四"前后白话诗人对民间歌谣的扬弃[J].文学评论,2002(5):157-161.

[17] 王荣.嬗变与转型:新文学运动前后的中国叙事诗[J].陕西师范大学学报(哲学社会科学版),2002,31(6):70-77.

[18] 万国庆.走向民间:论40年代的延安文艺运动[J].中国文学研究,2003(3):76-80.

[19] 普丽华.诗化而奇幻凄艳的人性悲歌:论冯至早期的叙事诗[J].华中师范大学学报(人文社会科学版),2003,42(2):116-120.

[20] 胡慧翼.论"五四"知识分子先驱对民间歌谣的发现:以胡适、周作人、刘半农为中心[J].西南民族学院学报(哲学社会科学版),2003(3):162-169.

[21] 龙泉明,汪云霞.初期白话诗人的个性化写作:论胡适、刘半农和周作人诗歌的精神特征[J].人文杂志,2003(6):71-77.

[22] 王光东.大众化与民间:文学意义的一种分析[J].社会科学,2003(6):

105-111.

[23] 吴投文.朱湘、冯至叙事诗比较论[J].江汉论坛,2003(4):97-99.

[24] 王黎君.湖畔诗社:少年的歌吟[J].江淮论坛,2003(6):130-134.

[25] 万国庆.论20世纪40年代中国文学的民间化创作趋向[J].江汉论坛,2003(5):86-89.

[26] 王荣.论朱湘的现代叙事诗创作[J].兰州大学学报(社会科学版),2003,31(6):26-30.

[27] 王元中.民间取向在新诗发展历史中的具体表现[J].天水师范学院学报,2003,23(4):38-41.

[28] 户晓辉.论欧美现代民间文学话语中的"民"[J].民间文化论坛,2004(3):19-25.

[29] 王荣.论40年代"解放区"叙事诗创作及其形式的"谣曲化"[J].陕西师范大学学报(哲学社会科学版),2004,33(3):28-33.

[30] 王荣.呐喊与叙事:20世纪30年代的中国叙事诗探论[J].复旦学报(社会科学版),2004,46(6):86-93.

[31] 杨四平."我是大地的孩子,泥土的人":论臧克家的诗[J].淮北煤炭师范学院学报(哲学社会科学版),2004(3):8-16.

[32] 廖四平.新诗:"诗底进化的还原":俞平伯的诗论[J].湘潭大学学报(哲学社会科学版),2004(4):110-115.

[33] 高有鹏.论中国现代民间文学理论体系的建立与发展[J].河南大学学报(社会科学版),2004,44(3):99-103.

[34] 徐新建.采歌集谣与寻求新知:民国时期"歌谣运动"对民间资源的利用和背离[J].民族艺术研究,2004,17(6):48-57.

[35] 武春野.民间文化与发生时期的现代文学[J].山东社会科学,2004(9):65-69.

[36] 林莹秋.20世纪中国新诗与民间歌谣关系的缘起[J].广西师范学院学报(哲学社会科学版),2005(1):25-28.

[37] 戴岚.西方民俗学与文学之"民间"[J].华东师范大学学报(哲学社会科学版),2005,37(1):68-74.

[38] 燕世超.辉煌历史中的深长喟叹:论解放区民歌体诗歌的生成与缺憾[J].贵州社会科学,2005(3):100-104.

[39] 靳能法.论新文学运动中歌谣征集的模糊态度[J].西南民族大学学报(人文社会科学版),2005,26(7):166-168.

[40] 王光东.民间形式的审美活力:重说胡适与白话文学的关系[J].当代作家评论,2005(2):71-75.

[41] 赵金钟.中国新诗民间化运动论略[J].文艺理论与批评,2006(4):90-93.

[42] 伍明春.歌谣:新诗的潜在资源[J].江汉大学学报(人文科学版),2006(4):21-25.

[43] 王光东,杨位俭.民间审美的多样化表达:二十世纪中国作家与民间文化关系的一种思考[J].当代作家评论,2006(4):4-25.

[44] 岳凯华.歌谣的搜集:五四激进文人民间情怀的表述[J].中国文学研究,2007(2):69-72.

[45] 贺仲明.论民歌与新诗发展的复杂关系:以三次民歌潮流为中心[J].中国现代文学研究丛刊,2008(4):1-12.

[46] 王嘉良.论地域文化视阈中的"湖畔"诗人群[J].浙江学刊,2009(5):75-80.

[47] 杨俏凡.血泪铸成的现实之歌:论蒲风的长篇叙事诗[J].贵州师范大学学报(社会科学版),2014(2):39-43.

[48] 阮波.阮章竞的主流创作与个性抒写[J].广东社会科学,2017(4):172-178.

后 记

这本书是在我的博士论文的基础上修改而成的。博士毕业已经好几年了，论文也已经沉淀了一段时间。现在又把它重新拿出来修改成书，原先模糊的记忆又逐渐清晰起来，似乎又回到了博士在读的阶段。

我非常喜欢诗歌，从古诗到现代诗。读博士的时候，我就把自己的研究方向定为新诗方向。我的导师高永年教授是研究诗歌的专家，我希望跟着高老师在诗歌研究的道路上走得更远。毕业多年，我一直在讲文学课，偶尔讲到现代诗。它也依然是我最熟悉、最有感情的内容。眼前的这本小书，也算是对我喜欢诗歌的一种纪念，同时也是我博士生涯的一段纪念。

在研究新诗的过程中，我时常会思考这样一个问题：新诗形成的文学资源基础是什么？新诗的形态是如何形成的？毋庸置疑，现代新诗是在推翻古典诗歌的基础上，借鉴了西方诗歌、传统诗歌、民间文学资源而形成的。就我个人而言，我对民间文化一直比较有兴趣，对其中的神话传说、民风民俗尤其有兴趣。由此，我想到了现代新诗与民间文化之间的密切关系。仔细阅读相关诗歌文本和已有研究资料，会发现现代新诗有着明显的受到民间文化影响的痕迹，于是逐渐坚定了自己的想法。后来，经过与高老师的反复探讨，最后确定了"中国现代新诗与民间文化"的论题。在论文的写作过程中，一方面是由于写作的困难，另一方面由于博士在读期间沉重的家庭负担的影响，我时常觉得精神压力极大。每当我疑惑、迷茫甚至痛苦时，高老师总会给我学术上的指点以及生活上的关心。南京师范大学文学院现当代文学专业的各位老师对我的博士论文写作，提出了许多有价值的建议，在此一并致谢。当然，由于本人水平有限，学术能力不足，平日工作的繁忙，本书的写作依然存在许多不足之处，恳请各方批评指正。

  此外，我要感谢我的家人一直以来对我的鼓励和支持。爱人是军人，虽然不常在家，但他始终是我的坚强后盾和精神上的有力支撑。儿子一直是我生活中的重心，他虽然占用了我许多时间，但一直给我温暖的陪伴，同时也使我的生活无比充实。远在家乡的父母虽然不能直接帮助我，但他们一直在默默地关心和支持我，这也是我内心最温暖的所在。

  博士毕业至今，我一直在南京艺术学院工作。这所散发着浓厚艺术气息的百年老校既给了我安身立命的场所，也给了我艺术上的熏陶和灵魂上的滋养！希望南艺的明天会更好！

  本书的出版得到"文化创意协同创新中心建设经费"及"南京艺术学院学术著作出版基金"资助，由东南大学出版社出版，特此致谢！

郑　娟

2020年2月于南京艺术学院